LE CŒUR ENTRE LES PAGES

Pour Maman,
qui a toujours dit que je devrais écrire.

1

Que vous me deveniez essentielle

L'amour nous fait découvrir
ce que nous ignorons vouloir.
– Henry

Les livres ne changent pas la vie, du moins pas comme on le pense. Lire *Le Fil du rasoir* en première classe dans un avion qui vous emmène vers un centre de méditation, ou *Un thé au Sahara* en allant, après un divorce, voir ce qui reste des neiges du Kilimandjaro, ne vous rend pas plus éclairé que tournoyer dans les tasses géantes à Disneyland. Je le regrette, mais c'est la vérité. Et les livres d'occasion qu'on trouve ici au Dragonfly ne sont pas imprégnés de davantage de sagesse que ceux flambant neufs vendus chez Apollo Books & Music. Les nôtres sont juste moins chers et plus abîmés. Pourtant les clients continuent à venir. À me réclamer des élixirs de papier et de mots pour se consoler de leurs déceptions et ranimer leurs passions étouffées. Ils viennent parce qu'ils sont persuadés qu'un livre a transformé ma vie. Pas un seul d'entre eux ne comprend. Ce n'est pas le livre qui l'a transformée.

Rétrospectivement, il m'est difficile de repérer l'instant où tout a commencé. Je pourrais dire que c'est le jour où ArGoNet Software m'a virée, ou la première fois que j'ai rencontré Hugo, ou encore bien avant, lorsque j'ai quitté la Caroline du Sud pour la Silicon Valley. Mais, en réalité, tout a sans doute commencé ce vendredi après-midi où Hugo et moi étions dans les deux fauteuils déglingués sur l'estrade en bois qui craque derrière la vitrine du Dragonfly Used Books dans Castro Street, à Mountain View, au cœur de la Silicon Valley. Les passants, en chemises sur lesquelles se balancent des badges *Google*, *Yahoo!* et *Intuit*, ont vu Hugo, haut du crâne dégarni et longue queue-de-cheval dans le dos, en train de lire un vieil exemplaire du premier volume de *Waverley* à côté de moi, une fille de trente-quatre ans qui a grand besoin de refaire ses racines et porte le tee-shirt Rush troué d'un ex-petit ami sur un jean qui désormais la boudine à cause des kilos accumulés depuis qu'elle est au chômage. Être assis là, face à Dieu et à la terre entière, était bizarre. Sauf que c'était le seul endroit de la librairie où l'espace était suffisant pour caser deux fauteuils. Partout ailleurs – je le jure –, il n'y avait que des livres.

Dans la Silicon Valley, cet été 2009 ne ressemblait pas à celui de 2001, qui avait vu les zombies gémissants des défuntes *.com* errer dans les parages. Cette fois, les entreprises ne déposaient pas le bilan. Elles se contentaient de licencier la moitié du personnel, proposant une « séparation involontaire de leurs salariés » en vue de donner la chance à chacun de « saisir de nouvelles opportunités ». Moi, je me cachais au Dragonfly, où je lisais des romances historiques dans l'attente du Prochain Grand Truc. J'avais déjà vécu ça.

Cela n'en faisait pas moins six mois qu'ArGoNet avait délocalisé mon boulot en Inde. J'avais renoncé à la pédicure, aux restaurants et, pour finir, aux chaînes câblées. Hugo me disait que j'étais à l'écoute de l'univers, qui ne manquerait pas de m'offrir des aventures que je n'aurais jamais pu imaginer. Ma mère me disait que je glandais.

Je lisais *La Rebelle*, un des romans d'amour que j'avais pris dans les rayons du Dragonfly cette semaine. Il y avait eu également *La Rédemption, Le Bandit* et *La Trahison de la reine des pirates*. Pour moi, pas d'histoires à l'eau de rose avec cocktails et talons aiguilles en couverture. Je voulais des pirates, des torses virils et des corsages pigeonnants. Sans doute étais-je un peu vieux jeu.

Dès mon arrivée ce matin, j'avais extrait *La Rebelle* d'un carton de livres près de la caisse. *Romances, 2 dollars le lot*, disait la pancarte. La couverture était illustrée d'une rousse flamboyante dont la poitrine débordait d'une robe élisabéthaine. Un homme torse nu avec une coupe de cheveux à la Bon Jovi millésime 1986 se tenait en retrait et la fixait d'un œil menaçant. Ou passionné ? Je vous jure, parfois j'étais incapable de trancher.

Certes, je lisais d'autres livres. De tous les genres ou presque que vous pouvez imaginer. Mais j'adorais les romans d'amour. Deviner la totalité de l'histoire rien qu'en voyant la couverture avait quelque chose de très réconfortant. Pour commencer, un imbroglio politique qui sépare le héros de l'héroïne de façon cruelle. Suivaient des conflits de loyauté, des cœurs de pierre et, éventuellement, des fiançailles contraintes avec un prétendant à la fortune avantageuse, mais au physique aussi répugnant que sa moralité. Ensuite, plusieurs rencontres interrompues, avant que, enfin, ils se retrouvent piégés dans une grotte, une grange ou une bergerie pendant un violent orage, et vous aviez alors droit aux braguettes gonflées, aux tétons roses et à ce rythme primitif qui est aussi vieux que l'amour. Ce n'était pas du Shakespeare, mais c'était toujours mieux que LinkedIn pour passer un après-midi.

J'étais au beau milieu d'un duel décisif lorsque je vis la propriétaire de la boutique de cartes postales du bout de la rue s'arrêter devant le Dragonfly. Elle adressa un grand sourire à Hugo et tapa sur la vitre, mais il ne bougea pas. Je lui flanquai un coup de coude. Dès qu'il aperçut Madame Cartes Postales, il sourit et lui envoya un baiser.

« Est-ce qu'elle sait que ce soir tu cuisines des calamars à la Hugo pour la fille de l'agence immobilière qui est passée tout à l'heure ? demandai-je.

— Maggie, lorsque tu auras notre âge, tu découvriras que l'ignorance est souvent une libération », répondit-il en retournant aux tragédies de Walter Scott posées sur sa bedaine, au-dessus de la ceinture qu'il avait desserrée d'un cran après avoir mangé des dim sum au déjeuner.

Je ne l'avais jamais vu habillé autrement qu'avec un jean et une chemise en coton défraîchi, les manches retroussées aux coudes. Âgé d'une bonne cinquantaine d'années, il vous dévisageait derrière ses lunettes de lecture à monture noire qui lui donnaient l'air du directeur d'un de ces pensionnats isolés où l'on envoie les enfants dans les romans anglais. Un M. Chips[1] en Birkenstock.

Je replongeai dans *La Rebelle*. Le Dragonfly était un fidèle pourvoyeur de mon addiction aux romans d'amour. J'en trouvais partout : entre un manuel d'entretien de la Valiant modèle 1961 et un guide sur le sexe tantrique ; sous la caisse près de la boîte en bois de recettes de cuisine où Hugo rangeait les fiches des clients qui lui déposaient des bouquins et les échangeaient contre d'autres ; au milieu d'un éboulement de livres de poche provoqué par Grendel, le chat du Dragonfly, qui ne manœuvrait plus avec autant d'habileté qu'autrefois au milieu

1. Allusion à *Goodbye, Mr. Chips*, film de Sam Wood (1939), dont le personnage principal est un professeur qui n'arrive pas à se faire obéir de ses élèves. *(Toutes les notes sont de la traductrice.)*

des étagères. Les rayons ressemblaient à un labyrinthe de sections en forme de L, qui s'enroulaient sur elles-mêmes comme les coquillages que j'aimais ramasser sur les plages de Caroline étant gamine. On pouvait passer des heures, voire des jours, à fouiller dans les rayons avant de tomber sur le titre précis qu'on cherchait. En général, il était plus simple de prendre ce qu'on trouvait plutôt que de tenter de dénicher ce qu'on voulait.

Je pouvais engloutir deux ou trois de ces romans par jour. Arriver à la dernière page, à moitié blanche, me procurait le petit frisson d'adrénaline qui est le Saint-Graal que tout développeur de logiciels veut que l'utilisateur ressente, comme quand on tombe sur « Sudden Death » dans le jeu Guitar Hero ou qu'on gagne la vache rose dans FarmVille. « Enfin, dit l'accro au jeu, j'ai réussi ! Je peux à présent m'arrêter et consacrer mon temps à éradiquer la faim dans le monde. » Cependant, on n'en fait rien. Car il y a toujours d'autres fausses guitares avec lesquelles jouer, un poulailler fluo à acheter ou, dans mon cas, un pirate à séduire – or, dans le monde réel, qu'est-ce qui peut rivaliser avec ça ?

Ma manie rendait mon ex-petit ami cinglé. Pour Brian, développeur d'applications iOS et créateur d'une base de données regroupant des codes-barres qui permettent de télécharger les informations nutritionnelles des produits, qu'il a vendue une fortune à diverses applis d'aide au régime, les romans d'amour avaient à peu près autant de sens qu'une PlayStation pour un colibri. « Il faut que tu fasses du succès une habitude quotidienne, me disait-il. Ton nouveau boulot, c'est de décrocher un boulot. » Ça devenait difficile pour moi de lui expliquer que je séchais ce « nouveau boulot » en allant au Dragonfly. Du coup, je me taisais. Et là-dessus, on faisait l'amour. Il est quasi impossible pour un homme de se concentrer suffisamment afin de souligner le manque d'efficacité de votre emploi du temps quand vous êtes tous les deux en train de dévaler le tremplin de saut à ski à l'horizontale. On est restés ensemble deux ans, jusqu'à ce qu'il déménage à Austin, il y a deux mois, sans même évoquer la possibilité que je l'accompagne. C'était un type bien. Ce sont toujours des types bien. Mais aucun ne vient dans la Silicon Valley dans l'idée de tomber amoureux.

J'avançais dans mon duel lorsque je sentis un coup de pied dans le dos de mon fauteuil. Je me retournai et aperçus Jason, son tee-shirt noir *Babylon 5*[1] flottant sur ses bras pas plus gros que des allumettes, son doigt marquant la page dans un livre de poche aussi épais qu'une meule de foin et dont la couverture était illustrée de chevaliers futuristes. Il me donnait l'impression d'être incolore – le cheveu brun filasse, la peau semblable au ventre d'un poisson-chat –, et sa tête me faisait l'effet d'être restée coincée dans un étau. À peine un mètre cinquante, atteint d'une légère claudication et ses appendices dépassant à des

1. Série télévisée américaine de science-fiction diffusée en 1993.

endroits bizarres, il avait l'allure d'un type qu'aurait piétiné un cheval emballé tirant une carriole.

« Tu as fini ? me demanda Jason.

— Quoi ?

— Le fauteuil. Tu as fini avec le fauteuil ? »

Il prit soin de détacher chaque syllabe, me laissant clairement comprendre qu'il me considérait comme une parfaite crétine. Au Dragonfly, il n'y avait que deux fauteuils : la relique vert petit pois aux accoudoirs élimés que j'occupais ; et la bergère bleue de Hugo, dont des morceaux du rembourrage étaient désormais incrustés dans la moquette.

« Plus que trois pages dans ce chapitre. »

Je retournai à mon duel. Jason fit le tour du fauteuil et se pencha au-dessus de moi telle une gargouille.

« Tu es restée là toute la journée. »

Je jetai un œil à Hugo, qui était concentré sur son livre et faisait comme si nous n'étions pas dans la même pièce.

« Je suis une cliente, dis-je à Jason.

— Ben, voyons... Pour être cliente, il faut acheter quelque chose ! »

Là, il m'avait eue. Hugo me laissait traîner toute la journée au Dragonfly sans jamais attendre de moi que j'achète quoi que ce soit. En tant que propriétaire du petit duplex où nous habitions tous les deux à trois pas de la librairie, il eût été en droit de s'inquiéter de me voir troquer ma recherche d'emploi contre des romans d'amour. Le loyer ne sortait pas comme ça d'un pantalon bouffant! Mais il n'en parlait jamais. Ce qui risquait de changer après le premier du mois si je ne pouvais plus puiser dans mes dernières économies, et si le chèque hebdomadaire du chômage, que m'envoyait l'État de Californie en faillite, arrivait une fois de plus en retard.

« J'en ai pour une minute », dis-je avant de replonger dans le duel que je savourais gratis.

Jason m'arracha *La Rebelle* de la main, s'approcha du comptoir d'un pas pesant et le tendit à une femme en train de farfouiller dans le carton des romances à 2 dollars le lot.

« Tu as celui-là, Gloria ? » lui demanda-t-il.

Gloria serra sa brassée de trouvailles contre le chat brodé sur son sweat-shirt tout en parcourant la quatrième de couverture de mon livre.

Je m'élançai d'un bond et fis le tour de la rampe en m'y agrippant tel le capitaine Blood à son mât.

« Vous n'avez pas besoin de lire ça, dis-je en atterrissant pile devant Gloria. Sérieusement, l'héroïne a de l'acné, le héros est un nabot et le méchant n'est que vaguement désagréable. Juste un peu grincheux, je dirais. Bref, pas de quoi faire une bonne lecture! Laissez-moi vous trouver quelque chose avec un rebelle irlandais bourru qui veut venger le meurtre de son père, tout en résistant aux charmes de la fille sublime de son ennemi. »

Elle me regarda en battant des cils tandis que Jason s'empressait de me piquer mon fauteuil. Je me retournai vers Gloria juste à temps pour la voir fourrer *La Rebelle* dans un sac NPR[1] déjà rempli de bouquins. Elle posa deux dollars en petite monnaie sur le comptoir et ressortit fissa dans Castro Street.

Hugo s'extirpa de son fauteuil et me gratifia d'une petite tape sur l'épaule, du genre sois-patiente-et-l'univers-pourvoira-à-tous-tes-besoins, avant d'aller mettre les pièces de Gloria dans le tiroir-caisse. J'attrapai *Un cœur diabolique* dans le carton de livres bradés et filai m'asseoir dans son fauteuil.

★

Je venais de dévorer une cinquantaine de pages d'*Un cœur diabolique* quand mon iPhone se mit à brailler : « C'est le jour du Jugement dernier ! Pécheurs, repentez-vous ! » En le sortant de ma poche, je vis s'afficher la photo de Dizzy, au-dessus de laquelle était écrit « Dieu ». J'oubliais tout le temps de protéger mon portable avec un mot de passe quand Dizzy était dans le coin.

« Je ne dis rien », dit Hugo.

Ayant perdu son fauteuil, il triait un carton de polars qu'un client lui avait déposé le matin.

« Dire que tu ne dis rien sur le fait que le gouvernement espionne mes conversations téléphoniques

1. National Public Radio, station de radio non commerciale.

revient exactement au même que si tu disais quelque chose. »

J'appuyai sur *Refuser* pour renvoyer Dizzy sur la messagerie.

« En fait, j'allais faire allusion au cancer du cerveau », dit Hugo.

« C'est le jour du Jugement dernier! Pécheurs, repentez-vous! » hurla mon téléphone. Dizzy ne se laisserait pas ignorer. Jason pointa le doigt vers l'écriteau qu'il avait rédigé et accroché au-dessus de la caisse :

Vos téléphones portables sont une malédiction
et vous boufferont le cerveau !
Éteignez-les et lisez des livres !

Au-dessous de quoi Hugo avait ajouté en majuscules :

NAMASTE – LOVE AND PEACE
VOS AMIS DU DRAGONFLY

Je sortis sur le trottoir en maugréant avant de décrocher mon téléphone.

« T'es chez toi ? En train de chercher du boulot ? » me demanda Dizzy.

Je m'écartai de la trajectoire d'un skateboarder qui allait à côté, au Cuppa Joe. Il rattrapa son skate d'une main habile et rejoignit les tout-tatoués-tout-percés installés en terrasse.

« Oui, oui. J'y bosse.
— À d'autres, morveuse !
— Espèce d'obsédé ! »

Dizzy était mon meilleur ami. Nous avions grandi ensemble dans les plaines de Caroline du Sud. Lui, le plus jeune de cinq garçons, le fils homosexuel et génie des maths d'un éleveur de porcs, et moi, enfant unique, la fille potelée couverte de taches de rousseur d'une reine de beauté. On n'avait pas vraiment eu le choix.

« D'après Foursquare, tu t'es géolocalisée au Dragonfly Used Books il y a deux heures. Comment ça se fait que tu sois le Mayor du Dragonfly ? Regarde de l'autre côté de la rue, poupée ! »

Je me tournai vers le café d'Apollo Books & Music, où Dizzy était assis, le téléphone collé à l'oreille, en train de lever un verre de vin à ma santé. Bâti comme une bouche d'incendie, avec une chevelure rousse hirsute qui lui tombait aux épaules, il était légèrement plus petit que mon mètre soixante-dix, même si personne n'aurait pu lui faire avouer de combien. Ce jour-là, il portait un long bermuda – qui sur ses jambes trapues lui arrivait aux chevilles – et un tee-shirt *Red Elvises*. Il me désigna le grand gobelet de café posé sur sa table qui avait la taille d'un enjoliveur.

« J'espère que c'est un triple avec du lait !
— Et de la mousse en extra », ronronna-t-il dans son portable.

J'attendis une pause dans la circulation au ralenti de Castro Street et courus le rejoindre. Pendant des années, cette cour carrelée de céramiques mexicaines avait mené à un cinéma abandonné, mais c'était à présent le café de la nouvelle librairie appartenant à une grande chaîne. La municipalité était partie en vrille en apprenant qu'ils allaient reconvertir la salle fermée pour y ouvrir une de leurs succursales, mais tout ce ramdam était vite retombé quand Apollo avait convaincu tout le monde avec ses larges allées bien éclairées, où des employés en polos assortis tenaient à jour l'inventaire et vous escortaient jusqu'à votre livre tels des écuyers dans un conte de fées. Hugo avait beau s'imaginer être en concurrence avec Apollo, je me demandais s'ils connaissaient seulement son existence. Le Dragonfly ne faisait pas de publicité, n'avait pas de vitrines et à peine une enseigne digne de ce nom. Il aurait été juste de le qualifier de gros tas de livres avec un tiroir-caisse. Hugo affirmait toutefois que sa librairie était du bon côté dans la lutte pour sauver l'âme d'une communauté qui ignorait être en péril. Par conséquent, les habitants du Dragonfly que nous étions ne mettions les pieds chez Apollo qu'en cas d'extrême urgence, par exemple quand les tuyauteries étaient bouchées ou qu'un ami avait déjà payé un café latte. Je dois cependant avouer que le charme d'Apollo ne me laissait pas insensible. Je trouvais un certain réconfort dans les sacs et les tasses imprimés au nom de la chaîne. Ils allaient bien avec ma collection de vêtements brodés de logos de toutes les entreprises de logiciels pour lesquelles j'avais travaillé, des entreprises qui fabriquaient des produits qui n'existaient pas vraiment et les vendaient à des gens qui n'avaient pas vraiment de quoi les acheter.

« Je cherche tellement que j'avais besoin d'une pause », dis-je en lui donnant une tape sur le bras.

Dizzy travaillait plus de quatre-vingts heures par semaine. Il occupait ses loisirs à développer des logiciels *open source*, à essayer de faire rouler sa voiture à l'huile de friture et à apporter son soutien technique à un groupe d'étudiants en astronomie du Brésil qui pensaient avoir découvert une comète. À ses yeux, le temps n'était bien employé qu'en fonction de ce qu'il permettait de créer. Ne pas l'utiliser de manière efficace n'avait pas grand sens pour un ingénieur en informatique dont le boulot consistait à faire en sorte que les choses aillent plus vite avec moins de ressources.

« Mais tu as regardé ce matin, non ? Tu as vu que Martin Wong te recommandait sur LinkedIn ? Il vient de se faire embaucher chez WebEx. »

Je ne l'avais pas vu pour la bonne raison que j'avais été trop occupée à lire des histoires de filles sauvages et de garçons virils. Que pouvait avoir à dire sur moi Martin, un commercial d'ArGoNet avec lequel j'avais bossé trois secondes l'an dernier ?

Alors que je lançais l'appli LinkedIn sur mon téléphone, Dizzy plongea la main dans un sac en toile Apollo bourré de livres de technologie illustrés de dessins d'animaux au crayon : un bébé élan pour HTML 5, un renard pour iOS. J'aperçus également *World War II: The Definitive Visual History*. Un jour, lors d'une réunion à ArGoNet, Dizzy avait projeté les vingt premières minutes de *Il faut sauver le soldat Ryan* dans le but de galvaniser ses troupes. « Des têtes de pont! criait-il. Il nous faut des têtes de pont! » Tout le monde avait coincé sa tête entre ses genoux pour ne pas renoncer. Dizzy avait déclaré que c'était la meilleure réunion trimestrielle qu'on n'avait jamais eue.

Toutefois, le livre qu'il sortit du sac était un roman, un livre de poche tout neuf aux tons ocre, aux angles bien nets et au dos lisse et raide. De là où j'étais, je sentis la bonne odeur d'écorce de pin qu'a le papier fraîchement coupé. Les extrémités de mes doigts se mirent à me picoter à la vue de la couverture immaculée. C'était une petite chose délicate, un oiseau sortant du nid. Contrairement aux livres qui vivaient au Dragonfly, il n'était pas tout esquinté à force d'avoir été trimballé au fond d'un sac bourré, maculé de taches de café ou mordillé par des chiots qui font leurs dents. C'était *L'Amant de Lady Chatterley*.

« Tu l'as lu, non? me demanda Dizzy. Je veux dire, on ne te file pas un diplôme de littérature anglaise si tu n'as pas lu D. H. Lawrence.

— Oui, je l'ai lu. En première année de fac. Tu suivais le même cours que moi.

— Putain, qui s'en souvient ? Écoute, j'ai un truc en or pour toi… On va recevoir un nouveau financement de Wander Fish. Tu te rappelles Avi Narayan ?

— Bien sûr. »

Je ne me souvenais pas vraiment d'elle, mais c'était plus simple de faire semblant.

« Elle organise un club de lecture auquel elle voudrait qu'on participe, toi et moi, poursuivit Dizzy en brandissant un deuxième exemplaire du roman. On est supposés avoir tous la même édition.

— Je ne fréquente pas les clubs de lecture. Ma mère fait partie d'un club de lecture.

— Ouais, le même que la mienne. Mais on va aller à celui-là, le Club des lesbiennes cadres sup de la Silicon Valley diplômées du troisième cycle ou une connerie dans ce genre-là.

— Imbécile, on n'est pas des lesbiennes !

— Je t'envoie l'URL de leur blog par texto. »

Nom d'une pipe en bois… Le club de lecture de ma mère n'arrivait même pas à s'accorder sur la quantité de sucre qu'il fallait mettre dans le thé glacé, et ce groupe avait un blog ? J'ouvris le texto et appuyai sur le lien. Silicon Valley Women Executives Association Book Club, ce qui donnait en abrégé : SVWEABC. Elles avaient même un logo.

« Euh, Dizz, tu n'es pas une femme…

— Oui, je sais. Elles ont l'intention de s'ouvrir, c'est juste qu'elles ne se sont pas encore rebaptisées. Je suis leur premier mec.

— Elles commencent avec toi ?

— Oui. Incroyable, non ? Je lui sauve complètement la mise. Je suis passé ce matin à sa boîte, et cet *Amant de Lady Chatterley* était là sur son bureau. Elle commence à me parler de ce club de lecture, comme si j'en avais quelque chose à battre, et me raconte que deux personnes viennent de les laisser tomber si bien qu'elles ne sont plus que dix-huit. Bon, de toute façon, je suis partant. Et ensuite, je lui ai parlé de toi. Je lui ai dit que tu étais super balèze en littérature anglaise et qu'elle devrait t'inviter à son jamboree. Elles se retrouvent chez Avi, à Woodside. Il nous faudra probablement un sherpa pour aller là-bas. Elles se réunissent une fois par mois. Rien de très moderne. Uniquement des auteurs morts.

— Morts ?

— Oui, c'est un de leurs critères de base. Ça, et que ta merde sente la rose.

— Pourquoi je serais censée vouloir y aller ?

— Je ne vais pas quitter le navire tout de suite, Mags... Grâce à ce nouveau financement, on a encore une chance à ArGoNet. Et Avi fait désormais partie du comité de direction. Elle peut te réintégrer. »

Dizz et moi, on en avait déjà discuté, depuis ce jour, il y a dix ans, où on avait échappé au début du troisième cycle et où on s'était barrés de Columbia dans sa CRX 86 direction Palo Alto. C'était à la fin des années 1990, Dizzy voulait explorer le filon d'or de l'internet avant qu'il ne soit tari, et moi, je voulais être avec lui. On a donc emballé nos diplômes de master tout frais imprimés – lui en informatique, moi en sciences de l'information et des bibliothèques – et on a filé vers la Silicon Valley. Je pensais travailler comme serveuse le temps de décrocher un poste dans une bibliothèque. Mais Dizzy m'a fait engager dans sa première start-up comme administratrice, à un salaire ridiculement élevé, le double de ce que j'aurais gagné en étant bibliothécaire. Et dans les start-up, on n'est jamais seulement une chose. Si bien que, avant même de m'en rendre compte, je me suis retrouvée face à un client à qui on m'a présentée comme étant la chef des Services professionnels. Je ne développais pas les logiciels, mais je comprenais comment s'imbriquaient les informations et je savais rendre tout ça joli. Les ingénieurs m'adoraient parce que je les faisais passer pour super doués. Les directeurs m'adoraient parce que je faisais en sorte que leur jargon technique ressemble au *Lapin en peluche*[1]. Je me sentais comme une orpheline de bande dessinée qui s'aperçoit que toutes ses bizarreries étaient en réalité des signes de ses super-pouvoirs et qu'une

1. Publié en 1922, ce roman de Margery Williams, illustré par William Nicholson, est un classique de la littérature enfantine.

couchette lui était réservée dans le Hall of Justice[1]. C'est alors que la bulle technologique a explosé et que des avions ont percuté des tours. Tout s'est effondré. Dizzy et moi avons morflé, mais on s'est fait une raison pendant deux ans en bossant dans les rares boîtes qui embauchaient. Puis est arrivée la nouvelle vague, celle des « médias sociaux ». Les fonds de capital-risque ont de nouveau rebondi dans la Vallée, telle une bille de flipper qui allumait des petites compagnies dans toute la péninsule de San Francisco. Dizzy a croisé des anges bailleurs de fonds lors d'une rencontre d'entrepreneurs et a eu l'idée d'ArGoNet.

On pourrait voir ArGoNet comme un croisement entre Facebook et Twitter avec l'intranet d'entreprise. L'idée consistait à créer un environnement sécurisé où les employés pourraient communiquer et se connecter, et l'entreprise leur garantir des communications en interne, à l'abri du monde extérieur. Dizzy et moi avons vendu tout ce qu'on possédait, engagé un type avec un MBA de Stanford comme directeur général et loué un local de six cents mètres carrés sans même une fenêtre au-dessus d'une agence de voyages chinoise, à peine plus bas, dans Castro Street. Quatre ans, six cents embauches, trois directeurs et cinq fournées de licenciements plus tard, le conseil d'administration a délocalisé

1. Quartier général de la Ligue des justiciers, où se réunissent les super-héros. Il apparaît pour la première fois dans la série d'animation américaine *Super Friends*, diffusée à partir de 1976.

mon poste en Inde. À la télé, des gens en larmes quittent leur boulot au milieu des étreintes et des adieux en emportant un carton d'où dépasse une plante verte. Dans la réalité, vous arrivez un beau matin et trouvez un chèque de deux semaines de salaire avec votre nom écrit de travers et un vigile qui inspecte votre sac à la sortie.

« Me réintégrer ? Tu es sérieux ?

— Erwin Rommel était-il, oui ou non, le Renard du désert ? »

Je n'en avais pas la moindre idée, mais, vu qu'il l'avait dit sans me regarder, je supposai que la réponse était « oui ». En général, c'était le signe qu'il était sérieux. Et inquiet. Nous nagions en eaux troubles. Chez ArGoNet, on savait quoi faire, où s'asseoir et à qui parler quand on avait besoin de quelque chose. Je connaissais le code que Dizzy et son équipe avaient mis au point comme s'il s'était agi d'un livre lu tant de fois que la couverture se tournerait toute seule sitôt le livre posé sur la table. Je comprenais la logique et la non-logique, les comportements inattendus qui me frustraient et me ravissaient, les petits arrangements dont j'avais découvert qu'ils permettaient de faire des choses que même Dizzy ignorait.

« Tu peux le faire, dit-il. Tu frimes, tu mets une chouette tenue, tu dis un truc brillant… Et bing ! Tu reviens dans le jeu, poupée !

— Quand a lieu la réunion de ce club de lecture ?

— Demain après-midi. »

Je lâchai une copieuse bordée de jurons.

« Tu te débrouilleras très bien, enchaîna Dizzy. Quand tu le veux, tu es capable de convaincre les fleurs de se décoller du papier peint. »

J'imaginai mon roman *La Rebelle* dans la cuisine de Gloria, sûrement à côté d'un paquet de biscuits sans matière grasse et du *Redbook* de la semaine précédente, tandis que passait de la musique sur le réseau Lifetime en arrière-fond. Il était très possible que j'aie perdu la main.

« Attends... Demain, tu ne devais pas aller à Napa avec cet ingénieur en matériel Apple ?

— Non, on a rompu avant-hier soir dans ce fameux restau de sushis à Cupertino. Tu n'as pas lu l'avis que j'ai posté sur Yelp ? »

Ces posts tenaient lieu de journal intime à Dizzy. Des remarques sur les films, les restaurants, les merdouilles qu'il achetait sur Amazon. Et loin de se contenter de donner son avis, il se fendait de longs récits sur ce qui s'était passé à l'endroit ou avec la chose dont il parlait, pour quelle raison et avec qui. J'avais adoré lire ses avis. Il m'arrivait de les commenter, en faisant semblant de ne pas le connaître et de détester ce qu'il avait dit, et on se lançait dans de fausses diatribes qui aboutissaient en général à ce qu'on soit virés du site hébergeur, comme des gosses qui se rentrent dedans trop fort avec leurs autos tamponneuses. Je n'avais pas lu ses commentaires depuis un bon bout de temps. Ce n'était plus aussi amusant depuis que je n'avais pas l'argent pour tester quoi que ce soit qu'il jugeait.

Dizzy termina son vin, d'un air douloureux. Puis il tendit son verre vide à bout de bras. « De la pisse d'âne », décréta-t-il. Il m'attrapa derrière la tête et m'embrassa sur les cheveux. « Faut que je file... Je vais rejoindre les futés du code au Finnegans Wake pour boire un coup. Tu veux venir ? C'est moi qui invite. »

Dizzy offrait tout le temps à boire. En tant que dirigeant, c'était son meilleur atout.

Le Finnegans Wake, un faux pub irlandais, attirait les fans de l'écrivain de science-fiction Orson Scott Card et de la série *Red Dwarf*. Avant, j'aimais bien y aller avec la bande du boulot après avoir achevé une nouvelle journée de quatorze heures. On mangeait des beignets au piment et au fromage, on buvait de la Guinness et on citait *Profession : Génie* jusqu'aux premières heures de l'aube. Je rentrais ensuite chez moi tant bien que mal, dormais deux heures, me relevais, et tout recommençait. C'était le lieu de mon triomphe, ma récompense pour avoir changé les clients qui beuglaient en petits lapins tout doux. Si les choses avaient encore été ce qu'elles étaient l'an dernier à la même époque, j'aurais été celle à qui tout le monde paie un verre et a envie de parler. Mais ce soir, je serais juste l'amie au chômage du boss.

« Je vais faire mes devoirs », dis-je en prenant *L'Amant de Lady Chatterley*. Ce sur quoi Dizzy me laissa, avec seulement les trois cents pages de littérature postvictorienne qui me séparaient d'un emploi rémunéré.

« Je vois que tu as un livre neuf, observa Hugo quand je repassai prendre mes affaires au Dragonfly.

— Ne t'affole pas. Je peux t'expliquer. »

Je lui parlai du club de lecture tout en rangeant *L'Amant de Lady Chatterley* dans mon sac à dos en cuir siglé ArGoNet. J'y ajoutai *Un cœur diabolique*, que je n'avais pas terminé, ainsi que *Le Chasseur de fortune* et *La Fille de joie* par simple précaution.

« Je suis sûr qu'on pourrait t'en trouver un ici, dit Hugo en fonçant vers les étagères. Je crois me souvenir en avoir aperçu un l'autre jour. »

Le Dragonfly était à peu près aussi bien rangé qu'un camping de caravanes après une tornade. J'allais rester là toute la nuit à attendre qu'il retrouve un livre dont il croyait se souvenir.

« Il me semble en avoir vu un au rayon Sports et Loisirs ! » cria Jason. Une dame qui feuilletait des beaux livres le fusilla d'un regard noir en mettant son doigt sur ses lèvres. « Ben quoi ? On est dans une librairie, pas dans une bibliothèque !

— Hugo ! Je crois bien qu'on doit tous lire la même édition…

— Fascistes ! » l'entendis-je hurler au moment où je franchis la porte.

★

Si vous imaginez que votre main représente la péninsule, que San Francisco est au bout du majeur et San Jose au niveau du poignet, Mountain View serait au centre de votre paume. Contrairement à San Francisco, nous n'avions pas de hipsters en col roulé et lunettes de grand-mère qui développent des logiciels dans des entrepôts reconvertis. Et bien que Google s'y soit installé, une adresse à Mountain View n'a pas autant de cachet qu'à Palo Alto ou à Menlo Park. Si la Silicon Valley regorgeait de fabriques de tapis ou d'usines à papier et non de sociétés d'informatique, ce serait à Mountain View que vivraient les ouvriers à la chaîne et les contremaîtres. Seules les maisons de cent trente mètres carrés des années 1950, équipées de panneaux solaires et d'une installation éléctrique structurée, valaient un peu plus d'un million de dollars.

En dépit du coût de la vie, des tas de choses me plaisaient à Mountain View, notamment les réverbères à l'ancienne en fer forgé. Ils auraient pu sortir tout droit d'un roman de Dickens, sauf qu'ils étaient électriques et me permettaient de lire en rentrant chez moi. Il me fallait en général sept ou huit pages pour effectuer le trajet entre le Dragonfly et mon appartement, soit deux de moins qu'il n'en faut pour se faire servir un Savage Hammerhead Mocha au Cuppa Joe, et trois de plus pour qu'arrive une commande de porc moo shu à emporter au petit chinois du coin. Et le trajet était tranquille – un moment de lecture ininterrompu pendant lequel je n'étais pas obligée de batailler avec Jason pour un fauteuil. Les seuls bruits dans la rue bordée d'arbres étaient ceux des familles se préparant pour la soirée : le tintement de la vaisselle dans l'évier, les fausses notes du morceau « On Top of Old Smoky » répété pour la énième fois au piano, le rire en cascade reconnaissable entre tous d'un petit enfant qu'on chatouille.

J'avais passé l'essentiel des trois dernières heures au Cuppa Joe, bien décidée à apprivoiser *L'Amant de Lady Chatterley*. Je comptais juste terminer mon chapitre d'*Un cœur diabolique* avant de m'y attaquer. Sauf que, en sortant du Cuppa Joe, j'avais fini *Un cœur diabolique* et lu soixante pages du *Chasseur de fortune*. Pour une fois, Lady Chatterley rentrerait intacte à la maison.

Avec le billet de vingt dollars qui devait me faire vivre jusqu'au week-end, je passai à l'épicerie asiatique acheter deux sachets de soupe et un billet de loterie. Le duplex que Hugo et moi partagions n'était plus très loin. L'odeur d'un barbecue dans la cour me fit gargouiller l'estomac. Apparemment, le dîner en tête à tête s'était mué en fiesta. J'entendis des éclats de rire et les accords de guitare d'une chanson de Fleetwood Mac.

En montant les quatre marches jusqu'au perron qui reliait mon appartement à celui de Hugo, je remarquai que la porte moustiquaire était entrouverte. Entre celle-ci et ma porte d'entrée, j'aperçus une assiette en carton recouverte de papier alu avec un mot scotché dessus.

Rouleaux de jambon cru aux asperges. Et je t'ai trouvé ton livre. Viens nous rejoindre à la fête.

Bien à toi,

Hugo

Je regardai encore une fois dans le coin sombre derrière la porte moustiquaire. En effet, il y avait bien ce qui pouvait être décrit comme un livre. Ce n'était pas le jumeau de celui que m'avait donné Dizzy. Celui-là avait l'air d'avoir été aspiré dans je ne sais quelle catastrophe avant d'être recraché. Le dos laissait voir la trame à nu avec de la colle en dessous. La toile cireuse, effrangée et raidie au soleil, s'étirait sur des bords gondolés qui avaient pris l'eau. Les pages jaunies craquaient quand on les tournait, comme pour se plaindre de devoir bouger compte tenu de leur état de décrépitude avancée. On aurait dit la version livre de la Rambler 1962 toute rouillée avec laquelle Dizzy venait au lycée, celle dans laquelle je refusais de monter au péril de ma vie. Voir le livre cracher lui aussi des nuages noirs de gaz d'échappement ne m'aurait pas étonnée. J'emportai la pauvre chose chez moi. Si j'avais pu lui donner du lait chaud et un lit douillet, je l'aurais fait.

Mon appartement ne ressemblait en rien au palais mitoyen avec deux chambres où vivait Hugo, mais plutôt à une chambre rajoutée après coup, avec un petit bar qui séparait un ersatz de cuisine d'un séjour juste assez grand pour y loger une causeuse, un fauteuil en rotin, un écran plat quarante-sept pouces et cinq bibliothèques Ikea où s'entassaient les livres faisant la chronique de ma vie. *Gatsby le magnifique*, qui avait gravement souffert de l'explosion d'une canette de Dr Pepper ; *Orgueil et préjugés*, qui ne s'était jamais remis de sa chute en piqué dans une flaque ; et le seul livre que ma mère m'ait jamais offert : une édition club des *Contes* d'Andersen, celle aux pages marron, craquantes et fragiles avec la Petite Sirène en couverture.

J'adorais ce livre et ses histoires épouvantables. Pendant tout un été, j'avais lu et relu les horreurs qu'il renfermait. Alors que mes amis plongeaient dans les fascinations de l'enfance avec *Dracula, Frankenstein* et *Sweet Valley High*, je fouillais dans les vies brisées et les fins malheureuses de ces contes de fées. Entre les pages, je tombai sur l'histoire d'une sirène qui sacrifiait sa voix pour avoir des jambes et dormait devant la porte du prince qu'elle aimait. Bien que chaque pas lui fasse l'effet de couteaux qui lui lacéraient la plante des pieds, elle dansait pour lui dès qu'il le lui demandait. À la fin, il se mariait avec une autre et la Petite Sirène se noyait au fond de la mer. Ma mère adorait le crabe qui chante et le poisson qui danse dans le film. Mais moi, c'était la sirène de la version originale que j'aimais.

J'avais toujours voulu être une fille à qui sa mère achetait des tonnes de livres. Je l'imaginais me tapoter la tête et me signer un chèque en blanc pour que je passe commande au *Weekly Reader*[1] à l'école. J'imaginais mes murs tapissés d'étagères du sol au plafond, avec une échelle à roulettes sur laquelle grimper et qui me propulserait dans tous les sens, m'arrêtant où il me plairait, habiter je ne sais quel monde magique qui me semblerait parfait ce jour-là. Chez nous, il y avait des quantités de livres, des classiques jamais ouverts, comme les *Contes racontés deux fois* de Hawthorne ou *Le soleil se lève aussi* de Hemingway, qui montaient la garde tels des centurions dans le salon de ma mère. Les beaux livres – des photos respectueuses de paysages agricoles ou du football américain en Caroline du Sud – étaient toujours exempts de la moindre trace de poussière ou de doigts. Et dans la cuisine de ma mère s'alignaient des livres de recettes aussi impeccables que le jour où elle les avait sortis du carton expédié par *Southern Living*. Il n'y avait ni *Croc-Blanc*, ni *L'Île au trésor*, ni *Le Lion, la Sorcière blanche et l'Armoire magique*. Ceux-là, je les avais découverts toute seule à la bibliothèque.

Quand à huit ans j'ai annoncé que je voulais devenir bibliothécaire, ma mère a été horrifiée. Je voyais bien comment elle m'imaginait : en matrone avec des chaussures confortables et un chignon, vivant entre des piles d'ouvrages et regardant par-dessus ses lunettes avec une expression austère et dédaigneuse, ceux qui rapportaient les livres passée la date

1. Magazine hebdomadaire à visée pédagogique distribué aux élèves dans les écoles.

limite. Rien de ce que je pouvais dire ne parvenait à la convaincre que sa vision ne correspondait pas du tout à ce que serait mon avenir. Les bibliothécaires que je connaissais étaient des super-héros des données. Tels les explorateurs de l'Ancien Monde, ils naviguaient sur des océans d'informations non répertoriées, dessinant des cartes pour vous emmener n'importe où. Et ils étaient les gardiens des choses qu'oubliaient les autres, archivant les événements de la vie et les reconstituant.

Au lycée, je m'étais proposée comme bénévole à la bibliothèque municipale, une petite maison jaune proche de la grand-place. La demeure de mes parents comportait d'innombrables pièces tranquilles où une enfant unique pouvait se cacher avec un livre, mais le calme de la bibliothèque vibrait de vie, de l'énergie de ceux qui cherchaient ce qu'il leur fallait et ce qu'ils voulaient. Et je pouvais les aider à le trouver. Je poussais des chariots de livres le long des allées, les roues crissant sous le poids des mots. Je tamponnais de dates des fiches que je glissais dans le rabat en papier de la couverture. Et dès que j'avais terminé mon service, je restais là, accroupie sur un tabouret marchepied au fin fond de la section de références, et lisais des livres que ma mère ne m'aurait jamais laissée rapporter à la maison – *Forever...* de Judy Blume, *Le Chant de Salomon* et des tas de romances historiques avec chevelures au vent et corsages généreux sur les couvertures.

L'année où je m'inscrivis en licence à l'université de Caroline du Sud, j'appris auprès des bibliothécaires à comprendre ce que voulaient les gens, et comment les guider vers ce qu'il leur fallait. Toutes les compétences dont j'avais besoin pour atterrir dans des start-up d'informatique comme construire des systèmes de gestion de contenu et les interfaces qui les activent, je les ai acquises dans une bibliothèque. J'ai compris que tout amas d'informations possède un motif, un fil qui court à travers chaque élément. Il suffit de tirer dessus, et tout se met en place. « Le savoir impose un motif, et falsifie, a écrit T. S. Eliot dans *Quatre quatuors*[1]. Car le motif se renouvelle à chaque moment. »

Je n'en payais pas moins mes frais d'inscription en rangeant les livres à la bibliothèque universitaire de vingt heures à minuit, me pliant aux diktats du système de numérotation de la bibliothèque du Congrès. Il y avait quelque chose de l'ordre de la méditation dans le fait de scanner le dos des ouvrages et de trouver l'endroit précis où les classer. Et tous les soirs, alors que je poussais mon chariot dans les allées et remettais en place les livres empruntés, je tombais sur un couple d'amoureux en train de s'adonner à une forme d'étreinte ou une autre. Parfois, simplement adossés à un mur, ils lisaient ou faisaient une sieste. D'autres fois, j'entendais derrière les rayons un couple emporté dans les affres de la

1. Traduction de Pierre Leyris, éditions du Seuil, 1969.

passion comme seuls peuvent imaginer ceux qui ne disposent pas d'une chambre à eux. Le soir, on se serait cru dans la forêt du *Songe d'une nuit d'été*, avec le mal et la passion qui rôdent dans l'obscurité.

Je posai *L'Amant de Lady Chatterley* sur le bar et l'ouvris à la page de titre. En haut, quelqu'un avait inscrit une date – *avril 1961*. Mes yeux descendirent ensuite plus bas, s'attardant sur ce qui n'aurait pas dû se trouver là. La page entière était un méli-mélo d'écriture manuscrite.

J'allumai la lampe au-dessus du bar pour examiner la chose de plus près. On aurait dit une écriture masculine, mélange de lettres minuscules et de capitales, fonctionnelle mais d'une élégance déliée. Les barres des *t* étaient énergiques et les *i* surmontés d'un petit trait ascendant telle une flamme sur une bougie.

L'amour nous fait découvrir ce que nous ignorons vouloir.

Et au-dessous, une phrase d'une écriture différente aux lettres pleines tout en boucles, fluide et féminine, qui m'évoqua l'herbe verte de l'été et des jupons qui tourbillonnent.

Et je vous ai trouvé ici.

Je repris le livre, en le serrant bien pour maintenir les pages, mais j'y mis tant de force qu'elles s'envolèrent et retombèrent en pluie sur le comptoir.

Pendant que je les rassemblais, je songeai à quel point j'adorais Hugo. J'adorais qu'il m'imagine capable d'emporter un livre pareil à la réunion de demain. Il me faisait penser à ma grand-tante Trudy, qui trimballait en permanence un demi-pamplemousse au fond de son sac et ne comprenait pas pourquoi vous n'aviez aucune envie de le partager.

Je grignotai un bout d'asperge, puis m'installai dans le fauteuil en rotin près de la fenêtre, en cassant le dos de *L'Amant de Lady Chatterley* que Dizzy m'avait donné. J'étais prête. Ça allait être bien. J'allais faire en sorte que ça le soit. Je l'ouvris à la page de titre, impeccable et vierge de toute écriture, mais mes yeux se posèrent sur le tas de pages resté sur le bar.

L'amour nous fait découvrir ce que nous ignorons vouloir.

Mon regard revint sur le livre que je tenais à la main. Chapitre 1, page 1. Je m'obligeai à me concentrer. Ce livre, j'allais le terminer ce soir, et demain, au club de lecture, je leur en mettrais plein la vue. À la page 2, je ressentis l'envie irrépressible d'un Coca-Cola light et de Pringles.

Quelques minutes plus tard, tout en croquant une chips au fromage, je me retrouvai en train de fixer à nouveau les lambeaux du livre de Hugo. Quasiment toutes les pages étaient tatouées de notes dans les marges, de ces deux mêmes écritures que sur la première. J'approchai le livre de la lampe. Au début du premier chapitre, on pouvait lire ceci :

Bonjour ? Je m'appelle Henry. Qui est là ?

Bonjour, Henry. C'est Catherine.

Catherine, merci d'avoir écrit. Je suis de plus en plus curieux. – Henry

Pas autant que moi. Pourquoi L'Amant de Lady Chatterley *? Pourquoi commencer à écrire dans ce livre ? – Catherine*

Je ne sais pas trop. En voyant ce pauvre livre déglingué, j'ai dû avoir de la peine pour lui. Je me suis dit que je pourrais lui tenir compagnie. J'ai toujours aimé ce roman. Savez-vous qu'à l'origine le titre était Tendresse *? J'adore la douceur de leur amour. Surtout la lettre de Mellors à la fin. « Si je pouvais dormir en te serrant dans mes bras, l'encre resterait dans l'encrier. » – Henry*

Assise là – une chips à trois millimètres de mes lèvres –, je me demandais ce qu'il se passait. Puis j'attrapai une autre page dans le tas au hasard. La page 156.

Catherine,

Vous me hantez, me tentez, éveillez mes sens. J'ai envie de respirer votre odeur, de vous garder dans mes poumons et que vous me deveniez essentielle. Je veux savoir ce que ça vous fait de sentir mes mains sur vous et d'entendre ma voix prononcer votre nom. – Henry

Je contemplai les pages éparpillées dans ma cuisine. De toutes les questions qui bourdonnaient dans la ruche de mon cerveau, une résonnait plus fort que les autres : que s'était-il passé entre « merci d'avoir écrit » et « que vous me deveniez essentielle » ?

Je repoussai les feuilles volantes en essayant de trouver une note plus loin : 389, rien ; 335, rien. Même dans les deux cents premières pages, il n'y avait aucune correspondance. Mais, finalement, je tombai sur la page 249.

Dimanche, c'est le premier jour de l'été. Retrouvez-moi à Pioneer Park, près de la fontaine, à midi. – Henry

J'eus l'impression de rentrer de voyage et de m'apercevoir que j'avais pris la valise de quelqu'un d'autre sur le tapis roulant. J'examinai les pages étalées devant moi. Les mots semblaient s'étirer et se contracter dans l'écriture de Henry et de Catherine, des mots semblables à ceux des romans que j'avais lus toute la journée au Dragonfly. *Étreinte, désir, attente*... Des mots de livres, pas des vrais mots comme en utilisaient, ou n'en utilisaient plus, les vraies gens. Ces mots étaient faits pour les parchemins, les plumes d'oie et les encriers, pour être cachetés à la cire et transmis par des hommes qui chevauchaient désespérément dans la nuit. Pourtant ils étaient là, des caractères virevoltants écrits au stylo-bille dans les marges de *L'Amant de Lady Chatterley*.

Je réunis les pages éparpillées, les remis avec tendresse là où elles devaient être. Qui que puissent être Henry et Catherine, je prendrais soin d'eux. Je ne me rappelle plus combien de temps il m'a fallu avant de remettre en ordre toutes ces feuilles volantes. Je me souviens seulement des bruits de la fête qui battait son plein chez Hugo derrière ma fenêtre fermée, et de les avoir ignorés comme s'il s'était agi de ceux qu'auraient faits des amants dans la pièce d'à côté.

2

Aiguilles d'argent

C'est un livre sur la passion. Elle change de peau.
Elle renaît à travers le désir.
– CATHERINE

Dieu bénisse le coursier d'UPS. S'il n'avait pas sonné, je serais encore en train de dormir. Au moment où il m'a réveillée, je me suis rendu compte que j'avais à moitié glissé du canapé et que j'avais une page humide de bave collée sur la figure. J'ai couru lui ouvrir, j'ai signé « John Lennon » sur la tablette qu'il m'a tendue et j'ai tenu la porte pendant qu'il roulait le colis à l'intérieur. C'est alors que j'ai jeté un coup d'œil à la pendule. La réunion du SVWEABC commençait dans une heure. Dizzy passerait me chercher d'une minute à l'autre. Je fonçai sous la douche, puis me précipitai devant mon placard. Je pouvais opter soit pour le look directrice marketing chez Cisco Systems en mettant la tenue qu'une vendeuse avait choisie pour moi à Nordstrom, soit pour un jean et un tee-shirt style employée chez Google. Choisissant la seconde solution, j'enfilai un jean et un tee-shirt qui affirmait *Le chat de Schrödinger est mort* sur le devant et *Le chat de Schrödinger n'est pas mort* sur le dos. J'étais certaine que Dizzy aurait son bermuda et son tee-shirt habituels. On est des geeks. Autant que tout le monde le sache tout de suite.

À la seconde où j'entendis la décapotable au diesel bio de Dizzy s'arrêter devant chez moi, mon portable sonna. Maman.

« Tu as reçu ce que je t'ai envoyé ? me demanda-t-elle. Je viens de recevoir un texto d'UPS qui confirme que le colis t'a bien été livré. Qu'est-ce que tu en penses ? »

Il était inutile que j'ouvre le carton. Je savais ce qu'il contenait. Encore un meuble. Il n'existait pas un problème au monde que ma mère ne pensait pas pouvoir régler avec une lampe Tiffany. Avant que je déménage en Californie, je n'avais pas eu d'endroit à moi qu'elle aurait pu redécorer. Mais dès que l'envie l'en prenait, elle n'hésitait pas à faire plus de cinquante kilomètres jusqu'à mon appart à la fac, et à faire du charme à une de mes colocataires pour qu'elle la laisse entrer, dans le but de remplacer mes tee-shirts et mes jeans déchirés par des jupes en lin et des twin-sets Max Mara. Maintenant que je vivais à cinq mille kilomètres, elle devait se contenter de m'expédier des trucs, et les meubles étaient ses trucs de prédilection. Des meubles volumineux et encombrants dont il était difficile de se débarrasser. À l'époque où je travaillais, j'appelais l'Armée du Salut en urgence pour qu'ils viennent embarquer les dessertes avec plateau en marbre, les bergères en cuir et les consoles baroques que Marie-Antoinette aurait jugées un brin trop délirantes. Ces derniers temps, je m'en remettais à Craigslist et j'arrivais à payer ma facture Internet pendant plusieurs mois grâce aux largesses de ma mère.

« Je ne peux pas te parler pour l'instant, dis-je. Je dois aller à une réunion.

— Tu ne peux pas aller à une réunion puisque tu es au chômage. »

Dans le monde où j'ai grandi, seuls les gens louches se voient priés de quitter leur travail. Lorsque je leur ai annoncé que j'avais été virée, mes parents ont insisté pour que je revienne chez eux et que je vive ma honte d'être chômeuse sous leur surveillance bienveillante. Si seulement je rentrais à la maison, me mariais et faisais des enfants, le Seigneur pourvoirait à tous mes besoins. Il fut un temps, j'imagine, où j'ai cru qu'il en serait de même chez ArGoNet. Si je faisais tout ce qu'on me demandait, ArGoNet m'assurerait l'aisance et la sécurité. Mais j'ai eu beau travailler dur et bien, au bout du compte, ça n'a servi à rien. Tout se résume à des chiffres, or les chiffres étaient plus petits lorsqu'ils venaient d'Inde. L'océan ne juge pas ce qu'il engloutit. Sauveur ou pécheur, la marée ne fait pas de différence.

« Maman, je n'ai pas le temps de t'expliquer, mais je dois absolument y aller. C'est important.

— Plus important que ta famille ? Très bien, va à ta réunion… Ton père et moi pourrions mourir sur la route en allant à Hilton Head, mais qu'est-ce que ça peut te faire ? »

Mes parents se sont mariés une semaine après avoir terminé l'université. Mon père, une star de l'athlétisme. Ma mère, une candidate à Miss Caroline du Sud. Les photos de leurs premières années de vie commune sont pleines de sourires et du bien-être de deux êtres dont la vie, comme dans les jeux où il faut relier les points, serait financée par les personnes qui les ont élevées. Ils ne posaient pas de questions. Ils ignoraient même qu'on pouvait en poser. Je savais précisément comment s'était déroulé leur samedi. Papa, comme il le faisait depuis avant ma naissance, avait dû prendre le petit déjeuner avec les membres de sa fraternité étudiante avant de revenir chercher Maman, qui l'attendait fin prête dans une tenue de golf couleur sorbet, avec socquettes et visière assorties. Leurs sacs de golf avaient été posés contre la rampe de l'escalier dans l'entrée, et elle avait dû patienter, assise sur les marches de l'escalier tournant en chêne, les mains croisées autour de ses genoux glabres impeccables. Lorsque j'étais enfant, ils jouaient au golf plus près de la maison et prenaient une baby-sitter les après-midi et soirées des vendredis et samedis qu'ils passaient au club. Mais dès que j'avais été adolescente et en âge de rester seule, mes parents, « libérés » depuis peu, avaient découvert l'univers des vrais parcours de golf. C'était leur parc de loisirs, le terrain des tenues de soirée aux couleurs primaires, à l'odeur d'herbe fraîchement coupée. Je ne suis même pas sûre que Maman aimait jouer au golf. Mais Papa adorait, et pour elle, c'était la seule chose qui comptait.

« D'accord, Maman, je vais l'ouvrir. »

Attrapant un couteau de cuisine, je découpai le dessus du carton et en sortis un guéridon en chêne de style colonial, un choix d'une étonnante sobriété venant d'une femme qui accroche des colverts empaillés au mur de sa cuisine.

« Tu as ouvert l'enveloppe ? me demanda-t-elle. Ouvre-la pendant que je t'ai au téléphone.

— Je ne vois aucune enveloppe...

— Dans le tiroir. Pourquoi ne regardes-tu jamais à l'intérieur des choses ? »

Dehors, Dizzy klaxonna deux fois pendant que j'ouvrais le tiroir, où je trouvai une enveloppe de ma mère décorée de minuscules lys, sa fleur préférée. « Pour un nouveau départ », avait-elle écrit dessus.

Ma mère était une belle femme qui essayait de rendre tout ce qui l'entourait aussi beau qu'elle. Mais, d'après moi, elle n'y parvenait en rien aussi bien que dans son écriture. Ses mots donnaient l'impression de s'être entraînés à marcher avec une encyclopédie en équilibre sur la tête jusqu'à ce qu'ils aient une allure parfaite. Les *o* n'étaient jamais trop gros, les *l* jamais trop maigrelets. C'était l'écriture d'une femme qui n'avait jamais douté de ce qu'elle était et se réveillait chaque matin en sachant que l'avenir lui réservait encore bien des choses.

Mon cœur fit un bond lorsque j'ouvris l'enveloppe et aperçus un chèque de 10 000 dollars. Je contemplai les quatre magnifiques zéros attachés les uns aux autres telles des boucles en dentelle. Ma mère m'aidait enfin d'une façon vraiment utile.

« Maman, je ne sais pas quoi dire.

— On a décidé de te donner ton héritage en avance. »

Là, je restai un peu médusée. Les zéros me parurent soudain minuscules. Mes parents étaient blindés. Cela revenait, en fin de compte, à me déshériter.

« Enfin, tu n'auras pas seulement ça, ajouta-t-elle devant mon silence. C'est juste de quoi couvrir ton retour à la maison. »

Et c'était reparti.

« Je suis très heureuse ici. »

Dizzy donna un nouveau coup de klaxon. J'attrapai mon sac et sortis en gardant ma mère au téléphone.

« Tu ne sais pas ce que c'est que d'être heureuse. Tu es au chômage et tu n'as pas de mari. Tu as tenté ta chance en Californie, mais ça n'a pas marché, ce contre quoi je me rappelle t'avoir mise en garde avant que tu aies pris la peine de déménager là-bas. Il est temps, Margaret Victoria. Il est temps que tu rentres à la maison. »

En me glissant sur la banquette à côté de Dizzy, je pensai à la maison de mes parents. Une grande demeure coloniale près de la place principale, construite par mon arrière-arrière-arrière-grand-père après la « guerre d'agression du Nord » avec l'argent qu'il avait siphonné aux profiteurs. Je m'étais toujours sentie mise à l'écart dans cette maison trop pleine de la joie délibérée que manifestaient mes parents d'être ensemble pour me laisser de la place. Tandis que j'y repensais, je sentis le parfum du savon au lilas de ma mère. Elle prenait toujours son bain une heure précisément avant le retour de mon père afin de se débarrasser de l'odeur d'une journée passée sans lui. Le désir qu'elle avait pour lui m'effrayait. Notre maison ne lui suffisait pas. Je ne lui suffisais pas. Si j'avais perdu mon père, je me serais retrouvée orpheline.

« Sais-tu ce que ton oncle Jamie m'a dit l'autre jour ? continua Maman. Il m'a demandé si tu ne serais pas une de ces filles bizarres. Puis il m'a dit que si c'était le cas, ce n'était pas grave, car il acceptait ton "style de vie alternatif ". Et il m'a dit ça pile devant les oignons au supermarché ! Je ne peux pas avoir une enfant homo, Margaret Victoria. Dizzy, lui, ça va, sa mère a quatre autres garçons. Mais moi pas. Moi, je n'ai que toi, par conséquent, si tu es homo... eh bien, c'est vraiment trop me demander. »

Je me tournai vers Dizzy et me rappelai que j'avais dit à ma mère qu'il était gay. Il fallait reconnaître qu'elle n'avait jamais dit du mal de lui ni ne l'avait traité différemment, ce qui signifiait qu'elle attendait de sa part, comme de tout le monde, qu'il s'aplatisse devant ses moindres désirs. Mais chaque fois qu'elle était en sa présence, je voyais la tension dans son regard tandis qu'elle réfléchissait à tout ce qu'elle disait ou faisait, comme si, au lieu d'être gay, il venait d'un pays étranger.

« C'est parce qu'on t'a laissée lire trop de livres, c'est ça ? enchaîna-t-elle. Je n'aurais jamais dû accepter que tu lâches le tennis ! Si tu t'étais exposée davantage au soleil, tu ne serais pas comme ça.

— Maman, je ne suis pas homo. »

Dizzy recracha son moka, aspergeant le volant.

« Alors, rentre à la maison et marie-toi comme une fille convenable. Bill Cumberland vient de divorcer...

— Il a l'âge de Papa.

— Il est célibataire.
— J'ai une vie ici.
— Tu as un mari ? Tu as une famille ? »

Cette fois encore, je gardai le silence. Le mariage m'avait toujours semblé un événement lointain, comme les cinq kilos en trop qu'on dit en permanence vouloir perdre.

« Margaret Victoria, explique-moi, je te prie, à quoi sert tout ça. Tu es là-bas depuis dix ans. *Dix ans.* Et tu n'es pas devenue riche, pas plus que tu n'as épousé un homme qui l'est. L'autre jour, j'ai vu dans l'émission d'Oprah Winfrey qu'il y a tellement d'hommes célibataires dans la Silicon Valley qu'on appelle San Jose « Man Jose ». Apparemment, on ne peut pas faire un pas sans croiser une bonne douzaine de célibataires. Si on se base sur ces chiffres, qu'est-ce qui ne va pas chez toi, Margaret Victoria ? »

J'aurais pu lui parler de mon dernier *date* quinze jours plus tôt, qui avait annulé à deux reprises parce qu'il avait trop de boulot, puis m'avait emmenée faire du parachute, car il avait lu sur le Net que faire quelque chose de physiquement grisant activait les phéromones qui déclenchaient l'attirance. Je suis sûre qu'il était très intéressant, mais, après tant de griserie, j'étais trop occupée à vomir pour prêter attention à ce qu'il racontait.

« Les bonnes occasions sont rares, Maman.
— Alors à quoi bon rester là-bas ? »

Je regardai Dizzy tapoter le volant en fredonnant une chanson dans sa tête. Je faillis lui répondre que j'étais venue ici pour être avec mon ami, que Dizzy et sa famille étaient devenus ma famille depuis que j'avais compris que je n'en avais pas vraiment. Que j'étais venue ici me prouver quelque chose et que je cherchais encore quoi.

« Merci pour la table, dis-je à la place. Mais je ne peux pas la garder, pas plus d'ailleurs que l'argent.

— Tu préfères crever de faim histoire de me contrarier ? Ils embauchent des secrétaires à la nouvelle usine Mercedes près de chez nous. Les hommes aiment bien les secrétaires. Tu pourrais vivre à la maison et aller tous les jours à l'usine en voiture.

— Je ne vais pas garder le chèque, ni la table.

— Il faut que tu gardes la table. Elle appartenait à ta grand-mère. »

Je jetai un œil sur la facture de l'expéditeur scotchée derrière l'enveloppe.

« C'est un modèle d'exposition qui vient de chez Pottery Barn.

— Ne fais pas ta maligne. »

En déchirant le chèque, je me sentis tout sauf maligne.

*

Le blog du SVWEABC annonçait que la réunion de juin aurait lieu au domicile d'Avi Narayan à Woodside et priait les membres de bien vouloir informer leur hôtesse d'éventuelles contraintes alimentaires en raison d'une allergie, d'une religion, d'un régime ou d'une quelconque politique. (Parmi les commentaires sur le post figuraient des récriminations à propos du raisin servi à la dernière réunion, qui ne provenait pas de l'Union des travailleurs agricoles.) Le blog renvoyait également à divers sites proposant des extraits d'une biographie de D. H. Lawrence, à des liens vers des ouvrages d'analyse critique sur Amazon, ainsi qu'au dossier PDF d'un article que la fille d'une des membres du club avait écrit sur Lady Chatterley dans le cadre du cours « Sexe et ordre social » qu'elle suivait à l'université de Smith. Un dessin représentant un doigt entouré d'une ficelle rappelait « Soutenez votre librairie locale », et il était recommandé d'acheter le livre dans l'édition Penguin Classics chez Apollo Books & Music, où les membres bénéficieraient de la remise accordée au club.

« Il m'arrive de me dire que nous consacrons plus d'efforts à rédiger ce blog et à décider de ce qu'on va grignoter qu'à lire le livre », observa Avi en susurrant les *r* de son accent britannique tandis qu'elle nous escortait, Dizzy et moi, vers son salon.

J'avais d'abord supposé qu'elle devait être au milieu de la quarantaine, mais la peau relâchée au niveau du cou et un gonflement autour des yeux me firent ajouter quelques années à cette estimation. Néanmoins, elle était ce qu'on aurait appelé chez moi une « femme bien conservée ». Dans sa robe d'été rouge, sa peau avait la couleur du sucre caramélisé. Ses épais cheveux bruns étaient retenus par un foulard imprimé léopard qui sur moi aurait eu l'air d'un vieux papier de bonbon. J'aurais parié qu'Avi ne s'était jamais endormie en bavant sur son canapé. Elle émergeait sûrement de l'océan chaque matin dans un coquillage, entourée de chérubins qui piquaient des fleurs dans sa chevelure. Elle était plus proche d'Oprah Winfrey que je ne pourrais jamais l'être.

« Oui, c'est une utilisation du graphisme très efficace, dis-je, ce qui me valut un regard de Dizzy signifiant qu'il était convaincu que, si je l'avais voulu, j'aurais pu sortir une phrase encore plus nulle du style "le papier peint est ravissant" ou "j'aime beaucoup le fromage".

— Bon, vous deux, restez ici, dit Avi. Je vais vous chercher une tasse de thé.

— Tu as bien lu le livre ? me demanda Dizzy dès qu'elle se fut éloignée. Je t'en supplie, dis-moi que tu es restée debout toute la nuit et que tu as écrit toutes sortes de choses géniales qui vont les épater ! »

À la vérité, j'avais seulement parcouru les critiques littéraires sur SparkNotes avant de m'effondrer aux premières lueurs du jour. J'avais bel et bien passé une bonne partie de la nuit à lire, mais pas le roman.

Catherine,

Où êtes-vous ? Une semaine s'est écoulée sans réponse. Vous êtes souvent dans mes pensées et j'aimerais avoir de vos nouvelles. Mais si vous n'avez pas envie de poursuivre cette conversation, je comprendrai. – Henry

Et sur la page d'en face :

Catherine,

Une autre semaine vient de passer, et toujours aucun mot de vous. Je pourrais croire que je vous ai imaginée pendant tout ce temps s'il n'y avait pas les notes que vous avez laissées dans ce livre. Je reviendrai voir dans une semaine. Si vous n'avez toujours pas répondu d'ici là, je ne vous en voudrai pas, mais vous me manquerez. – Henry

Et finalement, sur la page suivante, j'avais soupiré de soulagement en reconnaissant l'écriture de Catherine.

Henry,

Je suis de retour. Je suis désolée de m'être absentée. Je ne repartirai pas.

Amitiés, Catherine

Grâce à SparkNotes, je m'étais fait une petite idée des manigances de Connie Chatterley et de Mellors, mais pour ce qui était du grand drame, je m'en remettrais à Henry et à Catherine.

« Je me débrouillerai, répondis-je. Et toi ? Tu m'as l'air un peu trop reposé.

— Oh, ça va... Tu te souviens de l'accro au *Seigneur des anneaux* avec qui je sortais l'année dernière ? Ce mec était un total obsédé de l'acteur Sean Bean, qui joue aussi dans la mini-série anglaise *Chatterley*. J'ai bien dû regarder ce gars exhiber ses organes vitaux dix-huit millions de fois ! »

Je me giflai mentalement de ne pas avoir pensé la veille à télécharger le film sur BitTorrent.

« L'heure est venue de se mêler aux autres, déclara Dizzy en secouant sa tignasse rousse. Toi tu prends le flanc gauche, moi le droit. »

Et avant que j'aie pu le retenir, il fila vers un petit groupe de femmes qui examinaient les étiquettes des bouteilles de vin sur le bar. Je tentai de me mêler, moi aussi – sans grand succès. Toutes les autres femmes chuchotaient par groupes de deux ou trois. Je dérivai près d'un des groupes, espérant être aspirée dans un trou noir de conversation, mais rien. Tout ce que je récoltai fut des bribes entendues çà et là, à propos de « dégager plus de temps », de « coachs d'admission à l'université » ou d'« aller au spa de Miraval ». Et puis il y avait celles qui étaient toutes seules dans un coin, en train d'envoyer des textos ou de parler au téléphone. Je recourus à la stratégie qui m'a permis de survivre à mon enfance et me réfugiai dans un coin en espérant que personne ne vienne m'adresser la parole.

« Je vous ai gardé un peu d'Aiguilles d'argent », dit Avi, qui réapparut tout à coup en s'asseyant près de moi. Elle me tendit une tasse aussi fine que la pantoufle de Cendrillon. « Dizzy m'a dit que vous adoriez le thé blanc. »

Je jetai un coup d'œil vers le bar, où je vis Dizzy remplir de vin le verre d'une femme, puis renifler un canapé avant de se le fourrer dans la bouche. Folle de thé blanc ? Je buvais du chai Trader Joe's avec Hugo dans des tasses aussi grandes que des sabots. Quelles autres âneries avait-il racontées sur moi ?

Je bus une gorgée. Les Aiguilles d'argent avaient un goût d'écorce d'arbre si puissant que je craignis d'avoir perdu définitivement l'usage de la parole.

« Ils le récoltent une fois par an, précisa-t-elle. Au début du printemps. Je trouve à ce thé un parfum doux et délicat, et en même temps aérien. »

Peut-être que sur la planète d'Avi, le goût de l'écorce d'arbre était doux, mais ici sous notre soleil, il était amer et avait un goût de bois – enfin, d'écorce d'arbre.

« C'est délicieux », dis-je.

Avi me sourit, l'œil rempli d'attente. Je connaissais ce regard. Elle voulait que je l'éblouisse. Sauf que dans cette pièce pleine de personnes qui avaient un boulot, j'avais seulement l'impression de n'avoir pas assez dormi après avoir passé des mois à dormir trop.

« Bon, dit-elle avec une politesse tout artificielle, vous allez devoir m'excuser le temps que je joue mon rôle d'hôtesse. »

Quelle que soit la poignée que je tentais d'agripper pour retrouver la vie que je voulais, elle paraissait à des kilomètres de ma portée.

Je regardai Dizzy, qui était en train de lancer une truffe au chocolat en l'air avant de la rattraper dans sa bouche.

« C'est... non, ne me dites pas... ce sont les truffes qu'on vend à la cave du Clos Pegase à Calistoga ! »

La femme à côté de lui acquiesça, et il éclata de rire. J'adorais son rire. Si des oies passaient par là, elles ne tarderaient pas à descendre en piqué récupérer une de leurs compagnes égarées. Il avait beau s'être fait poser des couronnes et blanchir les dents, être devenu un dingue de vin et un bêcheur qui apportait sa propre bouteille au restaurant, jamais il n'arriverait à se débarrasser de ce rire que j'adorais.

Après avoir resservi du vin à deux femmes, il se dirigea en titubant vers le fauteuil voisin du mien et s'y laissa tomber de tout son poids.

« Ça y est, j'ai réussi à savoir pourquoi il leur fallait des remplaçants, dit-il. D'abord, il y a eu

Harriet. Officiellement, elle a été mutée sur la côte Est, mais, en réalité, elle a fait une dépression due au stress. Un jour, elle est partie faire un tour à vélo à l'heure du déjeuner, et on l'a retrouvée deux jours plus tard qui se goinfrait de poulet rôti et de gaufres. Dans un routier. À Fresno.

— Du poulet et des gaufres, c'est à peu près la seule chose qui me pousserait à pédaler pendant deux jours.

— Oui, moi aussi. Mais gardons ça pour nous. Et après, il y a eu Jill, dont la start-up a coulé, et qui a rejoint une communauté intentionnelle, à Bonny Doon, où porter des vêtements est en option.

— Ouah ! C'est... ouah !

— Voilà ce qu'on a, Mags. On est super branchés, ici. Si la barre pour devenir membre était plus basse, on pourrait passer par-dessus sur le ventre. »

Il me donna une tape sur le genou, puis repartit vers le bar en se pavanant comme s'il vivait dans une maison comme celle-ci et non dans un appart en colocation au milieu duquel trônaient un énorme fauteuil gonflable et une cave à vins réfrigérée contenant 340 bouteilles. Je restai là avec le mot *membre* qui résonnait dans ma tête et la crainte que ça ne s'arrête pas là.

Je plongeai la main dans mon sac en toile pour y prendre le livre, mais je ne sentis pas les pages coupantes de l'édition Penguin Classics que m'avait achetée Dizzy. Il n'y avait que la couverture tout écornée de la version délabrée de Hugo. Prise de panique, j'eus beau enfouir la tête dans le sac comme si c'était le four de Sylvia Plath, je n'aperçus que la doublure en nylon. Mes deux heures de sommeil m'avaient non seulement laissé sous les yeux des poches tellement gonflées qu'elles auraient pu me permettre de flotter, mais aussi un niveau impressionnant d'idiotie. J'avais emporté le mauvais bouquin. Je regardai alentour tous les Penguin Classics serrés dans des mains et posés sur des fauteuils. Je n'avais pas lu le roman, je n'avais jamais entendu parler du spa de Miraval et j'avais même apporté un exemplaire que j'allais devoir tenir comme un sandwich trop garni.

« Mesdames, s'il vous plaît... si on commençait ? » dit Avi, rappelant la salle à l'ordre, avant de s'asseoir d'un geste gracieux dans le fauteuil à côté du mien.

Lorsqu'il vit le livre que j'avais apporté, Dizzy, lui aussi installé près de moi, me lança un regard qui disait : *Peut-être pourrais-tu passer le reste de l'après-midi planquée dans le coffre de ma voiture ?*

« Je pense parler en notre nom à toutes en disant que Harriet va nous manquer et que nous lui souhaitons le meilleur, suite à sa mutation sur la côte Est, commença Avi. Et de même pour Jill, qui a décidé de prendre un congé afin de saisir de nouvelles opportunités. »

Je jetai un coup d'œil à Dizzy, qui dissimula son envie de rire derrière une toux feinte.

« Certaines d'entre vous ont déjà fait la connaissance de nos invités et éventuels nouveaux membres. Je crois que nous sommes particulièrement heureuses d'accueillir notre premier membre masculin, Dizzy Gordon. Dizzy est le directeur technique d'ArGoNet. J'ai passé récemment pas mal de temps dans une salle de conférences à discuter stratégie avec lui et le reste de la direction, et avoir Dizzy dans cette pièce a rendu les choses beaucoup plus amusantes que prévu ! Il me tarde d'entendre ce qu'il a à dire sur ce livre. »

Il y eut quelques applaudissements, provenant principalement de ses copines de bar, mais Dizzy prit cela pour une *standing ovation*. Il se leva et salua en s'inclinant de façon exagérée le bras ballant jusqu'au sol.

« Et voici Maggie Duprés », enchaîna Avi en posant sa main fraîchement manucurée sur mon bras.

Je repliai mes doigts pour cacher mes cuticules négligées.

« Maggie était, encore récemment, directrice de l'architecture du système d'information chez ArGoNet. Mais ce qui m'a le plus impressionnée au sujet de Maggie, c'est sa vie avant la Silicon Valley. Elle est titulaire d'un master en sciences de l'information et des bibliothèques et d'une licence de littérature anglaise. Vous comprendrez pourquoi je l'ai placée à côté de moi, j'en suis sûre. J'ai besoin de quelqu'un qui m'aide à saisir ce livre ! »

Tout le monde éclata de rire. J'étais convaincue que tout le monde savait que c'était la première fois que qui que ce soit prétendait être impressionné par mon diplôme en anglais. C'était une ruse, qu'utilisent la plupart des gens qui ont réussi. Moquez-vous de vous-même, et le petit peuple vous en aimera d'autant plus.

« Puisque nous avons deux nouveaux invités, je voudrais prendre un instant pour rappeler comment nous procédons, reprit Avi. Nous faisons un tour de table et chacun nous dit ce qu'il pense du livre. N'oubliez pas, un seul à la fois !

— Ce roman est un paradoxe, commença une femme en pull rose assise à côté d'Avi. À la fois progressiste et réactionnaire, moderne et victorien. »

Toutes les autres tenaient sagement leur livre sur les genoux, alors que le mien était enfermé au fond de mon sac comme la femme de Rochester dans son grenier[1]. Lorsque la femme en rose recracha la principale analyse de SparkNotes, celle-là même que je comptais utiliser, tout espoir que je pouvais encore avoir de me sortir de cette petite pirouette sans trop de honte s'envola.

---

1. Allusion à *Jane Eyre* de Charlotte Brontë.

Je me creusai les méninges en repensant au cours d'initiation à la littérature anglaise de première année, où j'avais découvert *L'Amant de Lady Chatterley*. Qu'est-ce que ça racontait ? Quelque chose sur le système de classes dans la société anglaise ?

« Ça parle de classes, dit l'intervenante suivante. Toute l'histoire de Lady Chatterley et du garde-chasse est un microcosme du système de classes britannique. »

Deuxième strike. Je tâchai de me rappeler ce que le professeur avait raconté d'autre. Ce n'était pas le meilleur roman de Lawrence. Il posait problème. Il s'agissait plus d'un pied de nez prosaïque à la société que d'une œuvre sérieuse ayant une valeur littéraire. Lawrence repoussait les limites pour voir ce que ça donnerait, simplement parce qu'il en était capable.

« Mellors se jette sur elle dans les bois, dit la femme assise à côté de la précédente. C'est toujours lui le partenaire dominant. Est-ce ça, la libération de la femme ?

— Il n'y a pas un seul personnage sympathique, enchaîna sa voisine. Aucun ne m'a plu.

— La dimension obscène est pour le moins datée. »

Je revis Dizzy me lisant des passages à l'oreille pendant qu'on travaillait en bibliothèque, et que je prenais sur moi pour ne pas rigoler de l'absurdité de ce vieil homme barbu et ringard qui pensait choquer en disant des gros mots qu'on prononçait tous les jours lorsqu'on découvrait avec consternation qu'on nous avait piqué notre vélo, ou quand on rêvait de manger des pancakes au petit déjeuner dans notre dortoir. Oui, le roman avait cruellement vieilli par rapport aux critères modernes. Je pouvais dire ça.

« Tout est daté. Qu'y a-t-il là de commun avec nos vies d'aujourd'hui ? »

La chance venait de me passer sous le nez.

« Clifford est un salaud. Je lui en veux de l'avoir épousée, dit l'intervenante suivante. Cette fille est une cruche. »

Stoïque sur sa chaise, le visage impassible, Avi hochait la tête à chaque commentaire avant d'inviter patiemment la prochaine à s'exprimer.

Même Dizzy apporta sa pierre lorsque son tour arriva.

« La mine de charbon est une abomination ! s'exclama-t-il. Ça m'a rappelé mon premier boulot dans la Vallée. »

Jusque-là, personne n'avait eu quelque chose de positif à dire. Comme j'étais assise à côté d'Avi, je l'avais entendue soupirer. Un soupir de frustration et d'anxiété, très semblable à celui qui m'échappait tous les matins au moment où j'ouvrais ma boîte aux lettres et constatais que je n'avais pas reçu une seule demande d'entretien. Je regardai les bibliothèques qui tapissaient tout un mur derrière elle. Des étagères en chêne marquetées, sculptées de feuilles de vigne et de raisins qui s'enroulaient dans les angles. Et sur ces étagères étaient alignés des gros romans en éditions de poche au dos aussi craquelé que le visage d'une vieille bique et des grands formats dont le bord des jaquettes était blanchi par l'usure. J'avais vu des bibliothèques de gens qui n'aimaient pas les livres. Mais ceux d'Avi étaient quasiment détruits à force d'être aimés. Avi était une dingue de livres. Elle voulait que tout le monde apprécie *L'Amant de Lady Chatterley*, entendre que le roman les avait émus et pris aux tripes. Mais comme tout le monde l'avait détesté, elle le prenait comme un affront personnel. Je décidai alors que j'aimais beaucoup Avi Narayan.

Pendant que Dizzy discourait sur la mine de charbon, métaphore selon lui du désespoir oppressant qu'implique d'être associé à un mauvais P-DG, j'attrapai mon sac et sortis mon livre. Les notes recelaient toutes sortes de bribes d'informations sur le roman. Et si je n'étais pas sûre que le SVWEABC aurait approuvé Henry et Catherine, j'étais en revanche certaine que Henry et Catherine n'auraient pas approuvé le SVWEABC. H. et C. adoraient ce livre.

Savez-vous qu'à l'origine le titre était Tendresse *? J'adore la douceur de leur amour. Surtout la lettre de*

Mellors à la fin. « Si je pouvais dormir en te serrant dans mes bras, l'encre resterait dans l'encrier. » – Henry

Henry, vous êtes un incorrigible romantique. Tendresse *ne convient pas du tout. C'est un livre sur la passion. Elle change de peau. Elle renaît à travers le désir. Ça parle de sexe torride et de l'effet que ça fait. – Catherine*

« Et par la suite, quand...

— Dizzy, excuse-moi, je peux t'interrompre une minute ? »

Il s'immobilisa en me lançant un regard noir, tandis que le reste du groupe me dévisageait comme s'il venait de me pousser une seconde tête. Avi se tourna vers moi d'un air calme et poli. Je soutins son regard une seconde et souris de voir sa surprise quand je lui fis un clin d'œil. J'allais sauver cette réunion pour Avi Narayan.

« Ce que tout le monde a dit ici aujourd'hui me semble parfaitement à propos, dis-je. Sauf que nous ne parlons pas de ce dont nous devrions parler. Personne n'a mentionné le sexe. Le bon vieux sexe, à l'ancienne, au milieu des bois, devant Dieu et la terre entière. »

Les verres de vin se figèrent. Avi faillit recracher son thé. J'avais capté leur attention. Je sentis Dizzy me fixer pour m'enjoindre de me taire. Je n'osai pas faire machine arrière. Mon cœur battait aussi fort que celui d'un gamin hyperactif de CE2 qui a oublié de prendre sa Ritaline.

« Je suis restée là à vous écouter, poursuivis-je, et vos lectures attentives, tout comme vos remarques judicieuses, m'impressionnent. Je ne peux d'ailleurs être en désaccord avec aucun des points que vous avez soulignés par rapport à la société, l'ordre social ou la place qu'occupe le livre dans l'histoire littéraire. Cependant, je ne pense pas que ce soit pour ces raisons qu'on lit ce livre. Ça concerne le sexe. Je ne crois pas que les gens de l'époque se préoccupaient particulièrement de l'ordre social lorsqu'ils l'ont interdit. Ils l'ont interdit à cause du sexe. »

Je jetai un coup d'œil aux notes de Catherine. Puis je les recouvris de ma main, comme pour les protéger du plagiat que je m'apprêtais à commettre.

« Il s'agit de changer de peau, de renaître à travers le désir... J'ignore ce que vous en pensez, mais je trouve que ce n'est pas rien ! Pas vous ? »

Le silence régnait dans la pièce, mais personne ne me regardait. Tout le monde dévisageait Avi dans l'attente de sa réaction.

« C'est une excellente observation, Maggie, et très perspicace, dit-elle. Merci. Voilà une parfaite introduction à la discussion et aux questions que j'aimerais poser au groupe. »

Je me tournai vers Dizzy, qui prenait sur lui pour ne pas s'esclaffer. Sa jambe tressautait tel un marteau-piqueur sous l'effort, son sourire menaçait d'exploser en un éclat de rire d'une seconde à l'autre.

Comme elle l'avait fait avant la réunion, Avi se pencha et posa la main sur mon bras. Et elle souriait. Je me sentis adoubée. La déesse indienne du SVWEABC venait de me bénir en acceptant mon offrande. Je vivrais une vie de bonté éclairée et continuerais à lire les classiques.

Avi posa plusieurs questions, et les réponses furent cette fois plus positives. Il fallait accorder au moins une chose aux membres du SVWEABC. Elles ajustaient leur trajectoire en fonction des modalités du marché.

Après la réunion, Avi me guida à travers le salon en me présentant à des personnes qui, à présent, voulaient bien me parler. La moindre chose que je disais déclenchait des cascades de rires étincelants, si bien que, de nouveau, je flottai au gré du courant d'une existence bénie des dieux. Et comme cela ne m'était plus arrivé depuis un bout de temps, ce fut comme vivre un millier de Noël d'un coup. Mieux, j'avais réussi à égarer ma tasse de thé à l'écorce !

Dès que l'occasion se présenta, Dizzy me poussa vers le bar.

« Putain de merde ! Je ne sais pas ce qu'il y avait dans ce thé, mais putain… Elle t'adore ! Tout le monde t'adore ! » Il se rapprocha et se pencha vers moi. « Tu sais ce que ça me rappelle ? Tu te souviens du pitch qu'on a fait chez Microsoft, quand ils ont commencé à nous bombarder de questions sur les statistiques concernant les usagers et que je ne savais même pas de quoi ils parlaient ? Tu t'es jetée à l'eau en leur balançant telle ou telle étude. Ça les a carrément impressionnés. Et en partant, dans l'ascenseur, tu m'as dit : "Il va maintenant falloir que je trouve des études qui confirment tout ce que je viens d'inventer." »

Je lui donnai un coup dans le ventre pour qu'il se taise.

« C'est le plus beau jour qui soit ! » déclara-t-il en terminant son verre.

J'eus comme l'impression que j'allais devoir conduire pour rentrer à la maison.

Là-dessus, en voyant Avi venir vers nous, je le poussai vers ses copines buveuses de vin.

« Maggie, pourquoi es-tu ici ? me demanda-t-elle en me servant un verre de cabernet.

— Pour te faire de la lèche en vue de récupérer mon job. »

Elle éclata de rire. C'est toujours bon signe.

« Pourquoi tu tiens tant à reprendre ton ancien boulot ? Pourquoi ne pas aller de l'avant ? C'est comme ça que les choses se passent, dans la Vallée. »

Le pitch qu'on avait fait chez Microsoft était encore dans mon esprit. Je me souvenais de ce que c'était que d'attendre le Prochain Grand Truc en ayant un sentiment de toute-puissance.

« J'ai lancé cette boîte. Avec Dizzy et quelques anges bailleurs de fonds. Je connais ce logiciel mieux que n'importe qui, y compris les types qui l'ont écrit. Ils en connaissent chacun une partie, mais ils ne savent pas comment la bête entière se déplace et réfléchit. Demande à n'importe quel développeur. Rien ne vaut une grande utilisatrice comme moi ! Et les clients m'adorent. Ce que j'ai fait tout à l'heure dans ton salon, je peux le refaire n'importe quel jour de la semaine dans n'importe quelle salle de conférences. »

Avi se servit un verre et but une gorgée.

« Pour te faire entrer dans notre club, Dizzy m'a parlé de toi comme un vrai aboyeur de foire. Je comprends mieux pourquoi... Dis-moi, tu as fait quoi depuis la restructuration d'ArGoNet ? »

La *restructuration*. Quel terme délicat pour décrire le bouleversement total de ma vie ! Mais je mis de côté mon agacement et cherchai en vitesse quoi répondre.

« J'ai été consultante bénévole pour une petite librairie de livres d'occasion qui appartient à mon voisin. » *J'ai perdu mon temps au Dragonfly et appris mille cinq cents nouvelles expressions pour parler des parties génitales d'un homme.* « Les ventes ont diminué suite au ralentissement de l'économie locale. » *Tout le monde se fout du Dragonfly étant donné qu'Apollo est juste en face.* « Je travaille avec lui dans le but d'améliorer sa marge. » *Je pose mon cul derrière une vitrine pleine de poussière et je lis des romans nuls.*

« Très intéressant… Quel genre d'idées as-tu ? »

Des idées ? Déplacer les cartons que Jason déposait dans la boutique comme des vivres qu'on nous aurait parachutées ne me semblait pas compter comme une idée. Je repensai à Henry et à Catherine.

« Cet endroit n'est pas seulement une librairie, c'est un mystère », répondis-je. Ma bouche s'égarait sans que l'anime une véritable idée. Mais les notes de Henry et de Catherine jouaient une sorte de mélodie qui ne me sortait pas de la tête. « On ne sait jamais ce qu'on va y trouver, alors qu'Apollo est aussi prévisible qu'une subdivision planifiée. Le Dragonfly est une sorte de cité médiévale pour laquelle il n'existe aucun plan. Chaque tournant réserve de l'inattendu. »

Elle sourit et sortit une carte de visite de la poche de sa robe.

« J'aimerais en savoir davantage sur ce que tu fais dans ta librairie, dit-elle en écrivant un numéro de téléphone au dos de la carte. Et j'espère bien vous revoir, Dizzy et toi, à notre prochaine réunion. Ton cran me plaît ! Dommage qu'ArGoNet t'ait perdue… Mais je serais épatée si tu parvenais à transformer une petite librairie d'occasion en affaire rentable dans ce contexte économique. Et j'aime bien aider les gens qui m'épatent. »

Elle me tendit sa carte en me disant de l'appeler quand je voulais. Puis elle me laissa seule avec mon vin et le cœur battant. J'avais réussi. Fini les lettres de motivation implorantes et les CV nivelés par le bas ! Je tenais en main le ticket gagnant. J'allais récupérer ma cape de super-héros.

*

Les jambes ankylosées, je posai mon ordinateur portable sur le lit, à côté de moi, et tentai de me lever. La réunion du SVWEABC m'avait laissée sur les nerfs. Cependant, comme deux nuits blanches d'affilée m'avaient achevée, je finis par m'endormir tandis que pointaient les lueurs grises du dimanche matin. Je restai toute la journée au lit dans ce sommeil lourd qui ne vient que quand on n'en veut pas. Il était tout juste minuit passé. J'avais cru que tout ce repos m'aiderait à me sentir mieux. Mais je ressentais toujours une curieuse fermentation d'adrénaline derrière le sternum, et elle bouillonnait encore plus fort dans le noir.

Je décapsulai une bière Rolling Rock et m'assis sur le comptoir de la cuisine, trop réveillée pour dormir, trop épuisée pour faire quoi que ce soit d'autre. Quelque chose dans les sons assourdis de la nuit me donnait envie de simplement rester un peu tranquille. Le bourdonnement du ventilateur au plafond, les cliquetis du réfrigérateur, un air de Coltrane qui sortait de la radio chez Hugo… Tous ces sons chuchotés qu'on ne perçoit qu'après que les voisins sont couchés. Même celui que fit *L'Amant de Lady Chatterley* quand je le sortis de mon sac résonna plus fort qu'en temps normal.

Je le feuilletai en regardant les notes dans les marges passer de l'écriture de Henry à celle de Catherine jusqu'à ce qu'elles se mettent à s'animer telles les images d'un flip-book. *Dans la douceur de la nuit, je m'interroge sur vous*, avait écrit Henry vers la fin. *De quelle couleur est la vaisselle dans laquelle vous mangez ? Quelles photos avez-vous sur vos murs ? Quels livres sur vos étagères ? Tous ces indices sur celle que vous êtes. Mais surtout, je voudrais être certain que vous êtes bien dans le même monde que moi, que vous n'êtes pas seulement le reflet de mes espoirs sur cette page.*

Je tâchai de me rappeler quel genre de vaisselle Bryan avait eue chez lui, mais rien ne me revint. Blanche ? Ou peut-être bleue. Il aimait les interfaces minimalistes. Et il n'avait pas de livres. Aucun. *Tous ces indices sur celle que vous êtes.* Bryan n'avait jamais rien laissé chez moi. Le soir où il m'avait dit adieu, je m'étais conformée au rituel qui consistait à chercher des traces de lui. Mais il n'y avait rien. Pas de photos, pas de vêtements, rien. Aucun objet dont j'aurais pu affirmer ne pas l'avoir trouvé lorsqu'il me le réclamerait plus tard.

Je songeai à Catherine, assise dans sa cuisine une nuit pareille à celle-ci, il y a longtemps, les mots de

Henry encore présents à l'esprit. J'essayais de me la représenter, pensant qu'elle avait dû ressembler à ses lettres graciles et gracieuses. Quelle impression lui faisaient les mots de Henry ? Souriait-elle plus volontiers ? Les gens se demandaient-ils en quoi elle avait changé ? La Catherine que j'imaginais aurait gardé son secret pour elle. Elle n'aurait pas aimé que les gens la regardent comme ils le font quand on est amoureux, persuadés de vous connaître et ricanant de votre joie. Elle aurait su que l'amour vous rend visible.

Je relus les mots de Henry en cherchant à comprendre ce qu'ils avaient pour qu'elle lui fasse confiance de tout son être. J'aurais voulu décortiquer ses phrases pour voir comment elles fonctionnaient, comprendre ce mélange de passion et de désir qui incitait Catherine à lui répondre. Tous deux ne disposaient que de ces caractères fragiles sur une page, qui formaient des mots. Et si ceux qu'ils s'écrivaient étaient les mêmes que j'avais lus mille fois dans des livres, je n'avais jamais cru qu'on se disait vraiment ce genre de choses. En tout cas, moi, je ne les avais jamais dites.

Où vivaient-ils lorsqu'ils avaient commencé à s'écrire ? Le Dragonfly ne me serait pas d'une très grande aide. Hugo ne conservait aucune trace de la provenance des livres. Même s'il inscrivait, avec Jason, les ventes dans un grand registre en cuir, lorsque les clients réclamaient un reçu, Hugo leur donnait un stylo et un bloc pour qu'ils le fassent eux-mêmes. Cette habitude rendait dingue Robert son comptable, ce qui, je le soupçonne, était sans doute sa principale motivation, couplée à son envie d'être un mauvais capitaliste.

Quand Hugo avait acheté la boutique dans les années 1980, celle-ci était depuis longtemps déjà une librairie de livres d'occasion. Je fixai la date en haut de la page – « Avril 1961 » – en tâchant de deviner qui, de Henry ou de Catherine, l'avait inscrite, mais en vain. Les premières notes incitaient à croire que le livre appartenait à Henry, donc c'était sûrement lui. Mais dans ce cas, pourquoi Catherine aurait-elle commencé à écrire dans le livre de quelqu'un d'autre ? Non, le livre avait dû se trouver quelque part où il leur était accessible à tous deux, c'est-à-dire dans une bibliothèque ou une librairie, sauf que rien n'indiquait que le livre avait appartenu à une bibliothèque. Il aurait pu arriver au Dragonfly déjà couvert des notes, comme tout aurait pu se passer au Dragonfly.

Ça aurait pu se passer au Dragonfly. Tout s'est passé au Dragonfly. On aurait dit une accroche dans une vitrine, ou le slogan d'un site sur le Net. J'imaginai des passants voyant la pancarte et entrant pour demander : « Quoi ? Qu'est-ce qui s'est passé ici ? » Et, perdus dans les brumes de Henry et de Catherine, ils fouilleraient. Ils achèteraient des livres. Je repensai à la conversation que j'avais eue avec Avi durant l'après-midi. Peut-être avais-je un projet, en fin de compte. Il fallait que je parle à Hugo.

Après avoir enfilé un pantalon de yoga et des chaussures, je sortis en emportant le livre. Comme d'habitude, Hugo était dans la cour, les jambes croisées sur la table du patio, en train de souffler des nuages de fumée argentée qu'il tirait d'une cigarette roulée, et qui s'élevaient vers le parasol installé près de lui. Il était penché sur les mots croisés du *New York Times* qu'éclairait une lampe frontale, comme s'il allait descendre à la mine plus tard dans la nuit. Face à lui se trouvait un garçon que j'avais vu à la boutique, alors qu'il achetait des vieux manuels sur les bicyclettes. Les pieds sur la table lui aussi, l'index de sa main droite enroulé autour d'un cigare.

Tandis que je m'approchais, Hugo releva la tête, m'aveuglant avec sa lampe.

« Ma pêche de Géorgie.

— Je viens de Caroline du Sud. Tu le sais bien.

— Il y a une différence ? D'accord. Six lettres. L'Ours d'Alabama.

— Bryant, espèce de barbare !

— Ils ont un ours en Alabama qui s'appelle Bryant ? Qu'est-ce qu'ils en font ?

— C'était un entraîneur de football, répondit son ami. Dans les années 1960. On le surnommait l'Ours.

— Vraiment ? fit Hugo. Jamais entendu parler. »

Son copain sourit, son cigare coincé entre les dents. Bien qu'il soit assis, je devinai qu'il devait être un peu plus grand que moi. Sa peau avait la couleur de la noix de muscade, ses cheveux bruns retombaient en boucles sur les épaules d'une kurta en lin safran décolorée et assouplie à force d'avoir été portée. Un jean usé couvrait à moitié ses tongs en plastique vert – je remarquai des petites touffes de poils noirs sur le dessus de ses pieds et de ses gros orteils. Son sourire me fit prendre conscience que je n'avais pas mis de soutien-gorge.

« Comment est-il possible qu'un Indien et une nana en sachent plus long que toi sur le football ? s'étonna-t-il.

— Un coup de chance incroyable, sans doute… » Hugo se tourna vers moi. « Tu connais Rajhit, non ?

— Mary, c'est bien ça ? demanda celui-ci.

— Maggie, dis-je en me laissant tomber dans le fauteuil à côté de Hugo.

— Tu en veux un ? »

Rajhit me tendit un étui en cuir qui contenait trois cigares. J'en sortis un et reniflai l'odeur de miel brûlé du tabac. La dernière fois que j'avais fumé un cigare, c'était le soir où on avait obtenu une première tranche de financement auprès de Wander Fish, et où Dizzy avait invité toute la boîte à La Bodeguita del Medio à Palo Alto. J'avais tellement bu de mojitos que j'avais fini étalée sur un architecte système de chez Paypal sur un des sièges en bois et cuir du fumoir, faisant circuler un cigare tout en écoutant Dizzy raconter à quel point nos vies à tous allaient changer désormais. Il parlait de cours des valeurs, de retour sur investissement, de nouveaux paradigmes... mais je m'en fichais. On buvait un whisky single malt vieux à se pâmer, comme si on l'avait chouravé dans le placard à liqueurs de Papa, et je le sirotais, m'enfonçant peu à peu dans la chaude piscine des certitudes de Dizzy quant à notre avenir.

Rajhit me tendit un coupe-cigare. Je tranchai le bout du cigare et me penchai au-dessus de la table pour qu'il me l'allume avec son briquet. Ma main posée sur la sienne pour qu'elle ne bouge pas, je fis tourner le bout du cigare dans la flamme afin qu'il brûle de façon égale. En levant les yeux, je vis qu'il me regardait moi et non la flamme.

« C'est bon ? » demanda-t-il.

J'acquiesçai et me reculai en soufflant la fumée épaisse qui me râpait le fond de la gorge, *Lady Chatterley* et les amants secrets serrés tout contre moi.

« Hugo, j'ai une idée, dis-je.

— Tu as décidé de t'engager dans la marine, rétorqua-t-il en inscrivant un nouveau mot dans sa grille de mots croisés. Non, non, je sais... Tu vas partir au Népal élever des yaks.

— Tu brûles… Je vais essayer de faire en sorte que le Dragonfly devienne rentable. À titre bénévole, cela va de soi. »

Hugo leva les yeux et éteignit sa lampe frontale. Du coin de l'œil, je vis Rajhit s'appliquer à ne pas rire.

« Bon, tant pis pour le beurre de yak que j'aurais pu avoir ! Pourquoi voudrais-tu ruiner mon affaire qui est parfaitement non rentable ? »

Je lui parlai d'Avi et de la réunion au club de lecture. Il écouta en hochant la tête, avec cet air sérieux qu'il a toujours quand il examine le gingembre au marché chinois pour vérifier qu'il est bien frais. J'étais sûre qu'il comprendrait la bizarrerie de mon projet. Hugo n'était jamais allé nulle part sans emprunter des chemins détournés. À dix-neuf ans, il était parti de la ferme familiale dans l'Idaho, avec *Sur la route* sous le bras en guise de guide Baedeker de la contre-culture, et était allé en stop jusqu'à San Francisco. Mais il avait très vite quitté l'asile de nuit où il avait atterri dans Haight Street. « Le sexe et les drogues étaient tels qu'annoncés, m'avait-il un jour expliqué, en revanche, l'hygiène personnelle était inexistante. » Il avait arpenté les quais de la ville dans une veste de surplus de la marine, déchargeant des bateaux et lisant Jack London, avant de suivre une blonde de l'autre côté du Bay Bridge, à Berkeley. Là, il avait suivi une ancienne reine de bal de fin d'année du Texas dans un cours de physique, puis une activiste asiatique inscrite en sciences politiques. Après avoir suivi des femmes sur des campus durant quelques années, il avait décroché plusieurs diplômes, notamment un master en mathématiques et en religion comparée. Il avait également divers brevets et avait suivi les cours du Cordon Bleu dans trois pays. Du coup, naturellement, il était propriétaire d'une librairie d'occasion.

« Cette histoire de rentabilité est seulement temporaire, alors ? demanda-t-il.

— Dès que j'aurai retrouvé un emploi, tu pourras recommencer à perdre de l'argent par poignées.

— J'ai une meilleure idée, dit-il en tirant sur sa cigarette.

— Est-ce que ça implique des boules de cristal et le sacrifice d'un petit animal ? interrogea Rajhit.

— Un petit animal ? Vraiment ? Je suis bouddhiste.

— Un bouddhiste qui entoure ses asperges de jambon cru ! lui fis-je remarquer.

— Pourquoi tu n'oublies pas le monde des start-up pour venir travailler avec moi ? Tu n'aurais plus à te soucier de profit et de ce genre de choses… Tu pourrais passer ton temps à faire ce que tu as fait. Tu avais plutôt l'air contente. »

Pendant la moitié de ma vie, j'ai eu conscience de ma capacité à décevoir les personnes que j'aimais. Au lieu de dire à ma mère que je ne voulais pas rejoindre son association d'étudiantes, j'ai prétendu que je m'étais dégonflée avant la soirée de bienvenue. De la même façon, je ne savais pas comment expliquer à Hugo que je préférais la compagnie des clients d'ArGoNet habillés en J. Crew, qui cherchaient à se montrer inventifs après avoir effectué une analyse approfondie afin de définir quels sont les moyens les plus efficaces pour utiliser pleinement leur bande passante, d'une manière plus inteligente et plus satisfaisante. Je ne savais pas comment lui avouer que travailler au Dragonfly me donnerait le sentiment d'avoir échoué, que j'aurais affaire à des gens qui se mettraient en colère en ne trouvant pas un exemplaire du *Guide pour mieux faire les nœuds*. Sans parler de ceux qui étaient juste bizarres. Au début de la semaine, un vieux petit raisin sec de bonhomme vêtu d'un kilt à motifs camouflage m'avait raconté que, sur les conseils du sorcier local de Villa Street, il avait investi dans une entreprise spécialisée dans les implants péniens. Il venait de revendre la totalité de son portefeuille un gros paquet de fric. « Oubliez le high-tech et l'immobilier, m'avait-il dit. Et investissez donc dans la technologie qui permet de meilleures performances sexuelles. Ces actions-là ne dégringolent jamais ! » Ce n'était pas comme ça que j'avais envie de passer mes journées.

« Hugo, je… »

Il prit ma main, qu'il porta à ses lèvres pour y déposer un rapide baiser, ce qui me dispensa d'avoir à lui répondre. Il était la seule personne de ma connaissance capable de s'en tirer en faisant un geste aussi ringard. Et aussi la seule qui semblait être incapable de me décevoir, de sorte que c'était lui que j'appréhendais de décevoir le plus.

« Tu peux encore changer d'avis, me dit-il. En attendant, tu as ma permission pour faire tout ce qui te plaira au Dragonfly. » Il se leva et étira les bras en l'air. « Mais commence demain. Demain en fin de journée. »

Comme Hugo remontait chez lui, je pensais que Rajhit allait s'en aller aussi. Mais il se cala au fond de son fauteuil en me souriant comme s'il savait une chose que j'ignorais.

« J'ai toujours aimé ce roman, dit-il en montrant du menton *L'Amant de Lady Chatterley*, que je tenais toujours contre moi. Tu savais que D. H. Lawrence avait d'abord voulu l'appeler *Tendresse* ? »

Je ris malgré moi en repensant à la journée de la veille et à ma performance au club de lecture. Je ris parce qu'il devait se rappeler ce détail d'un cours de littérature de première année et l'avoir mis dans son catalogue d'anecdotes qui épateraient les filles rencontrées au beau milieu de la nuit. Et aussi parce que flirter un peu me faisait du bien. Ça ne m'était pas arrivé depuis trop longtemps.

« Mais ça ne convient pas vraiment, tu ne trouves pas ? » dis-je en extrayant les mots de Catherine de ma mémoire. J'étais impatiente de voir s'ils auraient le même effet sur Rajhit que sur Henry. « En réalité, c'est un livre sur la passion. Lady Chatterley change de peau. Elle renaît à travers le désir. »

Lorsqu'il respira un grand coup en affichant un grand sourire, je compris que ces phrases étaient magiques.

Nous allumâmes deux autres cigares, j'allai chercher deux bières chez moi, et nous bûmes en racontant le genre d'absurdités qui tiennent lieu de rêveries philosophiques aux premières heures de l'aube. Quand il ne resta plus de bière, j'éprouvai la tentation familière de l'inviter dans mon appartement pour boire ce qu'il pouvait rester d'alcool. Pour la première fois depuis trop longtemps, je me sentais jeune et sans aucune limite.

Mais, d'un seul coup, je repensai à la vaisselle empilée dans l'évier, à la crasse autour de la baignoire et aux copies de mon CV éparpillées par terre dans le séjour. Et surtout, j'anticipai le simple chagrin d'amour qui me terrasserait si je passais à la vitesse supérieure dans ma tête au cours des prochains mois. Rajhit était synonyme de problèmes. Sans doute de la meilleure espèce. Mais il était encore temps de lever le camp.

Je lui tendis la main, et quelque chose fondit en moi lorsqu'il la garda un peu plus longtemps que nécessaire dans la sienne.

« Je suis très heureux d'avoir fait ta connaissance, Maggie. »

Puis il s'éclipsa dans l'obscurité et me laissa toute seule, avec la sensation d'avoir encore ses doigts autour des miens.

3

Plus près qu'on ne le pensait

On s'installe et on s'installe plus encore,
et on se raconte pendant tout ce temps
qu'on est pragmatiques. On ne l'est pas.
On est lâches.
– Henry

Tout s'est passé au Dragonfly…

L'accroche était parfaite. L'intrigue ? OK. La promesse d'une bonne histoire ? OK. Le nom de l'affaire ? OK. Oui, dans l'ensemble, c'était tout à fait jouable. Les gens pourraient venir au Dragonfly et trouver leur propre mystère. Telle était du moins ma bonne intention, et maudit soit l'enfer !

Il était minuit. J'étais toute seule au Suds and Surf, une laverie automatique à quelques pâtés de maisons de chez moi, dans une petite enfilade de boutiques qui regroupe également un restaurant salvadorien, un toiletteur pour chiens et un fleuriste qui se chargeait aussi d'aider à remplir les déclarations d'impôts en vietnamien. Grâce au wifi gratuit, j'avais travaillé pendant deux heures sur le site Web du Dragonfly, étirant mes muscles de geek au repos depuis trop longtemps. Le Dragonfly était comme un logiciel qui serait resté là durant des décennies et que personne ne voulait prendre le temps de réécrire. Construire un site Internet consistait simplement à mettre de belles icônes sur un code inefficace et dépassé. C'était peut-être joli, mais, sous les apparences, il y avait surtout du désordre, de la poussière et du JavaScript qui tenait avec un peu de fil de fer.

Vu qu'on n'avait pas d'argent pour un service d'hébergement, je devais me débrouiller toute seule. Comme j'avais un ordinateur en rab à la maison, j'avais créé un serveur et une base de données, et maintenant j'étais là au Suds and Surf en train de concevoir les pages à l'aide d'un logiciel *open source* gratuit et vraiment génial. J'enregistrai un nom de domaine pour dix dollars, téléchargeai un modèle sur le thème du livre et, en deux heures, le Dragonfly avait son site Internet. L'après-midi, j'avais épousseté un scanner dont je ne me servais plus depuis l'époque de Mac OS 9 et j'avais scanné les notes de Henry et de Catherine avant de les poster sur le site. En contemplant mon boulot sur l'écran, je me demandai ce qu'auraient pensé Henry et Catherine s'ils avaient su que j'avais mis là leur histoire. Comment aurais-je réagi à la place de Catherine ? Fermant les yeux, je me projetai dans un temps où les hommes portaient costume et chapeau aux matchs de base-ball et où les femmes tenaient une pochette dans leurs mains gantées. Je m'imaginai découvrir la première note de Henry et sortir un stylo de mon sac pour lui répondre. Mais aucun mot ne me vint. Catherine parlait couramment une langue que je ne savais même pas prononcer.

Un mouvement dans la rue attira mon attention. Sous le réverbère se découpait la silhouette d'un vélo qui avait l'air d'un truc des années 1950 sur lequel seraient montés les personnages de la série *Leave it to Beaver*. Un phare en forme de fusée était attaché sur le guidon et un panier en osier avait été accroché à l'avant. Au moment où le cycliste s'arrêta en regardant dans ma direction, je me mis à flipper. Puis je reconnus Rajhit et flippai pour une tout autre raison.

Il cala le vélo contre la double porte en verre et entra dans le magasin éclairé au néon, les mains dans les poches.

« Je viens de passer chez toi, dit-il.

— Hugo avait un rendez-vous ce soir.

— La fille de l'agence immobilière ou l'antiquaire ? »

Il se tenait face à moi devant la machine à laver et se hissa pour s'asseoir dessus.

« Je ne sais plus. Mais cet après-midi, je crois qu'il a fait un cheese-cake au tofu.

— Alors c'est sûrement la golfeuse professionnelle… Je crois qu'elle est végétalienne. »

Il portait un jean délavé, une chemise blanche boutonnée jusqu'en haut mais dont le dos dépassait de son pantalon et ses fameuses tongs vertes. Je voyais son torse bouger sous la chemise.

« En fait, c'est toi que je voulais voir, dit Rajhit.

— À cette heure-ci ?

— Tu es debout, non ?

— Oui, mais tu ne le savais pas. »

Il tripota la feuille de liquidambar qu'il avait détachée de la semelle de sa tong. Je m'étirai, espérant passer pour la fille qui venait se distraire ici tous les soirs. On avait tous les deux l'air de chercher ce qu'on pouvait se dire ou ne pas se dire.

« Je suis contente de te voir. » Et c'était vrai, je l'étais. Mais comme il eut l'air un peu trop ravi, j'éprouvai aussitôt le besoin de me justifier. « J'aimerais ton avis sur quelque chose. »

Il me suivit jusqu'à la table où mon ordinateur était ouvert à côté du roman. Il se pencha pour regarder l'écran.

« Est-ce que c'est mal ? demandai-je. De mettre les notes qui sont dans le livre sur le site ? »

Il me fixa comme s'il allait me poser une question, et cela me rendit de nouveau un peu anxieuse. C'était ce genre de nervosité agréable qui vous prend lorsqu'on est seul face à une personne qui vous attire, avec la crainte qu'elle ne dise exactement ce que vous avez envie d'entendre et que vous soyez dès lors incapable de vous retenir. Mais il y avait autre chose, un frisson sous ma peau à l'idée qu'il puisse se passer n'importe quoi, comme si le moindre souffle pouvait renverser des châteaux.

« Personne ne sait de qui il s'agit, dit-il. C'est une correspondance anonyme. Et puis, tu essaies d'aider Hugo et le Dragonfly.

— Oui, mais j'essaie surtout de m'aider moi-même.

— Je ne pense pas que ce soit une mauvaise chose. »

Je m'approchai de son vélo, histoire de mettre un peu de distance entre nous, et m'assis sur la selle en cuir. Étant donné qu'elle était un peu haute pour moi, je m'accrochai au montant de la porte pour ne pas perdre l'équilibre.

« Tu t'y connais en vélos ? demanda Rajhit.

— J'avais un dix-vitesses au lycée. »

Il me raconta qu'il avait trouvé le cadre sur Craigslist quelques mois auparavant, qu'il avait peint les lignes blanches avec un pinceau spécial pour maquettes d'avion et commandé des roues spéciales sur eBay.

« C'est ce que tu fais ? Tu retapes des vélos ?

— Je n'ai pas d'occupation, si c'est ce que tu veux dire. À part être un fainéant.

— Et ça paie bien ? »

Je baissai les yeux sur le cadre rouge pomme d'amour.

« Très mal, et à cela s'ajoute le bonus d'être une totale déception pour mes parents. »

Il vint vers le vélo. J'appuyai sur la sonnette comme si je n'avais rien remarqué. Elle avait le même son que celle qui était à l'entrée chez ma grand-mère. Il enfourcha la roue avant, attrapa le guidon et commença à me balancer. Il me raconta qu'un jour son père avait payé un millier de personnes en Inde afin qu'ils prient pour qu'il soit admis au MIT[1], qu'il avait bossé d'arrache-pied à l'école et à la fac, puis avait travaillé dans plusieurs entreprises de la Vallée avant de trouver un poste de directeur technique, mais que les seuls moments où il se sentait heureux, c'était quand il était sur son vélo, pour aller au bureau ou rentrer chez lui.

« Mes parents envoyaient ma photo à leurs amis dans l'espoir de me trouver une femme. Maintenant, ils envoient mon CV à des chasseurs de têtes.

— Et tu préfères retaper des vélos toute la journée. »

Il recula en tirant le vélo entre les lave-linge et les sèche-linge. Je mis mes pieds sur les pédales et me laissai entraîner.

« J'aime bien travailler avec quelque chose que je peux toucher. Regarde sa ligne… la façon dont la courbe a juste ce qu'il faut pour te soutenir et te propulser en même temps… C'est de l'ingénierie qu'on peut toucher du doigt. Ça me plaît. Je ne sais

1. Massachusetts Institute of Technology.

pas si je peux gagner ma vie de cette manière, mais ça me convient pour l'instant. »

Ses mains remontèrent jusqu'aux poignées que je tenais. Bien qu'il se soit arrêté à quelques centimètres de ma peau, je le sentais.

« Ce vélo a des qualités que personne ne pourrait voir d'emblée. Un peu comme le Dragonfly. » Il retira ses mains et fit un pas en arrière. « C'était bon de te voir, Maggie. Dis à Hugo que je passerai à la librairie plus tard dans la semaine.

— Et ton vélo ? »

J'étais toujours assise dessus.

Il se retourna et fourra ses mains dans ses poches comme pour s'obliger à les garder là.

« Le vélo est pour toi. »

Flirter en toute innocence était une chose, mais là, c'en était une autre. Je tentai de répliquer en usant soit du charme de l'élève d'une école privée, comme ma mère, soit de la repartie de Rosalind Russell.

Au lieu de cela, je dis :

« Je ne vais pas coucher avec toi parce que tu m'as donné un vélo.

— C'est un beau vélo.

— Ça ne change rien. »

J'étais incapable de dire si l'idée l'avait traversé et s'il me chambrait, ou s'il était complètement frappé. Quoi qu'il en soit, il s'amusait. Et ce qui m'inquiétait le plus, c'était que moi aussi.

Je le regardai s'éloigner dans Calderon Avenue dans les ronds de lumière des réverbères. Au bout d'une trentaine de mètres, il se retourna et me fit un signe de la main, sachant pertinemment que je serais encore en train de l'observer.

*

« Qu'est-ce que c'est que ce machin ? »

En levant les yeux de la dernière étagère du rayon Romance, j'aperçus Jason au-dessus de moi avec un carton de livres. Il ne s'attendait pas du tout à me trouver là. Et surtout pas à me voir devant des étagères vides avec un vaporisateur d'Ajax et une pile de serviettes en papier.

« Ce rayon est une catastrophe, dis-je en continuant à nettoyer une étagère.

— Ce rayon était très bien comme il était ! » rétorqua-t-il en me fusillant du regard, comme si je proposais de transformer l'endroit en supermarché. La veille, il s'était plaint haut et fort en me voyant placer des pancartes dans la vitrine : VISITEZ NOTRE SITE EN LIGNE : WWW.DRAGONFLYUSEDBOOKS.COM.

« C'était un vrai bazar ! Détends-toi. » Mieux valait ne pas préciser que Hugo m'avait remis une clé. Si Jason avait su que j'avais libre accès à son domaine, il en aurait sans doute eu un choc catatonique. Mais, en fin de compte, peut-être que ce ne serait pas si grave. « J'en ai parlé à Hugo. Il m'a dit de faire comme je voulais. »

Je savais que Jason s'intéressait uniquement au rayon S-F/Fantasy – du reste, ça se voyait ! Le rayon se présentait comme une mosaïque de dos de livres en ordre parfait. Les livres de poche étaient séparés des grands formats. Les éditions anglaises disposaient de leur propre section – apparemment, un livre de S-F/Fantasy se vendait mieux si c'était la même édition que celle qu'avait possédée Douglas Adam dans sa bibliothèque. Mais dans le rayon Romance, relégué au fin fond de la librairie, on aurait dit que les livres avaient été projetés là à coups de canon et étaient restés où ils étaient tombés. Je savais que les romans d'amour ne figuraient pas sur la liste, très courte, des choses importantes aux yeux de Jason, et que son indignation n'était qu'une réaction de macho. Je marchais sur ses plates-bandes, même si c'était sur la partie qu'il n'avait pas arrosée depuis des semaines.

« Hugo t'a dit que tu pouvais faire ça ? Hugo ?

— Oui. Tu vois qui c'est ? Une calvitie ? Une barbe ? Le type qui te paie ? »

Ses yeux s'étrécirent en deux fentes. Les veines saillirent sur son cou. À côté de lui, Khan dans *Star Trek II* aurait eu l'air du dalaï-lama.

« Hugo ! beugla-t-il en disparaissant au bout de l'allée. Elle fout le bordel ! »

Je me ruai derrière lui.

« Jason, c'est bon… Hugo est d'accord.

— Arrête tes conneries ! » Il bouscula deux clients en train de farfouiller. « Hugo ! »

Un homme qui feuilletait une biographie de Churchill tendit la main vers les toilettes. « Je viens de le voir entrer là. »

Jason poussa la porte et se planta là en la tenant grande ouverte. Le lecteur de Churchill marqua un temps d'arrêt avant de foncer vers la sortie en abandonnant le livre. Je renonçai à suivre Jason, mais pas avant d'avoir aperçu les pieds de Hugo sous la porte de la première des deux cabines.

« Hugo, tu sais ce qu'elle a fait ?

— Jason, l'entendis-je répondre, sa voix résonnant sur le carrelage. J'imagine mon Lieu de Paix, où l'herbe est verte et douce, où les oiseaux gazouillent et où les toilettes ont toutes un cadenas.

— C'est quoi la suite ? Du papier peint à fleurs ? Des napperons ? Sois franc avec moi, mon vieux. Cet endroit va se mettre à sentir une fraîcheur citronnée, c'est ça ?

— Énergie négative, Jason... On en a parlé.

— Elle vaporise de l'Ajax... Les livres sont censés être poussiéreux ! Ils sentent bon quand il y a de la poussière dessus !

— Hugo ! » Je restai à distance au milieu de l'allée. « J'ai essayé de lui expliquer ! »

Soudain quelque chose se frotta contre ma jambe et une puanteur qui aurait pu tordre de l'acier m'assaillit. J'aperçus Grendel, le chat du Dragonfly, qui avançait vers moi. Avec ses longs poils noirs et son oreille droite à laquelle manquait un bout, il ressemblait plus à un ourson chétif qu'à un chat.

En général, Grendel se perchait tout en haut des rayonnages, prêt à donner un coup de patte sur la tête des clients quand ils passaient. Ses apparitions au niveau du sol étaient rares. Je me demandai s'il puait toujours autant et si l'odeur n'avait pas tendance à monter, ce qui aurait pu expliquer que les bureaux situés au-dessus du Dragonfly demeuraient inoccupés depuis deux mois. On ne peut quand même pas tout mettre sur le dos de la récession. Grendel sauta derrière moi, transportant je ne sais quoi dans la gueule, et se dirigea vers la porte des toilettes.

« Ce rayon était exactement comme je voulais qu'il soit, reprit Jason. Elle n'a aucune expérience dans ce domaine, on ne l'a pas formée... Qu'est-ce qu'elle fout à tripoter nos trucs ?

— Grendel est là, dit Hugo. Grendel sent comme une poubelle datant de l'an dernier. Grendel vient de déposer une carcasse d'oiseau à mes pieds. Je suis dans mon Lieu de Paix. Je suis dans mon Lieu de Paix...

— Je démissionne ! »

Jason claqua la porte des toilettes. Quelques secondes plus tard, j'entendis tinter la cloche de la porte d'entrée, et le boucan qu'il fit en manœuvrant pour sortir son vélo. Les quelques clients encore présents dans les allées me dévisagèrent.

« Je ne travaille pas ici... Je file juste un coup de main. »

Je retournai en vitesse au rayon Romance et m'assis par terre, loin de ce qui se passait à l'avant.

Une des particularités du Dragonfly, à ajouter à son lot des spécificités, était qu'on ne captait un signal convenable sur les portables qu'à deux endroits, à côté des fauteuils près de la vitrine et au fond de la boutique, où je me trouvais à l'instant. De sorte que, à peine assise, mon téléphone vibra dans ma poche, signalant une alerte de l'appli que j'avais installée de manière à suivre le nombre de visites sur le site et de consultations sur Facebook et Twitter. Lorsque je vis les chiffres, je faillis lâcher l'appareil. Henry et Catherine s'étaient propagés comme un virus.

4

Savage Hammerheads et autres tentations

J'essaie de vivre ma journée, de faire ce que j'ai à faire, mais je me retrouve sans cesse à me demander où vous êtes.
– Henry

« Putain, c'est de l'or que tu tiens là ! s'exclama Dizzy en pointant vers moi sa spatule. Cent mille visites en vingt-quatre heures pour une petite librairie de merde ? De l'or en barre, putain ! »

Assise devant mon bar, je bâillai de plaisir en le regardant nous préparer les bologna[1] sandwiches qu'il avait perfectionnés depuis longtemps. Quand nous étions gamins, nous regardions sa mère, Mlle Velda, nous confectionner ces sandwichs – une lance bourrée de graisse épaisse à planter dans l'œil de tout gourou du bien-être affirmant qu'on devait tous renoncer aux glucides et examiner nos selles. Qu'elle nous en ait fait manger rien

1. Saucisse américaine semblable à la mortadelle.

que pour faire chier Jane Fonda ne m'aurait pas étonnée. Des années durant, nous l'avions regardée officier en mémorisant chaque étape. Elle tartinait de mayonnaise du pain de mie plus moelleux que de la mélasse. Elle aplatissait la bologna d'un coup de spatule dès qu'elle gonflait dans la poêle, afin de s'assurer que le centre soit aussi bien grillé que les bords. Elle ajoutait ensuite une tranche de fromage américain, qu'elle laissait fondre sur la saucisse jusqu'à ce qu'il exsude comme de la lave. Puis elle déposait le tout sur le pain, et il ne nous manquait plus qu'un paquet de chips Lay's, et une rondelle de cornichon à l'aneth pour être au paradis !

Dizzy et moi avions perpétué la tradition dans la cuisine en sous-sol de notre pensionnat en Caroline. Aussi grave soit-elle, il n'existait aucune déception que n'était pas à même de consoler un bologna sandwich. Une note moins bonne qu'espéré à un examen, un cœur en miettes ou une mauvaise météo nous servait de prétexte pour confirmer le droit de Dizzy à revendiquer la paternité des meilleurs bologna sandwiches grillés du monde. C'est à ce moment-là qu'il devint un artiste de la trempe de Picasso. Il coupait lui-même la saucisse en rondelles épaisses qui tapissaient ensuite parfaitement le pain, même après avoir légèrement rapetissé dans la poêle. Doublant la quantité de fromage, il en ajoutait un second carré en quinconce sur le premier, de façon que les angles recouvrent entièrement la saucisse sans en laisser un coin exposé. Et après avoir déposé le tout sur la tranche de pain, il faisait preuve de l'inspiration qui est le signe du réel génie. Il étalait une couche de chips sur la saucisse et le fromage avant de poser la seconde tranche de pain généreusement enduite de mayonnaise. Le résultat était un feu d'artifice de saveurs sucrées-salées-épicées surfant sur des vagues de cholestérol. On sentait s'obstruer nos artères à chaque bouchée.

« Nom de Dieu ! reprit-il. Qui aurait cru que tu atteindrais de tels chiffres avec quelques lettres d'amour ? Ça me scie… N'importe quel petit détaillant adorerait ce genre de commerce. Ton système de notifications doit tourner comme un bandit manchot qui crache le jackpot !

— J'ai été obligée d'éteindre l'appli de suivi sur mon téléphone. Jason a horreur des sonneries de portable, je l'ai donc mis sur vibreur, si bien qu'on aurait dit que je me baladais avec un frelon furieux au fond de ma poche ! »

La plupart des consultations arrivaient depuis la page Facebook que j'avais créée pour le Dragonfly. Mais aussi d'ailleurs, notamment d'autres librairies d'occasion, de blogs qui parlaient d'amour et de rencontres, de livres ou de l'art oublié de la correspondance, ainsi que de tweets envoyés par un romancier et des étudiants de l'université de Northwestern. La cinquantaine de personnes à qui j'avais communiqué l'adresse du site par mail la veille au soir l'avait retransmise à une cinquantaine d'autres. Mais quelques-unes parmi ces personnes bénéficiant d'une audience nettement plus large, les chiffres avaient très vite atteint des centaines puis des milliers. La boîte de réception du compte générique *info@dragonflyusedbooks.com*, que j'avais installé vingt-quatre heures plus tôt, contenait déjà plus de cent mails. J'avais rapidement parcouru les objets. Les gens réclamaient plus, beaucoup plus. Ils voulaient savoir ce qu'étaient devenus Henry et Catherine. S'étaient-ils mariés ? Étaient-ils toujours ensemble ? C'était une ruée collective reclamant un dénouement heureux, et j'aurais bien voulu en avoir un à leur proposer.

« Tu as fait part de ces chiffres à Avi ? »

Je fis signe que non.

« C'est tellement nouveau... Et puis, je ne sais pas trop quelle est la meilleure approche...

— La bouffe, c'est toujours la meilleure, déclara Dizzy. Appelle-la et invite-la à déjeuner.

— Je ne crois que je puisse appeler quelqu'un comme Avi pour l'inviter à déjeuner. Du reste, je suis fauchée. Où est-ce que je l'emmènerais ? »

Il sortit son portefeuille de sa poche arrière.

« Tiens, voilà cinquante dollars. Repère où est ce food truck coréen qui ne donne son emplacement que sur Twitter. Elle te trouvera originale. Si ça lui plaît de dénicher des talents dans des endroits improbables, attends qu'elle ait goûté cette cuisine !

— Et comment on est censées aller à ce food truck mystique ? Je te rappelle que j'ai vendu ma voiture. »

Il se figea une seconde avant de palper ses poches à la recherche de ses clés de voiture.

« C'est bon, Dizzy… Je lui proposerai de me retrouver quelque part à côté de la librairie. Et merci pour le prêt !

— Cadeau. Pour te remercier d'avoir sauvé ce désolant club de lecture l'autre jour. Je suis déjà en train de redécorer mentalement ton bureau pour quand tu reviendras, poupée. »

Il lâcha une deuxième rondelle de saucisse dans la poêle brûlante et agita sa spatule en direction de mon vélo garé dans le séjour.

« C'est vraiment un beau vélo… Bon sang, pour un engin pareil, je serais prêt à coucher avec lui ! Tu penses que ce Rajhit est le prochain ex-Monsieur-du-Moment ?

— Ton pessimisme serait-il de la psychologie inversée ?

— Non, c'est tout ce qu'il y a de plus sérieux. Qu'est-ce que tu attends ?

— Je ne sais pas. Il y a quelque chose chez lui de tellement sincère…

— C'est vrai, on ne veut surtout pas de ça… Pas plus que d'une franchise merdique… Quant à cette connerie d'honnêteté, c'est juste bon à torcher le cul des faibles d'esprit et des crédules !

— Qu'est-ce que tu entends par là ?

— J'entends par là que si tu décides d'écarter quelqu'un, il faut que ce soit pour une sacrément meilleure raison que le fait qu'il a quelque chose d'exceptionnel que seul un adjectif du XIXe siècle saurait décrire ! Écoute, je sais bien que le départ de Bryan à Austin t'a laissée en vrac…

— Ce n'est pas ça du tout.

— À d'autres !

— Je veux dire que ce n'est pas parce qu'il est parti. Ce serait plutôt à cause de ce qui se passait quand il était là. »

Dizzy haussa les épaules.

« Tu es sortie avec lui pendant deux ans, et il te présentait encore comme "mon amie Maggie". On n'a pas le cœur brisé à cause d'un type pareil !

— C'est juste que tout paraissait plus compliqué que ça n'en valait la peine.

— Alors, c'est que tu t'y prends mal.

— Je ne te parle pas de sexe.

— Moi non plus. Étale la mayo sur le pain.

— Et toi ? demandai-je en sortant des tranches du sachet en plastique. Pourquoi ça n'a pas marché avec le type d'Apple ?

— Il a voulu commander des makis… Au Sushi Maru ! Non, mais tu le crois ? On est là dans ce restaurant de sushis authentiques – *authentiques !* –, et il veut un putain de maki ! Tant qu'on y est, autant aller au South Legend[1] et commander du

1. Restaurant chinois réputé.

poulet au citron ! En plus, ce foutu barbare coupait ses linguine avec un couteau. Un couteau !

— J'imagine que je peux lire tous les détails en ligne ?

— Oui, oui, tout est sur Urbanspoon, répondit Dizzy en faisant glisser la rondelle de saucisse nappée de fromage sur le pain. Qu'ils aillent se faire foutre ! On restera célibataires et on finira à la colle dans un hospice pour les dieux gays et leurs moucherons préférés !

— À l'essuyage de bave sur nos mentons respectifs ! » dis-je en levant ma bouteille de bière pour trinquer avec lui.

Mais il me laissa en suspens dans le vide tandis qu'une explosion retentissait dans sa poche.

« Merde. » Il sortit son téléphone et lut le message. « C'est déjà la fin de la pause déjeuner à New Delhi. Il faut que je file au bureau. Wander Fish tient l'entreprise par les couilles. On doit leur présenter une démo d'ici lundi. »

Les démos signifiaient de longues heures et soirées prolongées à tricoter les éléments du produit en vue de donner l'impression que le logiciel faisait davantage qu'il ne le pouvait. C'était aussi brutal que de courir un marathon à la vitesse d'un sprint. Ils auraient besoin de lui ce soir de la pire façon qui soit.

« Tu sais quoi ? Je vais venir avec toi.

— Qu'est-ce que tu viens de dire ? demanda Dizzy en se levant.

— Accorde-moi juste une minute. »

Je me faufilai devant lui et pataugeai dans le tas de vêtements qui inondaient le sol de ma chambre pour aller dans le coin du fond, où j'étais certaine de trouver un jean à peu près propre contre lequel troquer mon jogging.

« Tu ne travailles plus là-bas, lança Dizzy depuis la cuisine.

— Peut-être, mais j'ai encore des actions dans la boîte. Ils vont faire quoi ? Me jeter dehors ? »

Je frissonnai à la perspective de la nuit qui s'annonçait. L'adrénaline de l'urgence, la douleur sourde derrière les paupières, le sentiment démesuré de sa propre importance, la joie primitive de voir ouvrir le Starbucks d'en face à cinq heures du matin... J'avais reçu cent mille visites sur le site du Dragonfly en vingt-quatre heures. J'étais une déesse. ArGoNet me méritait.

« Ce sera super... Comme autrefois, dis-je en reniflant plusieurs sweat-shirts avant d'enfiler le moins agressif. Tu vas voir... Je suis l'impératrice des démos, tu te rappelles ? Tu me le disais tout le temps. Ils m'ont virée parce qu'ils n'avaient plus les moyens de me garder, pas vrai ? OK, je ne demande pas d'argent. Je passe juste aider. »

Dizzy croisa les bras et s'adossa à la porte de ma chambre.

« Tu veux bien que je vienne avec toi, dis ?

— Tu sais bien que oui.

— Bon, alors quel est le problème ? »

Il attendit que je réponde moi-même à ma question. Je sentis des larmes traîtresses me brûler les yeux. Il m'entoura de ses bras. Pendant un long moment, un de ces moments qui durent plus que d'autres, je crus qu'il allait le dire. S'ils ne voulaient pas de moi, il ne voulait pas d'eux. Mais j'entendis son portable resté dans le séjour l'avertir qu'il avait reçu un nouveau texto.

« On va te réintégrer, dit-il. Appelle Avi, va déjeuner et tout redeviendra comme avant. »

Il me regarda, avec l'air d'attendre quelque chose. Avait-il dit ce qu'il fallait ? Est-ce que j'allais bien ? Pouvait-il me laisser ?

« Donner un coup de main au Dragonfly n'est que temporaire, dis-je. C'est juste qu'il me faut un truc pour impressionner Avi. Tu le sais, n'est-ce pas ?

— Naturellement. On va te faire revenir. Tu verras. »

Je le regardai s'éloigner dans sa décapotable qui roulait à l'huile de friture et me faire un signe de la main. Puis je jetai un œil vers les fenêtres de Hugo. Elles étaient sombres et sa vieille Volvo n'était pas devant la maison. J'allais devoir les attendre, lui et notre thé chai Trader Joe's. Désormais, attendre était devenu mon boulot.

*

Le lendemain, planté derrière la vitrine du Dragonfly, les bras croisés, Hugo observa d'un œil noir l'écriteau accroché devant Apollo Music & Books : RENSEIGNEZ-VOUS SUR NOS LIVRES D'OCCASION.

« Fascistes! » grommela-t-il en tournant autour des fauteuils. Il poussa un cri quand Grendel lui griffa la cheville. Jason attrapa le chat dans ses bras, le gratta derrière l'oreille, celle dont une morsure avait enlevé un morceau, puis se pencha sur lui en murmurant – sûrement un truc du genre : « Patience, on les aura pendant qu'ils pionceront! »

« Et ce n'est pas seulement là en face, dit Jason. Y en a partout. »

Je l'avais moi-même constaté. Des grands panneaux imprimés de caractères minimalistes annonçant qu'Apollo avait plus d'un moyen de vendre des livres bon marché.

« Robert, on peut leur faire un procès? » demanda Hugo à l'homme assis derrière le comptoir. Robert était son comptable, un ami qu'il avait rencontré à Berkeley. Chaque mois il apparaissait pour marmonner de nouvelles malédictions contre les livres de comptes. J'avais toujours imaginé les comptables comme des hobbits en chemise à manches courtes, avec une cravate pelle à tarte et des lunettes à la Buddy Holly. Mais Robert ressemblait à un Shaft en chemise hawaïenne. Marié à la même femme depuis vingt-cinq ans, il avait un fils qui entrerait au MIT à l'automne et il venait de s'acheter une maison de vacances à Tahoe. Hugo ne l'admettrait jamais, mais, au Dragonfly, on soupçonnait Robert de voter républicain.

« Un procès ? Oui, si tu te brises la nuque en glissant sur le sol mouillé de leurs toilettes, répondit Robert. Mais, à mon avis, Apollo peut bien vendre quelques foutus bouquins.

— S'il te plaît, on pourrait reparler de ça ? » Je tirai Hugo par la manche en lui montrant *L'Amant de Lady Chatterley*. « Tu es absolument certain que tu ignores d'où provient ce livre ? »

Il me regarda par-dessus ses bésicles.

« Maggie, je suis vieux. J'ai un pilulier à deux étages. Je bois des martinis à base de cannabis infusé dans de la vodka. On est bien mardi ?

— Lundi.

— Tu vois, c'est exactement ce que je disais...

— Tu n'es pas vieux. »

Hugo sourit en se frottant le ventre.

« Je me suis fait appeler Henry, il fut un temps. À la fac, je crois. Une jeune femme que je voyais à l'époque pensait que Hugo, ça sonnait communiste.

— Elle avait raison », dit Jason.

Je me plantai devant Hugo en agitant *L'Amant de Lady Chatterley*.

« Camarade, s'il te plaît. Concentre-toi. »

Je lui parlai des mails, des posts sur Facebook, des questions sur Twitter de tous ceux qui voulaient savoir ce qui s'était passé.

« Tout le monde veut des réponses.

— Parfois, ce sont les questions qui sont le plus intéressantes », commenta Hugo. Il me prit le livre des mains pour le donner à Jason. « Et toi, tu sais quelque chose là-dessus ? »

Jason mit le livre sur sa tête et ferma très fort les yeux.

« Oui, je vois quelque chose... C'est de plus en plus clair... Ça y est ! Une boule de neige lancée à travers les portes de l'enfer !

— Tu n'aides en rien, dis-je en reprenant le livre.

— Je ne cherchais pas à le faire. » Il se hissa sur le comptoir et s'assit à côté de l'ordinateur portable de Robert, que ce dernier s'empressa d'éloigner en poussant un soupir agacé. « Écoute, les gens écrivent des tas de conneries dans les livres... Des gribouillis, des listes de courses, les noms de petites copines cochonnes, barrés et remplacés par les noms d'autres petites copines cochonnes...

— Énergie négative ! » déclara Hugo.

Jason s'empara d'une pile de livres devant le comptoir, en feuilleta un premier, qu'il laissa de côté, puis un second, un guide Lonely Planet de Paris, en s'arrêtant toutes les quatre ou cinq pages.

« Regarde, dit-il. Tous les meilleurs endroits où s'embrasser notés avec des petits cœurs ! Mais ça signifie que dalle... Tiens, vas-y... Prends un livre au hasard. »

Je sortis *Les Orchidées sauvages et Trotsky* de la pile. Sur la quatrième de couverture, quelque chose était écrit en diagonale, les lignes commençaient au-dessus du code-barres et rétrécissaient à mesure qu'elles se rapprochaient du coin inférieur.

Papa, si je ne suis pas debout à 9 h 30, s'il te plaît, réveille-moi. Je n'ai pas d'alarme sur ma montre. À vrai dire, si c'est à 10 h, ça ira aussi. Tom.

« Tu comprends ce que je veux dire ? demanda Jason qui bâilla et s'étira.

— Ce n'est pas la même chose », dis-je en reprenant *L'Amant de Lady Chatterley*.

Je faillis ajouter : « Henry et Catherine sont tombés amoureux », mais je le gardai pour moi. Cette phrase paraissait si bêtement banale... Mes parents la prononçaient sans arrêt, en racontant les anecdotes de leurs tendres années d'université aux gens qu'ils conviaient à dîner. Quand j'étais petite, leur histoire de conte de fées m'impressionnait, et je les croyais quand ils me promettaient que ça m'arriverait un jour à moi aussi. J'avais attendu et redouté le moment où je rencontrerais le grand amour, où ma vie se mettrait en place et où tout serait décidé. J'avais le cœur serré rien que d'y penser.

J'allais m'éloigner de Jason lorsque je remarquai la boîte en bois que Hugo laissait à côté du registre en cuir. Dedans, je savais que je trouverais des fiches en lambeaux avec les noms de tous les clients du Dragonfly ayant ouvert un crédit. Certaines devaient moisir là depuis aussi longtemps que la librairie existait. Peut-être que quelqu'un dans cette boîte savait quelque chose au sujet du livre… Peut-être que ça valait la peine de passer quelques coups de fil.

« Hé, rends-moi ça ! » s'écria Jason en m'arrachant la boîte, qu'il serra de toutes ses forces contre son tee-shirt, qui affichait une bicyclette imprimée proclamant : DEUX ROUES. UN SEIGNEUR NOIR. « Ce sont des informations confidentielles !

— Quelles informations confidentielles ? » Je voulus reprendre la boîte, mais il fit volte-face, de sorte que je me retrouvai avec un bout de tee-shirt noir dans la main. « Ce ne sont quand même pas des secrets d'État ! »

Jason me repoussa, la boîte coincée au creux du bras comme s'il s'apprêtait à foncer pour marquer un but.

« Laisse-la jeter un œil… Ça ne fera de mal à personne, dit Hugo. Pas vrai, Robert ?

— Est-ce que j'ai l'air d'un type qui a envie de s'impliquer dans le je ne sais trop quoi dont vous parlez ? rétorqua le comptable sans lever les yeux, ses doigts dansant sur les touches de sa calculette.

— Seigneur ! soupira Jason. Si on avait un nouveau 11 Septembre et que le FBI venait consulter nos fiches pour savoir qui a acheté *Comment fabriquer une bombe chez soi* de Martha Stewart, tu leur dirais d'aller se faire foutre ! Mais *elle*, elle fait ce qu'elle veut ?

— Ce n'est pas tout à fait pareil, lui fis-je remarquer. Vous ne gardez pas de traces des livres que les clients achètent.

— Quelles conneries ! C'est exactement pareil…

— Il n'a pas tort, Maggie, dit Hugo.

— Tu rigoles ou quoi ?

— Il n'en irait pas de même si tu travaillais ici, reprit Hugo. D'ailleurs… »

Il passa derrière la caisse d'où il sortit un billet de vingt et me le tendit.

« Qu'est-ce que c'est ?

— Ton salaire pour les deux dernières heures. »

Robert se leva et se pencha au-dessus du comptoir pour me reprendre le billet et le remettre dans le tiroir-caisse. « Elle recevra un chèque en bonne et due forme, comme Jason. » Il remua ses papiers et me donna une feuille de pointage vierge.

Je la fixai d'un œil éberlué. Une feuille de pointage ! Je n'en avais pas rempli depuis que j'avais fait des petits boulots à l'époque où j'étais étudiante.

« Mais… je n'ai rien fait à part te tanner à propos de ce livre… Tu veux me payer pour ça ?

— Jason me tanne toute la journée, et je le paye.

— Tu comptes sérieusement faire ça ? demanda Jason.

— Il semblerait que je l'aie déjà fait. » Hugo s'adossa au comptoir et touilla son thé. « Voilà qui résoudra toutes sortes de problèmes. Tu te plains tout le temps que Maggie fait des trucs dans la boutique alors qu'elle ne travaille pas vraiment ici. Eh bien, à partir de maintenant, elle est employée. Elle peut consulter les fiches des clients sans que ça pose un dilemme éthique. »

Je ne sais pas trop qui, de moi ou de Jason, cette proposition dérangea le plus. Du coin de l'œil, je vis sa respiration sortir en petites bouffées, ses doigts s'agiter comme s'ils faisaient des gammes sur un clavier invisible. Il sentait déjà des bouts de son royaume lui échapper. Et moi ? Qu'allais-je faire ici ? J'avais déjà assez de mal à chercher un emploi entre deux romans d'amour… Quand trouverais-je le temps d'accomplir le moindre travail que ce soit ?

« Écoute, de toute façon, tu es tout le temps là, argua Hugo. Je dirais même que tu as terminé notre programme de formation. D'ici peu, tu seras en piste pour glander avec autant de sérieux que Jason. » Il m'enlaça par les épaules et me serra contre lui comme s'il savait combien ma vie était devenue un prix de consolation. « Personne ne panique. C'est juste en attendant que Maggie retrouve du travail. »

Jason nous regarda tour à tour d'un œil incrédule. Puis il s'approcha de Hugo, retira la cuillère de sa tasse, la lécha comme une sucette et la remit dans le thé. Après quoi il balança la boîte de fiches sur le comptoir et disparut au milieu des rayons.

« Ce garçon est extrêmement tendu, observa Robert.

— Il s'en remettra », dit Hugo en contemplant sa tasse d'un air malheureux.

Il se mit à faire les cent pas devant le comptoir, ne sachant trop quoi faire de cette chose infestée de microbes.

« Je ne veux pas que tu me fasses l'aumône, dis-je. Si tu me paies, j'ai bien l'intention de travailler.

— Ce sera nouveau dans la maison, railla Robert.

— Très bien. Tu n'as qu'à faire ce que tu estimes valoir dix dollars de l'heure, trancha Hugo. Je te fais confiance. Mais surtout, ne t'assieds pas par terre… Jason a marché pieds nus. »

*

Ayant déjà deux heures de travail dans les pattes, je m'accordai une pause-café. À côté, au Cuppa Joe, un adolescent efflanqué abandonna les tout-tatoués-tout-percés attablés en terrasse pour entrer prendre ma commande.

Je connaissais l'ardoise du Cuppa Joe par cœur. Les noms des boissons à quatre dollars sortaient tout droit d'un manuel de sortilèges.

« Un Savage Hammerhead Mocha ? » me lança le garçon.

Je ne m'étais jamais écartée de ma commande habituelle. J'avais renoncé à quasiment tous les plaisirs que j'avais eus quand je travaillais, sauf à celui-là. Mais à dix dollars de l'heure brut, combien de temps fallait-il que je bosse pour me payer un Savage Hammerhead Mocha ?

« Un petit café dans une grande tasse.

— Malin », commenta le garçon en fixant la caisse enregistreuse comme s'il se trouvait devant une batterie de voiture sans savoir quel pôle devait être relié au câble. Plissant les yeux et frottant son crâne rasé, il appuya sur plusieurs touches et parut soulagé en voyant s'afficher le bon montant. Je ne lui en voulais pas. Mme Callahn, la propriétaire du Cuppa Joe, était d'une extrême rigueur sur la façon dont les choses se passaient dans sa boutique. Si le style de gestion de Hugo évoquait un ruisseau enjoué, celui de Mme Callahn était une lance à incendie ouverte à fond.

Je lui tendis un dollar cinquante et mis vingt-cinq *cents* dans le pot des pourboires, qui était enveloppé de dessins incitant à donner de l'argent aux sous-payés. Le garçon me tendit ma tasse, que je remplis de lait avant de m'installer avec la boîte de fiches à la grande table ronde au milieu de la salle. Autour de moi, aux tables plus petites, plusieurs développeurs étaient penchés sur leur ordinateur avec des écouteurs pour se protéger de la musique de fond qui faisait penser à des gnous grincheux en train de s'accoupler. Une bande d'internes en médecine étaient plongés dans des gros classeurs à trois anneaux, ignorant les deux types soignés vêtus en kaki qui discutaient à côté d'eux de « nouveaux paradigmes ». Dans le coin, un couple entre deux âges se disputait. Ils ne se criaient pas dessus, mais se penchaient l'un vers l'autre en murmurant, ce qui en réalité est encore pire.

Un pick-up que je connaissais bien se gara le long du trottoir. Des années auparavant, il avait dû être blanc, mais les taches de rouille orangées lui donnaient à présent l'allure d'un cheval sauvage pommelé. Mme Callahn venait d'arriver, son camion rempli de sacs de grains d'un producteur bio des montagnes de Santa Cruz dont elle seule semblait avoir entendu parler. Petite et menue, les cheveux coupés en brosse, elle portait un long jupon orange et un débardeur sous une veste en jean ; à ses oreilles pendaient des boucles turquoise aussi larges que des assiettes. Mme Callahn donnait toujours l'impression qu'elle aurait dû tenir la boutique du musée Georgia O'Keeffe plutôt qu'un café dans la Silicon Valley. Comme souvent avec les femmes japonaises, j'avais du mal à lui donner un âge, mais étant donné que Hugo l'avait connue à l'université lorsqu'il participait à l'organisation des manifestations pour la paix dans les années 1970, elle devait avoir plus ou moins le même que lui. Des rumeurs circulaient sur un mariage malheureux il y a longtemps. On racontait que son ex-mari lui avait proposé cinquante mille dollars pour qu'elle reprenne son nom de jeune fille, et qu'elle avait refusé. Autant Mme Callahn pouvait s'être battue pour faire marcher le Cuppa Joe, autant elle était pleine de méchanceté et de ressentiment.

Elle fit lever les tout-tatoués-tout-percés de leurs chaises pour qu'ils transportent la douzaine de sacs de jute de vingt kilos à l'intérieur et les suivit tel un cornac ses éléphants.

S'arrêtant devant ma table, elle souleva ma tasse en verre et la brandit vers la lumière de la fenêtre.

« Ça ne va pas ! Ça ne va pas du tout ! Pas assez foncé !

— Mme Callahn... commença à dire le garçon.

— Aucune excuse. Le Hammerhead doit être plus sombre. Tu devrais pourtant le savoir... Ce n'est pas bien du tout ! »

Le garçon cligna des yeux à trois reprises avant de courir se cacher dans la réserve.

« Aujourd'hui, je n'ai pas pris un Savage Hammerhead, dis-je. Juste un café-filtre. »

Mme Callahn arqua un sourcil aussi fin qu'un fouet. Sans s'excuser, elle reposa ma tasse et s'assit à côté de moi.

« Pourquoi mettre autant de lait ? C'est du bon café... Avec tout ce lait, vous ne pouvez pas l'apprécier. »

Tout le monde le savait, Mme Callahn brûlait ses grains. La plupart des clients juraient qu'ils aimaient leur café ainsi, mais ils se mentaient comme le font ceux qui prétendent courir le marathon histoire de se relaxer. Hugo affirmait que le café du Cuppa Joe fichait la trouille aux toxines, et qu'il n'existait rien de mieux pour le côlon dans la Silicon Valley. Jason en réclamait en intraveineuse quand il passait sa nuit à jouer à des jeux. Mais moi, je venais ici parce qu'on n'était pas obligé d'apprendre une autre langue pour commander son café. Petit, moyen, grand. Un point c'est tout. Et on n'y vendait pas de mugs, d'ours en peluche, de cartes postales en papier recyclé avec une micropuce intégrée pour qu'un pingouin vous chante « Joyeux anniversaire ». Au Cuppa Joe, aussi infect qu'il soit, il n'y avait que du café. On aurait probablement pu moudre la table à laquelle j'étais assise et obtenir une mixture plus convenable. Mais, sincèrement, cette femme brûlait ses grains de café, et il me fallait du lait pour l'avaler, c'était comme ça. Cependant, si Mme Callahn tenait à vivre dans son petit monde imaginaire où Microsoft Windows était rapide comme l'éclair et où elle servait un café délicieux, loin de moi l'envie d'aller le lui détruire. Aussi donnai-je la réponse classique qui sert à tout et qui me tirait de n'importe quelle situation.

« C'est une habitude qu'on a dans le Sud. »

Son visage se détendit en comprenant que j'étais une fille élevée par des adeptes du java et méritais sa compassion.

« Qu'est-ce que vous faites avec la boîte de fiches de Hugo ? » demanda-t-elle.

Je lui expliquai que j'avais été embauchée par hasard au Dragonfly.

« Alors, fini les super boulots ?

— Le Dragonfly n'est qu'une étape temporaire.

— Le temporaire devient souvent confortable, et le confortable permanent.

— Ce ne sera pas le cas. C'est une solution bouche-trou.

— Continuez à parler comme ça, dit-elle. Ça vous sortira du Dragonfly. »

Au moment où j'ouvris mon sac à dos pour y remettre la boîte, son regard s'éclaira en apercevant *L'Amant de Lady Chatterley*. Pendant que je l'observais, trop décontenancée pour réagir, elle attrapa le livre.

« Il n'est pas très joli, dis-je, avec l'impression d'échanger des banalités avec un preneur d'otages. Hugo va me montrer comment le remettre en état. Il y a des notes dans les marges... Vous voyez ? Je tiens à le conserver. »

Mme Callahn tapota la trame effilochée. « Oubliez ces gens... Tous les feux d'artifice se terminent comme ça. » Elle fit un signe de tête en direction du couple qui se disputait dans le coin. « Trouvez un vrai travail. Personne d'autre que vous ne prendra soin de vous. »

Puis elle se leva et s'éloigna sans même un *au revoir* ou un *à bientôt*. J'aurais pu mal le prendre, sauf qu'elle se comportait ainsi avec tout le monde. Du coup, c'était presque réconfortant, comme le fauteuil vert cabossé du Dragonfly.

Bien qu'elle soit un peu effrayante, j'appréciais la rigueur qu'imposait cette femme. Tandis qu'elle reprenait sa place légitime derrière le percolateur, le garçon sortit de la réserve et le haut-parleur se mit à diffuser du jazz cool. Je posai les yeux sur *L'Amant de Lady Chatterley* en pensant au Dragonfly et à la montagne de livres qui m'attendait. Je songeai à l'histoire de Psyché, contrainte de trier une montagne de graines de pavot, de blé et de millet en une soirée avant de pouvoir retrouver son grand amour. Des fourmis étaient venues à son secours. Je me demandai si je ne pourrais pas en louer quelques-unes.

*

« Je ne comprends rien à cette histoire de librairie », dit ma mère.

En Caroline du Sud, il était presque minuit. Je l'imaginais dans son rocking-chair style quaker sur la terrasse, un pot à confiture à la main. Les verres en lourd cristal étincelant qu'elle laissait sur le bar étaient pour les invités. Le pot à confiture, c'était pour boire sa vodka toute seule. Elle avait dû éteindre la lumière à l'extérieur. Elle prétendait que ça évitait les insectes et faisait baisser la température. Mais c'était surtout pour que les voisins ne la voient pas. Dans l'obscurité, elle se balançait et sirotait de la vodka dans un pot à confiture jusqu'à ce qu'elle se sente suffisamment requinquée pour téléphoner à quelqu'un.

« J'aide seulement un ami.

— Tu parles d'un ami ! »

Je versai deux doigts de bourbon dans un gobelet en plastique bleu et sortis m'asseoir dans la cour sous le parasol. La brume s'était levée sur les montagnes de Santa Cruz qui séparaient la vallée de la côte. Je sentis le parfum des plants de tomates que cultivait Hugo dans de grandes jarres en terre cuite dans le patio.

« Où est Papa ? » demandai-je.

Je baissai les manches de mon tee-shirt. Bien qu'agréable, l'air humide était frais.

« À la clinique », répondit-elle, comme si c'était le nom du pays où partaient les hommes quand ils ne voulaient pas qu'on les trouve.

Je remontai les genoux contre ma poitrine. Même à travers mon jean, je pouvais encore repérer la cicatrice sur mon genou droit. Un vendredi après-midi – j'étais cette année-là en première –, j'avais pris mon vélo pour aller piquer des fournitures au bureau de mon père ; j'avais un devoir de sciences à rendre le lundi et je n'avais pas encore commencé. Les bureaux étaient plongés dans la pénombre, ce qui n'était pas surprenant – Papa libérait tout le monde de bonne heure le vendredi. Mais je savais qu'il laissait une clé dans la fougère suspendue devant la fenêtre de son bureau à lui. Je m'étais hissée sur la pointe des pieds sur le bord de la jardinière en brique où ma mère plantait des pétunias chaque année et j'avais senti le bout de la clé cachée sous la profusion de fleurs. À la seconde où je l'avais sortie de la terre, mon regard s'était posé sur le bureau de mon père.

Il m'avait expliqué ce qu'était l'adrénaline, comment elle vous fouette en vous préparant à lutter ou à fuir. Mais le coup au cœur que j'ai ressenti en voyant ce qui se déroulait derrière sa fenêtre ne m'a poussée ni à l'un ni à l'autre. Il m'a rendu si maladroite que je suis tombée sur l'allée en pierres et me suis ouvert le genou. Adossée à la jardinière, j'ai contemplé le rouge écarlate qui suintait de mon jean déchiré. Derrière moi, j'entendais des murmures, des bruissements. Quand je me suis relevée, les rideaux étaient fermés. Mais peu importait. Je savais ce que j'avais vu. Mon père entre les jambes de Mme Celia Collins, dont le ligament croisé antérieur s'était apparemment très bien remis.

Du sang tiède dégoulinait sur ma jambe lorsque je suis rentrée chez moi à vélo, mais j'avais un besoin possessif de voir ma mère. Jamais je n'aurais pu envisager mon père avec une autre femme. Sur le moment, la seule chose à laquelle j'ai pensé, c'était que ma mère devait être partie, et que la maison serait remplie de son absence à tout jamais. J'avais beau me sentir séparée d'eux, j'avais cru à leur bonheur. Je préférais penser que ne pas exister à leurs yeux était le sacrifice que je faisais pour le grand amour qui les unissait.

Essoufflée, j'ai abandonné mon vélo et suis entrée en laissant claquer la porte moustiquaire derrière moi. Je suis restée plantée là, haletante, dans la pénombre de l'entrée, n'arrivant pas à croire que ma mère était vraiment là, assise sur la troisième marche de l'escalier à côté des sacs de golf, ses doigts enlaçant ses genoux. La pendule de sa grand-mère a sonné 3 heures 30.

Je me suis assise à côté d'elle sur la marche. Je pleurais. Je ne m'en étais pas aperçue.

« Maman. »

Elle s'est levée, a croisé les bras, puis est allée jusqu'à la porte moustiquaire et a regardé le pan de ciel au-delà de la terrasse, loin de mes larmes et de ma jambe en sang.

« On dirait qu'il va pleuvoir, a-t-elle dit. On ne va sans doute pas pouvoir aller jouer.

— Maman, je suis passée au bureau de Papa. » Comment le dire ? Quels mots employer pour parler de ce que j'avais vu ? « Maman, il faut que je te dise quelque chose… »

Sa main s'est abattue sur ma joue à la vitesse d'un éclair. Ma tête a heurté le mur en faisant trembler les tableaux. Une douleur fulgurante s'est propagée dans mon cerveau, et je n'ai plus vu que des taches et sa silhouette qui se découpait dans la pénombre.

« Tu n'as rien à me dire », a-t-elle rétorqué.

Je sentais l'odeur de sa poudre de riz et de son rouge à lèvres, son haleine chargée d'alcool.

Je me suis relevée d'un bond, et elle n'a pas essayé de m'arrêter. J'ai repris mon vélo et suis partie chez Dizzy. Mlle Velda l'a envoyé chercher sa voiture.

« Georgine est au courant », a-t-elle dit sur la banquette arrière en m'entourant de son bras, tandis que Dizzy nous emmenait aux Urgences, où on m'a recousu le genou. « Ce n'est pas la première fois que ça arrive. Mais elle refuse d'en parler. Si elle en parlait, la chose deviendrait vraie. Et elle devrait alors faire ce qu'elle ne peut pas se résoudre à faire. »

Les vitres de la Rambler étaient baissées. J'ai appuyé mon visage contre le métal froid de la portière. Dizzy m'a réveillée lorsqu'on est arrivés à l'hôpital.

« Ton père va bientôt rentrer, me dit ma mère au téléphone alors que je buvais dans mon gobelet bleu. Il faut que j'aille lui réchauffer son dîner. »

Ma mère – Mme Mason Duprés avant tout – dansait toujours pour son prince.

5

Je te trouverai

Il est impossible d'être dans le monde comme on est ici,
on ne peut l'être que dans ce livre.
– Catherine

« Non, non. Je me souviens… C'est moi Henry. »

Telle fut la phrase que prononça l'un des trois messieurs d'un certain âge, des habitués qui profitaient de leur pause déjeuner pour venir s'approvisionner en livres de Terry Pratchett ou dénicher l'Isaac Asimov qu'ils n'avaient pas encore lu. Il s'appelait Mike, comme son ami. Et le troisième, John. Deux Mike et un John. Ils s'étaient baptisés l'Antenne de la CIA.

« Ce n'est pas toi Henry », dit l'autre Mike, qui portait un tee-shirt *Maker Faire* et un badge de sécurité de la NASA. Il se tenait derrière le premier Mike, qui farfouillait dans une boîte à chaussures remplies de chevilles pour les rails des étagères. « D'ailleurs, tu ne t'es installé ici qu'en 1974. »

Ils palabraient ainsi depuis une vingtaine de minutes. J'étais en train de réparer une étagère dans le rayon Manuels pratiques, pas très loin de celui de S-F/Fantasy, lorsque tous les trois avaient posé leurs livres par terre pour venir m'aider. L'esprit de la chevalerie n'était pas mort dans la Silicon Valley. Il se déguisait simplement en prouesses en ingénierie.

« Cette histoire aurait pu se passer dans les années 1970, dis-je.

— Mike, depuis trente-quatre ans que je te connais, je ne t'ai jamais vu écrire avec un stylo plume », dit John, plus petit que ses copains, et le corps sec d'un type qui s'est mis au jogging sur le tard. Assis à même le sol, il tenait l'étagère pendant que ses deux amis ne se pressaient en rien pour le soulager. « Les notes de Henry sont écrites au stylo plume.

— Je m'en souviens très bien, rétorqua Mike n° 1 en se frottant le ventre, qui affichait le logo d'un concours du meilleur chili.

— Personne ne se souvient très bien de quoi que ce soit dans les années 1970, observa Mike n° 2.

— D'accord, admettons que tu sois Henry, dit John, tenant toujours l'étagère. Alors pourquoi as-tu commencé à écrire dans un bouquin ? Et pourquoi t'es-tu rebaptisé Henry ?

— Ce n'est pas comme si on avait Meetic, à l'époque, répondit Mike n° 1.

— Et donc, tu t'es mis à écrire dans ce livre… dit Mike n° 2, la boîte de chevilles toujours à la main.

— Avec un stylo plume, répéta John, qui venait de coincer deux piles de livres sous l'étagère de manière à ne plus être obligé de la tenir.

— Qu'est-ce que t'as avec ce stylo plume ? demanda Mike n° 1.

— … dans l'espoir qu'une belle femme allait te répondre, termina Mike n° 2.

— Et en te faisant appeler autrement, ajouta John.

— Ben, ça a marché ! s'exclama Mike n° 1.

— Ça a marché pour Henry, dit John.

— Absolument », dit Mike n° 1.

Toute la semaine, des hommes avaient débarqué au Dragonfly en prétendant être Henry. Tous avaient un souvenir apparemment collectif de cette vision d'eux-mêmes follement romantique – suite à une peine de cœur, un divorce ou un trip sous acide particulièrement réussi –, qui les avait poussés à faire des choses comme entamer une correspondance dans un livre avec une femme sur laquelle ils n'avaient jamais posé les yeux.

« 1961, dit John. La date en haut de la première note indique 1961. Tu as aussi voyagé dans le temps pendant les années 1970 ?

— Apparemment, je ne suis pas censé me le rappeler », répondit Mike n° 1.

Ils continuèrent ainsi, mettant trois fois plus de temps à réparer l'étagère qu'il ne m'en aurait fallu toute seule, pendant que je scrutais le rayon Manuels pratiques afin de trouver de l'aide.

C'était ma deuxième journée d'employée à temps complet, mais avoir traîné si souvent à la librairie me donnait l'impression que ça faisait nettement plus. Le Dragonfly s'adressait à une large clientèle, qui affichait parfois les excentricités charmantes de personnages à la Dickens. Il y avait Mlle Miranda, aussi haute que large, qui était folle de joie quand Hugo trouvait un exemplaire du livre de cuisine que son mari n'arrêtait pas de jeter dans l'espoir de ne jamais devoir remanger telle ou telle recette de boulettes de viande. Et aussi la femme qui transportait son carlin dans un landau, aimait Janet Evanovich et Ian McEwan, et qui s'était mise à lire Steinbeck sur les conseils de Hugo. Il y avait l'homme qui s'asseyait sur mon tabouret marchepied au fond de la boutique et lisait des partitions de musique comme si c'était des romans. Hank était un autre habitué, qui, rien que mercredi dernier, avait acheté *Comment gagner au craps*, *Une histoire culturelle de la masturbation* et quatre romans d'Agatha Christie. Et bien sûr, il y avait Gloria, qui passait deux fois par semaine avec son sac en toile siglé NPR, le mardi pour les polars, le vendredi pour les romances. Elle payait toujours en petites pièces de monnaie qu'elle trimballait dans un sac en plastique. Et puis les membres de l'Antenne de la CIA, qui devaient constamment se rappeler les uns aux autres quels livres ils avaient déjà lus ou pas.

Dès que Mike, Mike et John en eurent terminé avec l'étagère, je les accompagnai à l'avant de la librairie et inscrivis leurs achats dans le grand registre en cuir.

« Dites-moi, Mike, si vous êtes Henry, où avez-vous proposé à Catherine de la retrouver dans la dernière note ?

— Ce n'était pas sur le site Internet, répondit-il.

— Je sais. Je ne l'ai pas mise exprès. Pour cette raison précise. »

Mike n° 2 et John se tournèrent vers leur copain, l'air suffisant et en même temps plein d'espoir.

« Au bar du Fairmont Hotel à San Jose, dit Mike n° 1.

— Régalez-vous avec le dernier Cherie Priest ! dis-je avec un sourire en lui tendant ses livres. Et si vous croisez le vrai Henry, envoyez-le-moi.

— Travailler ici a fait de vous une femme cruelle, Maggie, me lança-t-il alors que ses deux amis le poussaient vers la porte.

— C'est comme ça que vous m'aimez ! » répondis-je.

Jason émergea des rayons et déposa un carton vide à mes pieds avant de retourner d'où il était venu. À ma connaissance, Hugo et lui n'avaient pas échangé un seul mot concernant sa démission indignée. La veille, il était revenu à la librairie, avait attrapé une pile de livres et avait repris là où il s'était arrêté.

Je jetai un regard à Hugo, assis dans son fauteuil en train de lire un tome de *Waverley*.

« Je suis désolée pour Jason. »

Hugo balaya d'un geste ma remarque. « Il démissionne environ tous les deux mois. Il passe une journée à lire des bandes dessinées à Pioneer Park en attendant que ses amis sortent du boulot. Et il revient ici le lendemain parce qu'il s'ennuie. »

Pioneer Park…

Dimanche, c'est le premier jour de l'été. Retrouvez-moi à Pioneer Park, près de la fontaine, à midi. – Henry

C'était étrange que le lieu de la rencontre entre Henry et Catherine soit également celui où Jason allait bouder.

Je pris à gauche devant Biographies, tournai en épingle à cheveux à Histoire du XXe siècle, puis à droite et à angle droit au bout de Poésie pour arriver à Romance. Dans mon premier projet de réorganisation, j'avais classé le rayon Romance par genre – les corsages pigeonnants dans Romance historique, les couvertures représentant le cosmos dans Chick Lit, les cowboys vampires ainsi que les amants démoniaques dans Romance paranormale – en réservant une section spéciale aux classiques des années 1980 de Harold Robbins et de Jackie Collins. J'avais passé des jours à les récupérer un peu partout, derrière ou entre des livres sur les régimes et l'astrologie, des biographies ou même des romans policiers d'Ellery Queen. Des manuels pour maigrir, en finir avec le mal de dos, apprendre à jeter des sorts, vous rendre cinglé ou vous faire pleurer. Sous la pancarte Romance, j'avais punaisé une photo de Johnny Depp imprimée sur papier glacé et signée de son autographe que j'avais trouvée dans un vide-grenier. Je n'avais certes pas découvert un remède contre le cancer, mais remettre de l'ordre dans le rayon Romance me donnait l'impression d'un réel progrès. Si quelqu'un entrait au Dragonfly, se faufilait dans le parcours d'obstacles que formaient les cartons et les livres empilés à l'entrée et suivait le labyrinthe de rayonnages jusqu'au fond du magasin, j'étais sûre qu'il montrerait qu'il appréciait la peine que je m'étais donnée en achetant des tas de romans.

J'y avais installé un tabouret marchepied, en vue des moments comme celui-ci où je pourrais passer un peu de temps avec le fameux livre : un chapitre ou quelques pages par-ci par-là. J'avais le sentiment que je devais bien à ce roman une relecture, après toutes ces années. Je comprenais pourquoi on le critiquait tant. Il n'était pas très lyrique, et on sentait que Lawrence avait des comptes à régler, ce qui m'embête toujours. Mais je voyais aussi pourquoi tant de gens, comme Henry et

Catherine, l'adulaient. Ce qui m'attirait, ce n'était pas seulement le sexe, plutôt le côté sombre du désir. Vouloir quelqu'un, y penser toute la journée et s'autoriser à tomber amoureux. Je voulais ce genre de désir. Le vide morose dans lequel m'avait laissée le départ de Bryan commençait à ressembler à une torture très au-delà d'un chagrin d'amour. Et ça m'ennuyait.

J'étais au milieu d'un chapitre quand tout à coup j'ai senti une présence. Lentement, j'ai levé les yeux et j'ai aperçu Grendel sur l'étagère au-dessus de Johnny Depp, les yeux rivés sur moi comme s'il me disait : « Tu n'es qu'une simple mortelle. » Nous nous sommes regardés, les yeux dans les yeux, comme dans un combat épique déclenché par l'empiètement de l'être humain sur l'habitat de la faune sauvage. J'avais enlevé sa pile de livres préférée – une montagne de Sue Grafton – du coin sur lequel tombait un rayon de soleil entre quatre et cinq heures de l'après-midi. Et depuis, il me suivait le long des sommets des rayonnages d'un air menaçant, comme un des fantômes de Stephen King, attendant le moment de sa revanche.

Il se jeta sur moi en miaulant. Je me redressai d'un bond pour l'éviter, mais il m'atteignit à l'épaule. Je poussai un cri et lâchai *L'Amant de Lady Chatterley*, tandis qu'il sautait sur le haut des étagères d'en face, non sans avoir laissé quatre profondes entailles sur ma peau, qui se mirent à saigner à travers mon tee-shirt blanc.

Une main se posa sur mon bras. Aussitôt je levai les yeux et aperçus Rajhit.

« Tu es mortellement blessée ?

— Je devrais pouvoir rentrer à la base, commandant ! »

Il sortit de sa poche un mouchoir blanc immaculé plié en quatre. J'essayais de me souvenir depuis combien de temps je n'avais pas vu un mouchoir en tissu. Il le glissa sous l'encolure de mon tee-shirt et le pressa sur ma blessure. Je pouvais sentir la chaleur du soleil qui imprégnait sa chemise en coton. Il pencha un peu plus la tête afin d'examiner les égratignures. J'entendais les bruits des clients qui arpentaient les allées et consultaient des livres sur les étagères. D'un seul coup, j'eus une vision de la librairie comme si on venait d'en soulever le toit. Dans le dédale de rayonnages, je regardais les gens aller et venir, parcourir des yeux les rayons et incliner la tête pour déchiffrer les titres sur les dos des livres. Et Rajhit et moi étions là, dans un coin sombre, proches et silencieux.

« J'espérais bien te trouver ici, dit-il. Mais pas forcément en sang.

— Hugo devrait me donner une prime de risque. »

Nous sourîmes tous les deux en laissant échapper ce petit soufflement par le nez qui se substitue au rire lorsqu'on s'efforce de ne faire aucun bruit pour ne pas être repéré. Nous étions plantés là, ma joue suffisamment près de la sienne pour percevoir sa chaleur. Il souffla tendrement sur ma blessure à travers mon tee-shirt. Un petit geste discret, que j'aurais très bien pu ignorer comme s'il n'avait jamais existé. Néanmoins, la douceur de ce geste me toucha.

« Je voulais te parler du vélo, dis-je.

— Quelque chose ne va pas ?

— Non, il est parfait. Il est même super. C'est juste que… »

Il sourit et détourna le regard.

« Tu ne m'aimes pas.

— Oh si, je t'aime beaucoup… C'est bien le problème.

— Tu n'aimes pas recevoir des cadeaux de la part des personnes que tu aimes beaucoup ? Tu es une drôle de femme.

— Tu ne facilites pas les choses. »

Il sourit.

« Je ne crois pas que ce soit moi qui ne les facilite pas. » Toujours sans me regarder, il murmura : « *J'essaie de vivre ma journée, de faire ce que j'ai à faire, mais je me retrouve sans cesse à me demander où vous êtes.* »

Mes yeux se fermèrent, et, brusquement, tout ce qu'il y avait en moi sembla avoir conscience de tout ce qu'il y avait en lui. Ma main tripota l'extrémité d'une de ses boucles. Et comme si c'était ce qu'il attendait, il pressa ses lèvres sur ma clavicule. La tiédeur humide de sa bouche imprégna les fibres de mon tee-shirt. Autour de moi, j'entendais l'animation quotidienne du Dragonfly tandis que j'étais là dans mon coin sombre, Rajhit agenouillé devant moi, les mains sur mes hanches, en train d'embrasser le haut de mon ventre à travers le coton Hanes. Ses mains se faufilèrent sous mon tee-shirt, ses doigts s'étalèrent sur mes reins en me serrant plus fort contre sa bouche. Je plongeai mes mains dans ses boucles veloutées et m'y accrochai. Je sentis alors ses doigts sur le devant de mon jean. Il le déboutonna et descendit la fermeture Éclair. La première fois que je sentis ses lèvres et sa langue sur ma peau, ce fut juste au-dessous du nombril.

Puis il se releva et se colla à moi tout en me protégeant de ses bras. Quelqu'un était là. J'entendis craquer des chaussures et, derrière son épaule, j'aperçus les lunettes aux verres épais de Gloria qui examinait les titres comme si nous n'étions pas là, semblables à ces dinosaures qui ne vous voyaient que si vous bougiez. Elle glissa plusieurs livres dans son sac sans les regarder vraiment et disparut au bout de l'allée.

Nous étions revenus à l'étape précédente, visage contre visage, nos lèvres au niveau de l'oreille de l'autre.

« Je veux voir davantage de toi, dit Rajhit.

— Je crois que tu viens d'en voir beaucoup.

— Tu comprends ce que je veux dire.

— J'aime bien quand tu me trouves. »

Il m'embrassa. Il avait un goût de thé vert et de cannelle.

« D'accord, je te trouverai », dit-il en s'écartant.

Dès qu'il fut parti, je me laissai tomber sur le tabouret et respirai à fond. L'air sentait encore son odeur. Il était impossible que quelque chose qui sentait aussi bon puisse bien se terminer.

En sentant les effluves d'un plat vietnamien s'échapper de quelque part dans la librairie, je me revis aller au petit Pho Hoa du coin avec Bryan, qui me tenait la main comme si c'était un sac de provisions, et passer nos repas à fixer l'écran de nos portables au lieu de nous regarder. Quoi qu'il y ait avec Rajhit, c'était mieux que ça.

J'observai les étagères qui me faisaient face, le rayon sur lequel j'avais travaillé si dur. Ici régnaient l'ordre, la maîtrise... C'était le seul endroit de ma vie où les choses avaient un sens. Mais alors que je regardais les rangées en ordre parfait, les noms des auteurs se mirent à jouer à saute-mouton dans l'alphabet. Les cowboys vampires côtoyaient les héros du type M. Darcy ainsi que les pirates torse nu. Tout était sens dessus dessous. Je ne comprenais pas. La veille, tout était pourtant en ordre... Consternée, je m'adossai aux étagères pour avoir une vue d'ensemble et me rendis compte que ce que j'avais fait avait été entièrement réorganisé. Les dos des livres étaient à présent classés par couleur.

« Jason ! »

De l'avant de la librairie me parvint un éclat de rire démoniaque.

★

Je restai dans le noir, recroquevillée sur le fauteuil en rotin devant la fenêtre ouverte, en écoutant la fête battre son plein à côté. Le bloc sur lequel j'avais griffonné pendant une heure était sur mes genoux. J'avais essayé de calculer combien de temps mon revenu minimal me permettrait encore de survivre. Hugo avait diminué mon loyer de deux cents dollars – béni soit-il ! Il m'en restait par conséquent quatre cents pour payer la nourriture, les charges, le téléphone et tout le reste. Plus question d'aller au cinéma, ni de déjeuner au restaurant. L'estomac d'une fille ne peut cependant supporter qu'une certaine dose de ramen instantanées. J'aurais pu déménager, trouver une colocation sur Craigslist, sauf qu'un déménagement coûtait cher aussi. Le temps de rassembler l'équivalent de deux mois de loyer et la caution, je me retrouverais encore plus dans la mouise que je l'étais déjà. Et je n'aurais plus Hugo comme voisin. Non, déménager n'était pas la solution.

Mon téléphone tinta ; c'était un texto de Dizzy. C'était le quatrième qu'il m'envoyait en une heure pour me dire qu'il était au Finnegans Wake, qu'on était vendredi soir et qu'il fallait que je me ramène en vitesse. Sauf qu'il employait une expression beaucoup plus vulgaire que « en vitesse ». Je regardai l'heure sur mon portable. À huit heures, j'irai, décidai-je. Mais une heure entière s'écoula et j'étais toujours là sur mon coussin Pierimport.

En plus de l'inquiétude que me valait mon compte en banque, la dernière conversation que j'avais eue avec Dizzy me pesait. Je savais que j'aurais dû appeler Avi pour l'inviter à déjeuner. Elle m'avait donné son numéro, après tout. Seulement, je me sentais trop fragile… Ma vie avait reposé sur Dizzy et ArGoNet. J'étais devenue dépendante d'espérances qui n'avaient débouché sur rien. Je n'avais pas grand-chose à afficher de mes années passées dans la Silicon Valley. Pas vraiment de carrière, pas d'argent, une liaison ratée, une librairie minable à laquelle je consacrais beaucoup trop de temps. J'avais assisté à d'innombrables réunions en étant convaincue que tout mon labeur acharné allait payer, tout ça pour finalement être reniée au nom d'une excellente raison du genre : le directeur n'aime pas la couleur de ton pot à crayons.

J'attrapai *L'Amant de Lady Chatterley* sur la petite table et feuilletai les pages d'où s'échappait une odeur de draps sales et de promesses éculées. L'autre jour, au club de lecture, les notes m'avaient sauvée. Peut-être m'offriraient-cllcs maintenant un peu de sagesse.

Henry, nous ne pouvons exister que tels que nous sommes dans ces pages. Il est impossible d'être dans le monde comme on est ici, on ne peut l'être que dans ce livre. C'est là qu'il nous est possible de nous appartenir l'un à l'autre. – Catherine

Je sais que vous avez peur. Moi aussi, j'ai peur. Mais la peur n'est pas réelle. Ce n'est que de l'émotion mêlée à des souvenirs. La peur n'est dangereuse que si elle nous sépare de ce que nous voulons. Et je vous veux, vous. – Henry

De l'émotion mêlée à des souvenirs. Qui s'exprimait ainsi ? Hugo, peut-être. Bon, d'accord, Hugo et Henry. Je repensai à cette journée chez Avi, où j'avais eu pour la dernière fois le sentiment que le monde m'appartenait et qu'il me suffisait de le saisir, ne serait-ce qu'un moment. Ce jour-là, j'avais pris un gros risque. Henry avait raison. Ce n'est pas la peur qui est dangereuse. C'est ne pas obtenir ce qu'on veut à cause d'elle.

Je n'allais pas rentrer chez mes parents. Si j'en avais terminé avec ArGoNet, tant pis ! Mais je n'étais pas encore out. J'avais un réseau, même s'il ne se composait que d'une personne. J'étais repartie de la réunion du SVWEABC avec une seule carte de visite, mais c'était *la* carte de visite.

J'allai chercher le sac que j'avais le jour de la réunion, dans lequel était restée la carte d'Avi. Puis j'allumai mon ordinateur et tapai son adresse mail. Mais, brusquement, je me ravisai. Ignorer un mail était trop facile. Quand on essaie de grimper les échelons, on répond à tous les messages comme s'ils étaient envoyés par Jésus ou Steve Jobs. Une fois qu'on est parvenu au sommet, comme Avi, répondre dans la foulée empeste l'envie de plaire. Et ce n'est pas élégant du tout. Non, je n'allais pas me mettre à attendre une réponse. Au dos de la carte, elle avait noté son numéro de fixe. J'allais l'appeler.

Mais avant cela, je marchai un petit moment en rond le temps de préparer quoi dire. Je voulais simplement réfléchir afin de proposer la meilleure expérience de lecture collective aux autres membres du club. Certes, lui dirais-je, j'étais débordée, mais quand le groupe réussissait, moi aussi, et peu importait le sacrifice personnel des heures et les efforts investis. Une fois mon scénario au point, je composai son numéro, l'imaginant glissant sur le parquet pour venir répondre, vêtue d'un peignoir en soie doublé de plumes, avec, aux pieds, des pantoufles comme en porte Eva Gabor dans *Les Arpents verts*. Et elle décrocha.

« Bitchees.com, Jade ? Sérieusement, tu as cru que je ne verrais pas que tu avais posté une vidéo de nous sur Bitchees.com, espèce de petite connasse ? Cette vallée m'appartient. Tu penses que je suis incapable de me servir d'un ordinateur ? À moins que tu ne me trouves trop vieille pour ça aussi ! Eh bien, tu sais ce que je sais faire d'autre ? Appeler un avocat ! Jake va te pourrir la vie jusqu'à te faire regretter d'avoir appris à cliquer sur une souris ! Et cesse de m'appeler toutes les trente secondes pour me donner encore une raison pour laquelle tu m'as quittée ! »

Les quelques secondes qui s'écoulèrent auraient été assez longues pour que se forment de nouvelles galaxies. Je fixais les ombres de mon appartement plongé dans le noir en écoutant l'exaspération pleine de fureur de mon seul et unique contact VIP à l'autre bout de la ligne. Qu'étais-je censée faire ?

« Si tu as l'intention de rester au bout du fil, dis au moins quelque chose ! »

Je repensai à la photo dans la bibliothèque, celle sur laquelle Avi enlaçait une grande fille blonde d'à peu près mon âge. Quels que soient sa richesse et son pouvoir, Avi avait à l'évidence tenu beaucoup à cette Jade. Si je raccrochais, elle penserait que c'était son ex qui lui raccrochait au nez. Je serais peinarde, mais elle ? Je plissai les yeux en prenant une grande inspiration.

« Je suis vraiment désolée, Avi… C'est Maggie Duprés. Du club de lecture. C'est peu de le dire, mais je devine que j'appelle au mauvais moment. »

Un silence s'étira tandis que je me préparais à un torrent de jurons. Mais rien ne vint. À la place, j'entendis Avi Narayan me raccrocher au nez.

Je restai là, mon portable sur les genoux. C'était comme si je n'arrivais plus à faire fonctionner mon cerveau. Comme s'il était gelé. Je restai là et écoutai la fête à côté. Si j'avais bougé mon cul pour y aller à 19 heures 30, rien de tout cela ne serait arrivé. Si j'avais envoyé un mail à Avi comme n'importe quelle personne sensée, il ne serait rien arrivé. Mais non, il avait fallu que j'ignore ma peur… Merci bien, Henry.

Je repris *L'Amant de Lady Chatterley*, ouvert à la page où figurait la note de Henry. Tout était sa faute. Étais-je désespérée au point de suivre les conseils d'un type tombé amoureux d'une femme en lui écrivant dans un livre ? Retrouve-moi dans le parc, près, de la fontaine, à midi ? Tu plaisantes ? Ce jour-là, il aurait pu pleuvoir. Ou des ouvriers auraient pu repaver le trottoir. Mais surtout, il lançait cette invitation sur les pages d'un bouquin qui se trouvait dans une librairie. Roulez-moi dans la farine et prenez-moi pour un biscuit, mais il y a toujours une chance, même au Dragonfly, pour que quelqu'un entre et achète le livre. Environ cent millions de choses auraient pu aller de travers et faire foirer ce plan. Cent millions.

Mon portable sonna. Je reconnus le numéro que je venais de composer. Avi. Je l'imaginais, des bouffées de rage soulevant son peignoir à la Eva Gabor tandis qu'elle jetait des sorts qui me changeraient en grenouille et lanceraient des éclairs dans le téléphone. Ne sachant quoi faire, je planquai mon portable sous un coussin. Et voilà ! C'en était fini de mes espoirs de rester ici. Je venais de pisser dans les bottes d'une des femmes les plus puissantes de la Silicon Valley. J'étais condamnée à l'enfer. Ou, pire encore, je rentrerais chez ma mère.

Je repris le téléphone. Et puis quoi ? Si c'était ma dernière chance, autant faire une sortie mémorable.

« Je suis la personne vivante la plus atroce qui soit, dit-elle. C'était affreusement grossier de ma part.

— Non, c'est ma faute…

— Non, non, je n'aurais jamais dû répondre comme ça, ou j'aurais dû au moins regarder qui appelait. »

Nous continuâmes à nous empêtrer en cherchant à dédouaner l'autre à coups d'excuses, lesquelles semblaient totalement inutiles. Et lorsqu'elles finirent par se tarir, il ne resta que le silence.

« Une sale rupture ? » demandai-je.

Elle rit, et je l'entendis renifler avant de rétorquer :

« Il en existe d'un autre genre ? »

De nouveau, je l'imaginai chez elle, mais cette fois, je la vis dans un jogging trop grand (d'accord, il était en cachemire) avec des gouttes de glace Ben & Jerry's séchées sur le devant. Ses cheveux étaient en bataille. Elle portait des lunettes ringardes et avait un bouton sur la joue. Je me demandai si la photo d'elle avec Jade trônait toujours sur l'étagère ou si elle avait roulé dessus avec sa Mercedes.

« Elle a vraiment posté une vidéo de vous deux ? C'est sérieux ?

— On ne me voit pas. En tout cas, pas assez pour me reconnaître. Que quelqu'un d'autre me voie ne l'intéressait pas. Seulement elle.

— Tout de même… dis-je.

— Tout de même… »

En fin de compte, Dizzy avait raison. Avi était comme tout le monde. On bavarda encore un peu et on décida d'aller déjeuner dans un restaurant thaï le lundi suivant. Après avoir raccroché, je restai un instant immobile, en proie à cette petite brûlure, mélange de peine et de joie. Puis je me levai et partis au Finnegans Wake.

★

Le lendemain, le 27 juin, il pleuvait. Je m'en souviens pour la bonne raison que pendant des mois les gens ont pris cette date comme repère en parlant de leur vie – par exemple : « Je sais que j'ai fait ma vidange le 28 juin parce que c'était le lendemain du jour où il a plu. » Dans la région de la Baie, on reçoit toute la pluie en hiver. Bien que la chose ait pu arriver, il est rare qu'il pleuve au début de l'été. Et dans l'univers de Hugo, un tel événement imposait d'organiser une fête. Mais il est vrai que les miracles que représentent un lever ou un coucher de soleil semblaient suffisants à sa bande de copains pour sortir le shaker et les cuillères à cocktail.

Moi aussi, j'avais des raisons de faire la fête. Le jour même, j'avais ouvert le compte eBay du Dragonfly et vendu notre premier livre en ligne – une édition originale signée de *L'Amour parmi les ruines* de Walker Percy, qui traînait à l'avant de la boutique avec d'autres éditions originales depuis que je fréquentais la librairie, et qui était à présent en route vers le domicile de Mlle Winifred Johnson à Wichita. (Dans le monde païen de la Silicon Valley, où les distractions sont plutôt les smartphones et les systèmes d'exploitation à double amorçage, on n'a aucune passion pour les dieux des lettres venus du Sud.) Puisque c'était notre première vente en ligne, Hugo proposa de bénir le livre destiné à Mlle Winifred. Il appela son ami Jesse, un prêtre wiccan au second degré, et le pria de passer chez lui. Jesse apporta de l'eau salée pour en asperger le colis (et épargner le livre), de l'encens à faire brûler à la librairie et de la lavande séchée à glisser entre les pages. Jesse -- c'était pratique – était par ailleurs boucher chez Andronico, si bien qu'il apporta deux bons kilos de jarret d'agneau, au grand plaisir de Hugo. Au moment où il commença à pleuvoir, Hugo dut passer quelques coups de fil. Des gens arrivèrent. Des gens apportèrent d'autres choses à manger. Des gens apportèrent à boire. Mon ventre était ravi.

Même les jours ordinaires, l'appartement de Hugo offrait une atmosphère détendue comme la salle d'attente d'un spa. Mais ce soir-là, il y avait un courant d'euphorie. Ses amis s'étalaient partout avec cette léthargie qu'ont les personnages de Tennessee Williams. Quand il souleva le couvercle d'une grosse marmite pour mélanger ce qu'il appelait son Mystérieux Plat Marocain, une odeur de safran et d'abricots emplit la pièce. Une jeune rousse en robe bain de soleil à motifs, style cowboy, grattait une harpe en chantant une chanson en gaélique. Un homme avec un luth – je vous jure, un luth ! – se joignit à elle, ainsi qu'une fille qui avait des fleurs dans les cheveux et tapait d'une main légère sur un tambourin. Quelque part, un festival Renaissance devait être en manque de ménestrels.

Hugo ne possédait rien sur quoi aurait pu s'asseoir un être humain normal. Avec ses coussins de formes et de tailles diverses éparpillés à même le sol, son appartement ressemblait à une version masculine datée de la chambre d'une princesse des *Mille et Une Nuits*. À moitié sonnée par les martinis bons pour les chakras inférieurs que concoctait Jesse, étendue de tout mon long au milieu d'énormes coussins rouge rubis, j'avais l'impression d'être là où on est lorsqu'on s'endort sur la plage en se laissant bercer par le bruit des vagues. Et soudain, j'entendis Rajhit chuchoter à mon oreille.

« Je te cherchais. »

J'ouvris les yeux et me retrouvai face à son sourire, un coin de ses lèvres relevé comme le soir où il m'avait offert le vélo. Il était penché sur moi, ses cheveux dansant sur ses épaules. Je ramenai une de ses boucles derrière son oreille. La fête me parut tout à coup mille fois plus belle.

Il s'installa sur les coussins à mes pieds, attrapa mon pied droit et commença à en frictionner la plante. Deux martinis plus tôt, j'aurais été capable de rester de marbre et d'ignorer le fait que le bas de mon corps se mettait en mode Madame Bovary. Mais là, ma tête s'enfonça dans les coussins et mes yeux roulèrent sous mon crâne. Je ne peux pas l'affirmer avec certitude, pourtant je suis presque certaine d'avoir entendu gémir. Je me sentais en totale harmonie avec le monde.

« Joli pied, dit Rajhit. Attaché à une jolie cheville, au bout de ce qui, j'en suis sûr, serait une jambe très séduisante si je la voyais.

— Suis-je seulement la somme de mes parties ?

— *Nous ne nous sommes jamais rencontrés, pourtant je ne crois pas qu'il existe une partie de vous que je ne veuille pas.* »

Je ris en l'entendant citer les mots de Henry. Rajhit sourit. Sa paume chaude glissa sous l'ourlet de mon jean et remonta le long de ma jambe. Pour la deuxième fois en deux jours, je me dis que je devrais mettre des jupes.

C'est alors que j'entendis un son – *wouh* – et rouvris les yeux. Jason était debout au-dessus de Rajhit, en train de souffler doucement dans une bouteille de bière. Je voulus lui faire signe de dégager, mais il ne me prêta pas attention.

« Oui, Jason ? fit Rajhit sans lever les yeux.

— La semaine prochaine, c'est toi le maître des jeux, et tu n'as pas encore envoyé l'invitation. Personne ne sait où on se retrouve. Est-ce que Deborah vient encore ? On ne sait même pas s'il y a un thème pour la bouffe ! »

La main de Rajhit sortit de mon jean.

« On peut en parler plus tard ? demanda-t-il en regardant Jason.

— On te laisse être maître des jeux cette fois-ci parce que tu nous as suppliés depuis que tu t'es inscrit. C'est une lourde responsabilité. Ne nous laisse pas tomber, mon vieux. »

Dans mon cerveau imbibé de vodka se bousculaient pas mal de questions. J'arrêtai mon choix sur :

« Mais de quoi est-ce que tu parles ?

— De la soirée Donjons et Dragons. »

Je me redressai sur les coudes et regardai Rajhit, à hauteur de mes pieds, qui se tenait la tête dans les mains. Personnellement, je n'avais jamais participé à une partie de D&D, mais j'avais croisé suffisamment de joueurs pour savoir que rares étaient ceux qui correspondaient au stéréotype du loser au teint terreux avec de longs cheveux filasse, une vilaine peau et le privilège d'avoir accès au réfrigérateur familial dans la mesure où il louait le sous-sol de ses parents. La plupart étaient des gens très cool. Il n'empêche, je fus un peu abasourdie. Pas à cause de Jason, ça allait de soi, ni même de Hugo. Mais... Rajhit ?

« Quel est le problème? demanda Jason. Moi, Hugo, Rajhit, Mme Callahn et quelques autres mecs, on joue le lundi soir.

— Tous ensemble? Ah bon? Je ne savais pas. Super. C'est la pièce à conviction n° 746 qui prouve que tu me hais.

— Comme si on te laisserait jouer !

— Comme si j'en aurais envie !

— Premièrement, je parie que tu n'as jamais joué à D&D, dit Jason. Deuxièmement, quand est-ce que tu as fêté tes douze ans ?

— Il y a trois martinis », répondis-je.

Jason donna un petit coup de genou dans le dos de Rajhit.

« Alors, pour lundi ?

— J'ai besoin d'un verre. »

Rajhit se leva et alla dans la cuisine. Je roulai sur le flanc en le suivant des yeux. Il se tenait près de Hugo, face à moi, mais ne me regardait pas.

Jason s'accroupit, coudes sur les genoux, sa carcasse penchée au-dessus de moi.

« Tu n'as pas envie d'en savoir plus sur Deborah ? La fille de notre groupe ? demanda-t-il.

— Quoi ? »

Je n'avais pas la moindre idée de ce dont il parlait.

« Ce type n'est pas du genre à s'engager, tu sais. Chaque fois qu'une fille célibataire débarque dans le jeu, il en devient obsédé. Ils fricotent un petit moment, et ensuite, il te sort un truc du style : "Je ne peux pas m'engager envers une seule personne, ça foutrait en l'air la licorne rose qui sommeille en moi." Du coup, il nous manque un joueur. La dernière fois que j'ai vu Deborah, elle était à la librairie en train de chercher *Mange, prie, aime* et avait l'air d'avoir déjà digéré la partie *Mange.* Je ne comprends pas ce que toutes les femmes lui trouvent... Ce n'est même pas un très bon joueur.

— Quoi qu'il y ait entre moi et Rajhit, c'est entre moi et Rajhit, dis-je.

— C'est juste que je ne voudrais pas me retrouver en plein drame... D'accord ? Pas de drame. »

Jason s'éloigna vers les ménestrels, s'assit en s'adossant au mur derrière eux et accepta une autre bière du joueur de luth. Je restai allongée sans bouger en cherchant à comprendre comment cette soirée avait pu à ce point déraper.

Je me levai pour aller remplir mon verre – Jesse avait mis la carafe de martini au frais –, mais deux filles d'une vingtaine d'années se tenaient entre moi et mon alcool, perdues dans les mots poétiques aimantés sur le réfrigérateur de Hugo, extraits des œuvres de Shakespeare. La blonde, coupe pixie et lézard tatoué sur l'épaule, venait de composer *ton gémissement pourpre singulier.* Aussitôt la harpiste rousse étala des mots de façon à écrire *déesse langue satisfait douce envie.* Pixie la regarda en levant un sourcil, puis déplaça *mordiller* dans un espace encore vide. La rouquine ajouta *tremblant.* Pixie ajouta *désir.* Elles regardèrent autour d'elles en gloussant, comme si elles venaient d'échapper à Dieu sait quoi. La rouquine avança une main derrière Pixie pour rentrer l'étiquette qui dépassait de son débardeur. Et au moment où sa main frôla l'épaule de Pixie, celle-ci l'attrapa et l'embrassa.

Histoire de voir si quelqu'un avait vu ce que je venais de voir, ou m'avait vue le voir, je jetai un coup d'œil derrière moi. Je n'arrivais pas à détacher les yeux des deux filles. Elles étaient arrivées séparément, et j'avais remarqué qu'on les avait présentées l'une à l'autre. Combien de temps cela faisait-il ? Une heure ? Deux ? Toujours est-il qu'en les voyant en train de flirter et de rougir, mon corps se souvint comme toutes ces choses avaient été simples auparavant.

Alors que je restais plantée là, quelqu'un souleva ma main posée sur le comptoir. Mme Callahn. Elle prit également mon autre main et regarda les deux.

« C'est votre tour. »

Mes pensées étaient encore tellement polarisées sur les deux filles que, l'espace d'une seconde, je crus qu'elle voulait dire que c'était mon tour de me trouver quelqu'un. Mais elle retourna mes mains, fit effectuer un mouvement de rotation à mes pouces et appuya sur la partie charnue de mes paumes, tout en les observant derrière ses lunettes en écaille, fixées à une chaînette. Elle avait voulu dire que c'était mon tour, qu'elle allait me lire les lignes de la main.

Elle laissa courir l'extrémité de ses doigts sur chacune de mes paumes. On aurait dit les piquants d'un cactus... Lorsque je voulus retirer ma main instinctivement, elle ne fit que la serrer plus fort. Penchée en avant, elle les examina en les plaçant sous la lumière qui éclairait la cuisinière. Puis elle rapprocha mes paumes et les maintint serrées l'une contre l'autre. Après quoi elle se redressa et laissa retomber ses lunettes, qui se balancèrent entre ses seins.

« Vous avez un cœur de papier, conclut-elle. L'eau peut le dissoudre. La terre peut le recouvrir. Le vent peut le faire s'envoler. »

Mon estomac se retourna. Dans la pénombre, je pouvais finalement distinguer les signes de l'âge sur son visage, telles des failles dans de la terre dure et brune qui n'a que rarement vu la pluie. Ses mains se resserrèrent sur les miennes comme un étau. Je me dégageai d'un geste brusque.

« C'est épouvantable de dire des choses pareilles... »

Elle prit un cocktail sur le comptoir et me le tendit.

« Protégez-le. Trouvez un autre travail. Et un autre petit ami. La vie au Dragonfly n'est pas faite pour vous. »

Elle leva son verre à ma santé et retourna dans la pièce épouvanter quelqu'un d'autre. Je fixai mon verre en ayant l'impression que j'avais eu ma dose. Je m'avançai devant l'évier et le vidai. Hugo, qui s'affairait devant la cuisinière, abandonna son poste pour venir me frotter le dos en y dessinant des cercles d'un air inquiet.

« Bu trop de cocktails », expliquai-je.

Le pas chancelant, je gagnai la salle de bains et m'aspergeai la figure d'eau. Un peu de lumière pénétrait par la petite fenêtre au-dessus de la baignoire. L'eau me donna la sensation d'avoir la peau cassante. Assise sur le bord de la baignoire, j'enlaçai mes genoux le temps d'arriver de nouveau à respirer.

Alors que j'éteignais la lumière derrière moi, j'aperçus Rajhit dans l'entrée près du salon, appuyé contre le mur et me tournant le dos. Je restai là, dans le noir, à observer les courbes de son corps, sa façon de se tenir au seuil de la pièce éclairée. Je repensai à tous ces garçons que j'avais connus, ceux à la peau salée, la plupart aussi désireux de me plaire que de se plaire à eux-mêmes. Comme les choses avaient été faciles, comme il en fallait peu... Un murmure au creux de l'oreille, un frôlement du bras... Avant que quiconque se soucie de savoir comment je gagnais ma vie ou quels étaient mes objectifs. Avant que je me mette à calculer combien de temps il se passerait avant que la relation s'épuise. Lorsque j'étais plus jeune, il y avait eu seulement des corps et du désir, aussi cru que nécessaire. Pendant les minutes haletantes qui précédaient le tout premier baiser, je songeais : *Je vous en supplie, faites que ce ne soit pas « le bon » ! Je ne suis pas encore prête.* Je n'étais pas encore disposée à rencontrer mon prince ou à m'écraser comme ma mère. Et en plus, je m'accrochais à mon cœur inconstant qui attendait si peu et donnait si peu en retour.

Je lui effleurai le dos. Rajhit se retourna et m'ouvrit grands les bras, comme on a tendance à le faire après plusieurs cocktails. Je m'abandonnai à son étreinte. Ses mains montèrent et descendirent le long de mon dos, en un geste amical et rassurant qui me fit croire, un instant, qu'on allait en rester là. Mais nous dépassâmes la limite du platonique quand ses mains ralentirent et s'arrêtèrent sur mes reins. Je poussai un long soupir en me laissant aller contre lui.

« Ce dont Jason parlait… »

Je l'interrompis en secouant la tête.

« Je veux que ça arrive, reprit-il. Toi et moi. »

Je lui caressai le visage, caressai le Henry en lui. Ses bras se resserrèrent, et mon corps se lova plus fort contre le sien. J'avais fait un pas de trop pour revenir en arrière. De mes lèvres, j'effleurai le petit triangle de peau au-dessus de son col et entendis son souffle précipité. Puis il m'embrassa, avec plus de précaution que je ne m'y étais attendue. Mes doigts coururent sur sa taille, cherchant sa peau sous sa chemise. *Je veux savoir ce que ça vous fait de sentir mes mains sur vous, d'entendre ma voix prononcer votre nom.*

« Je croyais que tu ne voulais pas coucher avec moi parce que je t'ai offert un vélo, dit-il.

— C'est un très beau vélo. »

6

Le gant de Vénus

Je chevaucherais une baleine à travers l'océan
rien que pour m'asseoir près de vous
et vous tenir la main.
– HENRY

Tout en regardant le soleil pénétrer par la petite fenêtre du bureau du Dragonfly, j'avais pris une décision. Dès que le rayon atteindrait l'angle de la table, je m'arracherais du canapé et me remettrais au travail. C'était il y a une heure. Le soleil avait largement dépassé l'angle et j'étais toujours sur le canapé, la tête appuyée sur le kit de secours en cas de tremblement de terre, lequel se composait d'une couverture, de nourriture pour chat et de vodka. Je ne pouvais pas me permettre de traîner comme ça. J'avais des piles de livres à déplacer, Grendel le chat foutraque à éviter, oh… et mon déjeuner avec Avi plus tard dans la journée. Il fallait juste que je me repose une dizaine ou une vingtaine d'années, et je serais d'attaque.

Ce n'était pas vraiment parce que j'avais la gueule de bois, mais parce que j'étais là au soleil, en train de rêvasser à la nuit précédente, envahie par cette sensation de chaleur moelleuse comme le milieu d'un cookie dès que je pensais à Rajhit. Il avait été l'amant que j'avais imaginé, en dépit des tâtonnements de la première fois. Être avec quelqu'un de nouveau avait quelque chose de doux et d'excitant. Il était ensuite retourné discrètement chez Hugo, d'où il avait rapporté du fromage, des pommes et de la bière belge. Avec un sens de la mise en scène plein d'espièglerie, il avait rejoué le dîner qu'il avait fait récemment dans un restaurant de Napa où tous les plats sur la carte étaient rédigés sous forme d'affirmations, de sorte que, lorsqu'il avait passé la commande, il avait dit des trucs du style : « Je vais prendre un Éclat Radieux rempli d'Apaisement et de Lumière, accompagné de Joie Infinie. » Je ne sais pas si c'était Rahjit ou le sexe, mais, à l'instant, j'aurais pu prononcer des mots semblables avec le plus grand sérieux.

Vers quatre heures du matin, il s'était levé, et je l'avais raccompagné jusqu'à la porte. On s'était encore embrassés sur le seuil tandis que je me réjouissais à l'idée que mon lit allait sentir bon – il serait plein de lui et de moi. Puis il était parti, et je m'étais retrouvée seule face à tous ces restes de douceur.

La porte du bureau s'entrouvrit en grinçant. Le pas lent et assuré, Hugo vint poser un grand verre contenant un liquide marron clair devant moi.

« De quoi soigner le mal par le mal ? demandai-je

— Du vinaigre de cidre dilué dans de l'eau avec du miel. Il n'existe pas de meilleur remède contre la gueule de bois.

— Je me sens plutôt bien », dis-je en m'étirant, puis en me grattouillant le ventre à deux mains comme je l'avais vu faire une centaine de fois.

Il s'installa dans le fauteuil derrière le bureau, mit les pieds dessus, jambes tendues et croisées au niveau de la cheville, et commença à trier le courrier. Pour m'être assise dans pas mal de fauteuils dans ma vie, je peux affirmer sans hésitation que celui du Dragonfly aurait dû être qualifié de crime contre l'humanité. Mais Hugo avait l'air d'être dans un hamac entre deux palmiers.

« Je suppose qu'on parle de Rajhit, dit-il.

— Je sais que c'est un de tes amis. Ça te choque ? »

Il sourit.

« Maggie, si le fait que mes amis couchent ensemble de temps à autre me posait problème, je serais un homme extrêmement solitaire. »

Il ouvrit une enveloppe, passa un bon moment à lire la lettre avant de la ranger dans la poche de sa chemise, puis il se tripota la barbe, le regard ailleurs.

Qu'y avait-il dans cette lettre ? J'avais commencé depuis peu à m'occuper des factures et de la paperasse. Robert avait beau garder la tête froide, je le voyais bien se livrer intérieurement à sa petite danse joyeuse de comptable chaque fois qu'on discutait. Lui comme moi avions renoncé à convaincre Hugo et Jason qu'avoir un ordinateur d'occasion et un logiciel de ventes serait la meilleure solution. Du coup, j'apportais tous les jours mon ordinateur portable et calculais le montant des ventes de la journée avant de le reporter sur l'appli de comptabilité dont se servait Robert. Pendant que j'enregistrais ce qui rentrait, Robert enregistrait ce qui sortait, ce qui me permettait d'avoir un tableau d'ensemble de la situation financière du Dragonfly. Et le résultat était encourageant. Avant mon arrivée, le bilan était à peu près aussi réjouissant que *Les Cendres d'Angela.* Néanmoins, j'avais constaté ces derniers temps une très légère amélioration. Infime, mais bien là, un espoir minuscule comme un têtard.

« Si tu veux, je peux m'en occuper, proposai-je en montrant l'enveloppe.

— Non, non, répondit Hugo en tapotant sa poche. Celle-là n'est que pour moi. »

Depuis ma place sur le canapé, j'avais reconnu l'en-tête du syndic de l'immeuble. Je n'insistai pas. On était en règle sur l'essentiel : loyer, charges, etc. Et si les salaires restaient aléatoires, l'argent était toujours là d'une manière ou d'une autre, surgissant d'un compte de capital à part. Un jour où j'avais interrogé Hugo à ce sujet, il m'avait expliqué qu'il s'agissait de revenus sur des brevets qu'il avait récupérés à l'époque où il était étudiant à Cal. Loin d'être super riche, il ne dépendait pas, non plus, du Dragonfly pour survivre. Cependant, je ne voulais pas que la librairie le saigne à blanc. J'avais désormais une nouvelle raison de faire tourner la boutique.

« Maggie, pour ce qui est de Rajhit...

— Jason m'a dit.

— Jason ? Il t'a dit quoi ?

— Il m'a parlé de Deborah et des autres. J'ai compris... Rajhit est un don Juan. Je crois que je vais essayer pendant un temps. Et en version femme, on dit quoi ? don Juana ? Ça me plaît !

— Maggie...

— Qu'est-ce qu'il y a ? Un mode de vie sans engagement semble t'avoir plutôt réussi... Tu as l'air heureux. »

Hugo écarquilla les yeux, l'air surpris que je puisse penser une chose pareille, ce qui à mon tour m'étonna. Si on m'avait posé la question, comme quasiment toute personne ayant mis un jour les pieds au Dragonfly, j'aurais répondu qu'il était très probablement la personne la plus satisfaite qui soit de son existence. Mais maintenant que je voyais son visage s'adoucir et prendre une expression un peu lointaine, je réalisai qu'il était absurde de penser savoir ce que ressent quelqu'un.

« Tu ferais mieux de boire ton tonic, dit-il en touchant l'enveloppe dans sa poche. Jason va avoir besoin de toi. »

Lorsqu'il fut parti, je me redressai sur le canapé et regardai le fauteuil qu'il venait de quitter. La pièce m'avait semblé calme avant qu'il n'arrive, mais maintenant elle me paraissait vide.

★

« Alors, comment on procède ? demanda Avi. Je pleurniche un peu, je te dis que c'est une salope et ce genre de choses ? »

Nous étions à la terrasse de son restaurant thaï préféré dans Castro Street.

« C'est ce qu'on fait dans les films », répondis-je.

Je ne savais pas trop quoi attendre de ce déjeuner. Mais Avi avait l'air remontée et prête à partir. Elle avait même commandé pour nous deux avant mon arrivée, affirmant que leur panang curry était le meilleur de toute la péninsule.

« Tu ne fais pas tout le temps des trucs de ce genre ? Discuter entre filles ? » demanda-t-elle.

Je bus une longue gorgée d'eau en regrettant que ce ne soit pas de la vodka.

« Mon meilleur ami, c'est Dizzy. Et vu qu'il considère les relations comme un sport qui se pratique entre quatre murs, les « cette salope » ou « tu mérites mieux » sont assez rares. En revanche, il y a pas mal de mouvement.

— Donc, ce soutien entre femmes de l'autre soir…

— Tu es ma toute première », dis-je.

Avi tapota d'un doigt sa lèvre supérieure.

« Mon Dieu, je voudrais être encore fumeuse…

— Donc, toi non plus, tu n'as pas beaucoup d'amies filles ? »

Elle m'expliqua que l'amitié entre filles était toujours compliquée. Elles voulaient toujours quelque chose d'elle. Après avoir vu l'équipe du SVWEABC, je pouvais comprendre son sentiment.

« Je ne suis pas différente, dis-je. Moi aussi, je veux quelque chose de toi.

— Oui, mais au moins tu es franche ! Et donc différente. »

On demanda la carte des vins, et très vite un cabernet arriva sur la table. Avi sortit une petite bouteille de Tabasco qu'elle transportait dans son sac pour en asperger le curry de poisson-chat déjà fortement épicé.

« Tu sais ce que je ne comprends pas dans tous ces films qui parlent d'amitié entre femmes ? reprit-elle. C'est comment elles trouvent le temps de passer autant de temps ensemble.

— Je sais… Elles ont le temps d'aller à tous ces brunchs et ces cocktails… Est-ce qu'elles ne doivent jamais faire de lessive ?

— Ou aller au supermarché ?

— Ou récurer les toilettes ?

— Absolument ! » s'exclama-t-elle, sur un ton qui me fit penser qu'elle n'avait pas vu une balayette à chiottes depuis des lustres, si toutefois elle en avait déjà vu une.

« Aux vraies femmes ! » déclara-t-elle en levant son verre pour trinquer.

Dès lors, des liens affectifs se nouèrent entre nous. Je lui parlai de Rajhit.

« Pas de numéro de téléphone, pas de textos ? Il débarque comme ça ? Et la baise était super ?

— Oui, on peut dire ça.

— Je crois que jamais je ne pourrais persuader une femme d'en faire autant, dit-elle sans entrer davantage dans les détails. Il faut vraiment que j'arrête de sortir avec des filles aussi jeunes… »

Mais pour moi ça allait. On mangeait du curry et on buvait du vin sous un parasol au lieu de trimer comme des esclaves dans un bureau. Ce fut alors que mon bureau vint à moi.

Nous en étions à notre deuxième verre de chardonnay lorsque Jason apparut soudain.

« Qu'est-ce que tu fous, bon sang ? T'es encore là ? attaqua-t-il.

— Parle moins fort », dis-je.

Les clients des tables voisines se retournèrent pour nous regarder.

« Tu t'es absentée une bonne partie de la matinée… et là, tu as dépassé ta pause déjeuner de trente minutes ! »

Hugo avait pris son après-midi, et j'avais dit à Jason que je serais de retour à temps pour qu'il aille rejoindre ses copains et suivre un marathon de la première version de *Battlestar Galactica* sur la chaîne Syfy.

« Tu n'as qu'à fermer à clé et y aller. J'ai bientôt fini. »

Jason me foudroya d'un regard qui signifiait que j'étais en train de bousiller sa vie. Il n'avait quasiment pas passé un seul instant à lire dans le fauteuil depuis que j'avais commencé à travailler au Dragonfly, et il détestait ça. Mais, à présent, nous étions à égalité, des camarades lancés dans la grande aventure qui consistait à faire de livres que personne ne voulait des livres qu'on achetait. Bon sang, j'avais épousseté tout le rayon Histoire pendant le peu de temps que j'avais passé à la librairie ce matin... Voilà qui me donnait droit à n'importe quel fauteuil déglingué dans lequel Hugo n'était pas planté, et je n'aurais cédé ce privilège à personne. Pour ce qui était d'aujourd'hui, quelle importance si Jason risquait de rater la première attaque de Cylons et les scènes disco d'une série de S-F des années 1970 ? La vie est dure.

« Imbécile, je ne peux pas partir maintenant ! Toute ma putain de journée est foutue en l'air ! Il y a trop de monde à la librairie...

— De quoi tu parles ?

— Des clients ! Tu sais, des gens qui achètent des livres... La librairie est pleine à craquer. Et c'est ta faute ! J'ai dû demander à l'Antenne de la CIA de surveiller le magasin le temps de faire un saut jusqu'ici ! »

Indigné, Jason repartit vers le Dragonfly, ouvrit la porte à toute volée et s'engouffra à l'intérieur. Une demi-douzaine de personnes entrèrent derrière lui. Une demi-douzaine !

« Avi, je crois qu'il faut que j'y aille...

— Je crois qu'il faut que je vienne avec toi. »

Elle jeta quelques billets près des assiettes, que nous n'avions pas terminées, et on fila aussitôt au Dragonfly. Au moment d'entrer, ma mâchoire faillit se décrocher. La librairie bourdonnait d'animation. John, de l'Antenne de la CIA, émergea d'entre les rayons les bras chargés de livres, traînant dans son sillage deux femmes en talons aiguilles très parfumées dont j'avais vu la photo sur une pub d'une agence immobilière dans le *Mountain View Voice*. Les deux Mike étaient en train d'additionner des achats et de mettre de l'argent dans le tiroir-caisse. Et derrière chaque personne dont ils s'occupaient, trois au quatre autres faisaient la queue pour payer une bonne dizaine de livres.

« Tu ne m'avais pas dit que cette librairie était en train de faire faillite ? s'étonna Avi. Faire faillite ne ressemble pas à ça. »

Il en fut ainsi pendant encore deux heures. D'autres clients continuèrent à débarquer, les livres à disparaître et l'argent à s'amonceler. Les recrues de Jason étaient de service à la caisse. Avi se balada dans les rayons en prenant en photo des clients ravis avec son portable. « C'est bon pour la page Facebook », précisa-t-elle. Jason et moi courions dans tous les sens pour trouver ce que réclamaient les gens. Au rayon S-F/Fantasy de Jason, parfaitement organisé, la chose ne posait aucun problème. En revanche, partout ailleurs, je me retrouvais face à des cartons, des cartons et encore des cartons. Je n'avais jamais autant travaillé. Mon cerveau avait grillé à chercher ce qu'on me réclamait, j'étais tout endolorie à force de déplacer des cartons pour en exhumer ces trésors.

Et d'un seul coup, au bout de deux heures exactement, ce fut terminé. Le calme revint. J'ajoutai du crédit sur les comptes des trois de la CIA pour les remercier de leur aide, puis je m'installai dans le fauteuil en face d'Avi avec un gobelet de vin apparu comme par magie.

« J'ai fait un saut à l'épicerie d'en face, expliqua-t-elle. En pensant que t'allais en avoir besoin. »

Jason apparut entre les rayons en poussant son vélo.

« J'ai *horreur* de ce genre de rencontres, dit-il avant de franchir la porte. Une bande de quadras célibataires qui a vu le site de la librairie sur le Net s'est emballée et a décidé de foutre mon après-midi en l'air !

— Tu travailles ici, tu n'es plus seulement bénévole ? me demanda Avi une fois Jason parti.

— Oui, c'est un hasard.

— C'est fabuleux ! Je regrette de ne pas avoir fait un truc de ce genre quand j'avais la trentaine... Tu prends le temps de faire ce que tu adores.

— Je n'adore pas du tout. Sérieusement, regarde... C'est épuisant !

— Maggie, dit-elle en se penchant vers moi. C'est une librairie. Qui ne rêverait pas de passer ses journées dans une librairie ?

— Quelqu'un qui sait le dur labeur que ça exige. J'adore lire. Et j'adore Hugo. Mais je n'adore pas le Dragonfly. »

Je lui parlai des gens qui nous apportaient des cartons de bouquins que je soupçonnais d'avoir été refusés par la déchetterie locale. Des cartons qui étaient restés sur des taches d'huile de moteur au fond d'un garage ou qui avaient épongé les fuites d'un chauffe-eau. L'un d'eux avait servi d'abri à une colonie de poissons d'argent, un autre de dernier refuge terrestre à un opossum. Les livres étaient imprégnés d'odeurs de cigarillos, de bouteilles d'alcool cassées et même des restes d'un barbecue en famille. Leurs propriétaires en réclamaient un maximum, qu'on ne leur donnait pas, et voulaient, qui plus est, être payés en liquide, ce qu'on refusait. Et j'avais l'honneur de courir comme une folle à l'herboristerie chinoise acheter des bâtons d'encens Fire Dragon qui garantissaient venir à bout de n'importe quelle puanteur.

« Et puis, il y a les livres. Il m'est impossible de te décrire les montagnes de livres qu'il y a ici. Et il en arrive sans arrêt.

— Plus vous aurez de clients, plus il partira de livres. »

Je terminai mon vin et me pris la tête dans les mains.

« Et je suis complètement fauchée. Tu as vu comment c'était aujourd'hui... Eh bien, je fais tout ça pour dix dollars de l'heure ! Avi, il faut que je récupère mon poste à ArGoNet. J'accepterai même une diminution de salaire, je m'en fiche. Mais faire ça, je ne peux pas. »

Avi m'enleva la bouteille de vin des mains et la posa sur la table.

« Le conseil d'administration est à la recherche d'un acheteur pour ArGoNet, dit-elle. La dernière injection de fonds ne va servir qu'à faire tourner la boîte en attendant qu'on nous fasse une offre. »

C'était donc fini. ArGoNet était comme toutes les entreprises où j'avais bossé. Sauf que je n'avais pas créé les autres et m'étais contentée de sauter sur le manège déjà en marche. Avec ArGoNet, j'avais organisé le tour, choisi les chevaux et la musique, et appuyé sur le bouton ON. Moi et Dizzy.

« Je suis désolée si je t'ai causé un choc », dit Avi.

Je secouai la tête et ravalai le sanglot qu'un seul gobelet de vin avait suffi à faire monter dans ma gorge. Sans doute savais-je depuis un certain temps que tel serait le destin d'ArGoNet un jour ou l'autre. Mais je n'arrivais pas à m'y résoudre.

« Dizzy retombera sur ses pieds, enchaîna Avi. Les types comme lui y parviennent toujours. L'acheteur voudra le garder, tout comme l'équipe d'ingénieurs. Pour ce qui est des autres, il va falloir attendre et voir ce qu'il en sera... Mais ils auront droit à de généreuses indemnités de départ, Maggie. J'y veillerai. »

Je songeai depuis combien de temps mes propres indemnités avaient fondu.

« Et moi ?

— Il faut que tu ailles de l'avant, Maggie. On ne revient jamais en arrière. Et ce serait mieux que tu n'en parles pas à Dizzy.

— En tant que directeur technique, il est sûrement au courant...

— Bien sûr. Mais il vaudrait mieux que toi, tu ne le sois pas. Ou plutôt, il vaudrait mieux pour moi que tu n'en parles pas. À personne. »

Une fois le vin terminé, j'allai piquer une demi-bouteille de gin dans le bureau de Hugo et le mélangeai à une canette de limonade sans sucre qui devait appartenir à Jason. Nous installâmes les fauteuils de façon à tourner le dos à Castro Street, histoire d'inspecter tout ce qu'était le Dragonfly Used Books.

« Tu es *certaine* de ne pas adorer cet endroit ? insista Avi.

— Bon, d'accord, peut-être un peu.

— Laisse-toi du temps. C'est une bonne chose que le quartier possède un endroit comme celui-ci... Tiens bon ! »

Elle attrapa son sac Prada, qui devait coûter l'équivalent d'un mois de mon loyer, et en sortit une page jaunie de mon édition de *L'Amant de Lady Chatterley*. Je reconnus l'écriture de Henry dans la marge.

Ce matin, j'étais sur le sentier et j'écoutais l'eau. J'ai fermé les yeux en imaginant que je vous avais sentie. Puisque vos mots fredonnent sur la page, l'air doit vibrer autour de vous. J'ai senti la brise et entendu des battements d'ailes. J'ai ouvert les yeux, persuadé que j'allais voir votre visage. Il y avait des fleurs, l'air sentait bon les abricots. Peut-être que seulement une partie de vous m'a trouvé ici, une partie que je ne peux pas toucher. Mais ça a suffi. Pour aujourd'hui, ça a suffi. – Henry

J'ai retourné la page, au dos de laquelle figurait la réponse de Catherine.

J'ai rêvé de vous la nuit dernière. Je ne vous voyais pas, mais vous veniez vers moi et me parliez d'une voix douce pleine de promesses. – Catherine

« Je l'ai trouvée sous la chaise sur laquelle tu étais assise lors de notre dernière réunion du club de lecture. J'aurais dû te la rendre plus tôt, seulement, je n'avais pas envie de m'en séparer. »

Lorsque Avi s'en alla, j'étais toujours dans mon fauteuil à tenir la page annotée. Je pris mon sac à dos pour la mettre dans la grande poche, où je rangeais le livre de Henry et Catherine. Mais la poche était vide. Le livre n'y était plus.

★

Le mardi matin suivant, Hugo et moi étions seuls à la librairie. Jason avait pris, chose rare, une journée de congé. Je tenais ma chance. Réorganiser le rayon Romance suite à l'opération arc-en-ciel de Jason m'avait pris deux jours. À ce stade, il pensait sûrement que j'allais encaisser son sale coup et m'écraser. Il se trompait.

Le rayon S-F/Fantasy tapissait la totalité du mur ouest, allant du fond de la librairie à la porte du bureau. Et si le reste de la boutique ressemblait à un entrelacs de ruelles moyenâgeuses, le rayon S-F/F aurait pu avoir été conçu par des ingénieurs romains. Les volumes reliés étaient séparés des éditions de grande diffusion, tandis que les séries – *Star Trek, Star Wars, Conan le Barbare, Sanctuary, Thieves' World*, etc. – disposaient d'un espace qui leur était réservé.

J'avais beau ne pas connaître grand-chose à l'univers de la S-F/F, j'avais passé suffisamment de temps en compagnie de Jason pour savoir une chose : il fallait respecter les séries. Les livres d'une même série devaient être classés ensemble, ce qui n'aurait rien eu de compliqué s'ils avaient été écrits par un seul auteur. Cependant, certains, par exemple ceux de *Star Wars*, étaient l'œuvre de plusieurs auteurs, et néanmoins regroupés étant donné qu'ils appartenaient à la même série. Aujourd'hui, j'allais les libérer.

Les livres de *Star Wars* jouissant d'une immense popularité auprès de la clientèle du Dragonfly, on aurait pu s'attendre à ce que Jason les expose dans la partie avant. Mais il les planquait sur l'étagère du bas dans le coin, le plus loin possible de ce qu'on apercevait en entrant au premier coup d'œil. Si quelqu'un lui demandait où les trouver, Jason s'éloignait lentement vers les piles en posant quelques questions. « Que signifie TIE dans "le chasseur TIE" ? », ou encore « À quoi servait la Cité des Nuages ? » Si le client donnait la bonne réponse, il le conduisait directement jusqu'à son trésor et lui accordait une réduction. S'il en donnait une mauvaise, il indiquait le rayon d'un geste vague et ignorait ses appels à l'aide une fois qu'il s'était perdu. Et puis il y avait Grendel, dont l'endroit favori pour faire la sieste se trouvait sur le trajet, de sorte que le client pouvait s'attendre à tout moment à se faire arracher un membre.

Cependant, alors que je me dirigeais vers les livres de *Star Wars*, je bénéficiais d'un avantage. Je savais exactement où dormait Grendel : dans un trou que Jason avait creusé à son intention, à hauteur d'épaule, sur la quatrième étagère, juste au-dessous des *Conan le Barbare.* Du coin de l'œil – car ce n'était jamais une bonne idée de regarder Grendel droit dans les yeux à moins d'avoir une poche de son propre sang en réserve –, je l'aperçus se dresser et s'accroupir. J'avais mis des gants de ski, si bien que, juste au moment où il voulut me flanquer un coup de patte, je l'attrapai. Force cris stridents retentirent le temps que je coure ouvrir la porte de service à l'arrière et le balance dehors à côté des poubelles.

Je pris une pile de *Star Wars* et en examinai les dos. Troy Denning. Il me fallut un petit moment pour le ranger dans les *D* de la section de S-F générale, à côté d'un roman de Cory Doctorow. James Luceno, K. W. Jeter, Roger MacBride Allen, Timothy Zahn… Tous les auteurs de *Star Wars* trouvèrent un nouveau refuge parmi leurs frères d'alphabet. Et dès que ce fut fait, je descendis plusieurs *Z* sur l'étagère vide de façon à camoufler ma petite intervention.

« Tu es certaine de vouloir faire ça ? demanda Hugo.

— Encore plus que de vouloir ressembler à Salma Hayek.

— Et tu es certaine que ce n'est pas parce que tu es frustrée d'avoir perdu *L'Amant de Lady Chatterley* ?

— Je ne veux pas en parler. »

J'avais passé les dernières vingt-quatre heures à chercher le livre partout. Hugo et moi ne l'avions trouvé nulle part dans la librairie ou dans mon appartement. Et j'avais beau réfléchir, je ne me rappelais plus où je l'avais vu la dernière fois. J'avais toujours pris soin de le ranger dans mon sac à dos. Et là, il avait disparu, probablement après l'afflux de clients dans la boutique, pendant lequel mon sac avait été là aux yeux de tous. Idiote, idiote, idiote. Henry et Catherine étaient dans d'autres mains, je les avais perdus. J'aurais préféré que le voleur m'ait piqué mon portefeuille.

Hugo était parti nous chercher des mokas frappés au Cuppa Joe et je venais de m'attaquer à *Doctor Who* lorsqu'une bouffée de parfum très onéreux entra avec la brise de l'après-midi. En me retournant, j'aperçus une fille d'une vingtaine d'années, le visage rayonnant d'une excitation béate comme elle aurait pu en témoigner face à un chiot ou à un membre de Coldplay. Elle tripotait le bout de ses cheveux blonds et raides que retenait un bandana délavé. Sous le bas élimé de sa jupe en jean, je remarquai des sandales toutes neuves que, si ma mémoire était bonne, j'avais vues sur Zappos.com à environ 400 dollars. Il fallait beaucoup d'argent et d'efforts pour obtenir un style aussi « nature ».

« Vous travaillez ici ? me demanda-t-elle.

— Travailler est un terme très relatif, répondis-je en forçant un peu pour coincer un livre dans son nouveau chez-lui. Disons que je suis habilitée à vous aider.

— Je cherche Jason.

— Il n'est pas là aujourd'hui. Je peux vous renseigner ?

— Non, répondit la fille en parcourant des yeux la boutique. Je voulais juste voir Jason. »

Je l'observai de plus près. Des bras bronzés et le ventre plat, sans doute le résultat d'années de cours de danse. Un hâle trop foncé pour la région de la Baie, où les plages voyaient plus souvent la brume que le soleil, aussi penchai-je pour un séjour récent au Mexique ou aux Caraïbes avec ses parents. Les mains lisses et les ongles fraîchement vernis d'un rose étincelant m'amenèrent à la conclusion que ce voyage n'avait pas eu pour objectif de construire des maisons destinées aux miséreux. Même le tee-shirt à l'effigie du Che noué au-dessus de son nombril agrémenté d'un piercing ne parvenait pas à masquer l'odeur de l'argent. Comment Jason avait-il été repéré par le radar d'une telle fille ?

« Je peux lui transmettre un message, proposai-je.

— Je vais lui laisser un mot. »

Elle sortit un petit carnet d'un sac en toile avachi sur lequel un graffiti proclamait *Free Tibet*. Lorsqu'elle en arracha une feuille et la plaqua sur le mur pour écrire, je pris sur moi pour ne pas jeter un œil par-dessus son épaule. À dire vrai, je ne pris pas très fort sur moi.

Cher Frederick,

J'ai voyagé jusqu'à votre royaume, sire, pour voir par moi-même toutes les richesses que vous m'avez décrites. C'est en effet une merveille à contempler. Mais je ne me suis pas encore aventurée dans la forêt, je n'ai pas osé sans avoir de guide. Je reviendrai lorsque vous pourrez me montrer le chemin.

Nimue

Frederick ? Royaume ? Richesses ?

Lorsqu'elle eut fini, elle plia la feuille une première fois, une deuxième, puis continua jusqu'à fabriquer un cygne en origami. Après avoir déposé la créature sur sa paume, elle me la tendit, telle une princesse qui remet un cadeau à une paysanne.

« Vous voulez que je le donne à Jason, c'est ça ?

— Oui, à Jason.

— Le petit... qui boite un peu...

— C'est bien lui. »

Je pris le cygne. Elle agita les doigts pour me dire au revoir, puis s'en alla, manquant au passage bousculer Hugo qui revenait avec nos cafés. Je la suivis des yeux tandis qu'elle passait devant le Cuppa Joe, où les tout-tatoués-tout-percés installés en terrasse faillirent tomber de leurs chaises.

« Hugo ! *Elle* voulait voir Jason.

— Notre Jason ? Petit, qui boite un peu ?

— Oui.

— L'univers est un miracle. »

Quelles équations singulières de l'univers avaient permis que cette fille et Jason se rencontrent ? Je me posai la question. Sortaient-ils ensemble ? Je n'imaginais pas Jason sortir avec quelqu'un. Il aurait fallu pour cela qu'il cesse d'être désagréable cinq minutes, et tout son être aurait implosé. Je réfléchis tout à coup à ce que ce devait représenter, impressionner une fille, pour un garçon comme Jason. Je ne l'avais jamais interrogé sur sa claudication ou sur ses mains. Pas plus que sur la forme bizarre de sa tête. Je m'étais dit que ce serait indiscret, mais, pour tout avouer, je redoutais la réponse. Je n'avais pas envie d'entendre le récit de ses malheurs. J'avais besoin qu'il reste mon diabolique ennemi. Toutefois, quoi que ce soit qui ait rabougri son corps et tordu sa jambe droite vers l'intérieur, ça ne pouvait pas lui avoir rendu la vie facile, encore moins l'avoir aidé à trouver l'amour. Or, même lui le méritait. Je m'efforçais d'imaginer Jason amoureux, souriant, heureux... Était-ce possible ? À quoi ressemblait Henry quand il ne laissait pas des mots à Catherine ? À un ogre sous un pont ? Était-ce pour cette raison qu'il avait commencé à écrire ces phrases, parce qu'il voulait montrer à quelqu'un ce qu'il avait de beau en lui ? Après tout, peut-être cette Nimue était-elle une princesse venue chercher son crapaud, ici, au Dragonfly. J'espérais que Jason serait son prince. Mieux, j'espérais qu'elle vaudrait la peine qu'il se décrapaudise.

Voilà à quoi je songeais au moment où je repris tous les livres que je venais de déplacer pour les remettre là où Jason les avait rangés – là où il fallait qu'ils soient.

*

Ce soir-là, Hugo et moi hésitâmes dans les allées d'Apollo, à proximité de l'espace dégagé au milieu du magasin à l'occasion de la lecture publique que devait faire une écrivaine locale. Ses mémoires venant de paraître chez un petit éditeur de Berkeley, Apollo avait prévu une vingtaine de rangées de chaises, mais seulement une douzaine de femmes habillées comme au festival Arts & Crap du mois dernier étaient présentes.

« J'étais donc là, perdue dans le désert, seule avec ce corps qui m'avait trahie, loin du mari qui m'avait quittée, des enfants qui désormais m'ignoraient et des souvenirs de la carrière épanouissante qui venait d'échoir à une femme plus jeune et plus dynamique. Ce fut la première fois que je pensai au suicide. »

Applaudir le suicide me faisait un drôle d'effet, mais l'enthousiasme de Hugo et des autres finissant par me gagner, je fis comme eux.

« Tu la connais depuis quand ? lui demandai-je en essayant de couvrir les applaudissements.

— Portia ? Depuis la fin des années 1980, je crois. On s'est rencontrés à un cours sur « Les cinq moyens de retarder l'orgasme » au Centre humaniste. Je sortais avec la prof, et elle a eu besoin de moi pour une démonstration. J'ai fini par très bien connaître Portia et les autres étudiantes qui suivaient ce cours. »

Je l'avais prié d'innombrables fois de bien vouloir me raconter les événements de sa vie dans la version pour les moins de seize ans. Souvent, il oubliait.

À moins que ce soit bel et bien la version pour les moins de seize ans.

« Et vous vous êtes perdus de vue ?

— Comme on finit toujours par le faire, répondit-il. Mais quand j'ai vu qu'elle allait venir ici... eh bien... tous ces souvenirs me sont revenus. »

On attendit que la file de personnes qui voulaient se faire dédicacer le livre ait disparu avant de s'approcher de la table pour saluer Mlle Portia. Elle faisait nettement plus d'un mètre quatre-vingts et, bien qu'elle ne fût pas grosse, elle était aussi ronde qu'une déesse de la fertilité, avec un nuage de cheveux cotonneux teints dans une nuance de rouge qui n'existe nulle part dans la nature. Elle engloutit Hugo dans une étreinte qui aurait étouffé un petit enfant.

« Jamais je n'aurais cru te voir mettre un pied dans ce magasin ! s'exclama-t-elle en le prenant par les épaules et en le contemplant comme si elle venait de trouver une chemise de créateur dans un bac d'articles soldés. L'hygiène de ton aura semble bien meilleure qu'elle n'était au bon vieux temps. Tu t'es purgé de tes toxines ? »

Hugo me présenta. Elle plaqua ses mains de part et d'autre de mon visage comme pour me oindre en se livrant à je ne sais quel rituel.

« J'espère, ma chère, que vous trouvez autant de sagesse dans la façon qu'a Hugo de faire l'amour que j'en ai trouvé quand j'avais votre âge.

— Portia, Maggie n'est pas...

— Oh, Hugo, elle est charmante ! dit Portia, qui serra mes joues, me donnant l'air d'un mérou. Vous allez grandir, ma fille ! Vous allez vous épanouir comme vous ne l'auriez jamais cru possible ! La déesse s'éveillera en vous, et tous vos futurs amants se réjouiront que vous ayez passé ces moments particuliers avec Hugo.

— Oh, Portia ! dit-il dans un soupir, soudain de bien meilleure humeur. C'est tellement gentil à toi de dire ça...

— Et c'est vrai ! renchérit-elle en appuyant sur mes joues un peu plus fort. Cette jeune femme est très chanceuse. Très chanceuse et très, très jeune... Quel âge a-t-elle, exactement ?

— Portia, dit Hugo en retirant doucement ses mains de mon visage, Maggie et moi ne sommes pas... »

Je crois qu'il continua à lui expliquer, mais je n'en suis pas certaine, pour la bonne raison que je fus prise d'une sorte de crise catatonique d'environ deux minutes, soit à l'idée que Hugo et moi puissions être amants, soit à cause du manque d'oxygène. Impossible à dire.

La seule chose dont je me souviens ensuite, c'est de Portia lui lisant un poème de son recueil pendant que les employés d'Apollo repliaient les chaises. « Je mordillais le vif nectar de notre musique/ Et dansais avec le fantôme de l'amour/ Nos échanges enrobés de sucre chantaient leur maturité/ Dans le plaisir éblouissant de la passion. »

Lorsqu'elle se tut, ils se regardèrent en se souriant tandis qu'il lui tapotait la main. Il était persuadé qu'elle avait écrit ce poème pour lui. Et si ce n'était pas le cas, elle sembla heureuse de le lui laisser croire. Ils se rappelaient une autre époque, pas forcément meilleure, mais où ils avaient été plus jeunes et sans doute un peu plus souples.

J'imaginai le futur Rajhit le jour où ses parents finiraient par avoir gain de cause en le mariant et en le ramenant dans le monde de l'entreprise. Je l'imaginai en costume et les cheveux coupés ras dans un restaurant aux teintes ambrées en compagnie de sa future femme et de ses futurs beaux-parents, s'évadant de la conversation pour repenser à la nuit que nous avions passée ensemble ou aux prochaines. Je me disais qu'on resterait au moins deux mois ensemble – super ! –, peut-être même trois. Ce petit jeu auquel on se livrait – pas de contacts, pas de rendez-vous – était génial. Il y avait toujours de la surprise, toujours du désir. Sans les trahisons quotidiennes qui vous usent et vous laminent. Je serais la femme qu'il désirait dès que son esprit vagabonderait loin de sa vie quotidienne, pas celle qu'il fuyait en douce. Jamais je ne serais la femme trahie ou l'autre femme. Je serais la femme « si seulement ».

Hugo et Mlle Portia se prirent par le bras, l'air un peu étourdis et très heureux. Ils me dirent au revoir sans se quitter des yeux et sortirent d'Apollo, l'air aussi fascinés l'un par l'autre que cette Pixie et la rousse lors de leur première rencontre chez Hugo. Et je me retrouvai de nouveau seule, en train de m'interroger sur les équations du mouvement qui nous propulse en avant, puis nous ramène en arrière, l'un vers l'autre.

J'observai les gens aller et venir, des livres à la main, s'arrêtant devant le rayon papeterie et le stand des revues tandis que les haut-parleurs diffusaient une chanson de Nina Simone. *I want a little sugar in my bowl. I want a little sweetness down my soul*[1].

Je m'assis sur un tabouret à côté des revues littéraires, où je serais sûre d'avoir la paix. Pendant que Nina chantait, je regardai les revues en repensant à celle de mes années de fac. Je n'écrivais pas dedans, mais je m'occupais du site Internet, ce qui était alors une opération compliquée. Chaque trimestre, à peine le nouveau numéro sorti de presse, tous les étudiants de l'équipe dévoraient ces histoires qui avaient pour titres « Le gant de Vénus », « Mandrake » ou « Rivière rouge ». Des histoires à lire à voix haute entre copains autour d'une table dans une Waffle House à deux heures du matin en mangeant des galettes de pommes de terre et en ajoutant du bourbon dans le café. Je pris une pile de revues dans le rayon, lus quelques lignes et choisis d'en acheter trois, bien que chacune coûtât plus que ce que je gagnais en une heure. Le simple fait de les

1. « Je veux un peu de sucre dans mon bol. Je veux qu'un peu de douceur emplisse mon âme. »

tenir dans mes mains recomposa un des aspects de ma personnalité que j'avais oublié.

Quelque chose au fond de moi était béant. Henry et Catherine me manquaient. Le livre me manquait. Leurs échanges me manquaient. Toutes les pages scannées étaient sur le site, mais ce n'était pas pareil. Passer mes doigts sur l'encre et sur le papier me manquait. Toucher ces mêmes pages qu'ils avaient touchées. L'idée de savoir le livre entre les mains de quelqu'un d'autre me faisait horreur, et réaliser que je ne le reverrais sans doute jamais m'était douloureux.

« Ce n'est pas illégal pour toi d'être ici ? »

Je levai les yeux et vis Rajhit penché sur moi, des magazines roulés à la main.

Son sourire se métamorphosa en voyant mon visage encore empreint du souvenir de ces dernières nuits torrides. Ses yeux perdirent leur malice, se firent plus doux et plus sérieux, puis il se baissa pour mettre un genou à terre de sorte qu'il dut lever légèrement la tête pour me regarder sur mon tabouret. Il passa son doigt sur les revues que je serrais contre moi, touchant presque ma peau.

« Qu'est-ce que tu lis ? » demanda-t-il.

Je posai les revues sur mes genoux. Il se rapprocha afin de tourner la page de couverture et lire le sommaire. Alors qu'il laissait échapper un long soupir, je me penchai et l'embrassai.

Au moment où je voulus m'écarter, il m'en empêcha en glissant sa main sur la mienne, celle qui tenait les revues. Puis il se releva, jeta un coup d'œil alentour et m'entraîna avec lui tout en reculant dans un coin, derrière la lettre *P*. Aussitôt il m'embrassa, mais ce n'était pas les baisers tendres et joyeux de la nuit que nous avions passée ensemble. Cette fois, ses baisers se firent audacieux, comme s'ils pouvaient escalader des sommets de montagne. Il se colla à moi de telle façon que je ne sentais plus que son corps et les livres dans mon dos. Je le serrai plus fort, l'absorbant dans ma peau pour qu'elle en garde l'impression pour toujours.

« Chez moi, lui chuchotai-je au creux de l'oreille.

— Non. Au Dragonfly. »

7

Le fidèle

Nous croisons-nous tous les jours ?
Comment est-il possible que je ne vous reconnaisse pas ?
Que je ne voie pas vos mots sur votre visage ?
– Henry

À huit heures le lendemain matin, j'ouvris la porte du Dragonfly, encore à moitié endormie. J'avais décidé de venir tôt, notamment pour m'occuper des commandes sur eBay avant l'ouverture à dix heures, mais c'était la première fois que je tenais parole. La veille, en rentrant chez moi après notre veillée tardive à la librairie avec Rajhit, j'avais trouvé sur ma porte un mot de Hugo qui me demandait de venir de bonne heure, en me promettant, si je le faisais, ses scones à la framboise et ses fameuses petites quiches au bacon et au poivron rouge.

« Ah, Maggie ! dit-il en émergeant d'entre les piles et en me surprenant en train de bâiller. On va pouvoir commencer. »

À la seconde où ma bouche se referma et où mes yeux s'ouvrirent, je vis qu'il avait une vieille casserole cabossée dans une main et une cuillère en bois dans l'autre – je les avais remarquées l'une et l'autre dans le bureau sur une étagère, pensant qu'elles se trouvaient là par erreur. Mais ce n'était visiblement pas le cas, ce qui m'inquiéta. Derrière lui arriva Jason, tenant une boîte d'allumettes et deux petits fagots de je ne sais quelle plante séchée d'un vert grisâtre, arborant l'air de celui qui vient d'apprendre que des fans de *Twilight* ne vont pas tarder à nous envahir.

« Qu'est-ce qui se passe ? demandai-je.

— Il faut qu'on touche les livres, répondit Jason.

— Et même plus que ça, ajouta Hugo en faisant résonner la poêle d'un grand coup de cuillère. On va leur infuser notre énergie.

— Il faut qu'on touche les livres, répéta Jason tout en tapotant du bout des doigts une rangée de polars.

— Et… on les touche avec des casseroles et des cuillères ?

— Non, non, dit Hugo. La casserole et la cuillère servent à énergiser l'air.

— L'air ne sera pas énergisé avec les livres ? »

Hugo me dévisagea, les bras ballants et les épaules affaissées.

« Écoute, ce que tu dis n'a pas de sens ! » Sur ce, je me tus et attendis la suite.

Pendant environ une demi-heure, Hugo se promena entre les rayons, tapant sa cuillère sur sa casserole, pendant que Jason et moi le suivions tels deux enfants de chœur avec nos fagots de sauge allumés qui enfumaient l'espace.

« Le problème avec les livres d'occasion, expliqua Hugo, c'est qu'ils apportent leur passé avec eux. Ils ne sont pas tout juste sortis de la presse d'un imprimeur et emballés dans un carton, prêts à être expédiés. Ils sont abandonnés ici par des gens qui n'en veulent plus. Comme des orphelins dans un roman de Dickens. Ils sont rejetés à mesure que leurs propriétaires avancent dans leur vie. Parce qu'ils sont trop lourds à déplacer ou prennent trop de place. C'est comme ça qu'ils finissent ici. Par conséquent, il faut qu'on les libère de leur ancienne vie pour qu'ils puissent passer à autre chose et appartenir à ceux qui veulent bien d'eux. »

Jason affichait la même expression que Grendel quand je lui cachais le soleil. Ne serait-ce qu'un bref instant, Jason et moi étions apparemment alliés.

« Ce sont des livres, Hugo, lui rappelai-je. Les gens les achètent ou pas. Je ne crois pas que les livres aient grand-chose à dire là-dessus. »

Jason me donna un coup sur le bras et mit un doigt sur ses lèvres. Tant pis pour notre allégeance.

Hugo se tourna vers moi, les mains sur les hanches, sa casserole et sa cuillère toujours dans les mains.

« Tu t'es beaucoup intéressée aux chiffres, ces derniers temps. Alors, dis-moi, combien de romans d'amour a-t-on vendus en plus depuis que tu as réorganisé ce rayon ?

— Je n'ai aucune donnée précise sur la situation antérieure…

— Combien en plus ?

— Trente pour cent, *grosso modo.* »

Jason recula d'un pas. Il me sembla le voir entrouvrir la bouche avant de se raviser et de la refermer. Je réprimai un sourire. Je n'avais pas envie qu'il aille croire que je cherchais à l'impressionner.

« C'est bien la preuve de ce que je te disais, rétorqua Hugo.

— C'est surtout la preuve que les clients achètent plus de livres quand ils peuvent trouver ce qu'ils cherchent, fis-je valoir.

— Mais que fais-tu de ceux qu'ils ne cherchent pas ? Ce dont on s'occupe aujourd'hui, ce sont des livres qui attendent d'être découverts. Ceux auxquels tu as transmis ton énergie attirent les gens. » Il se retourna en donnant un grand coup de cuillère sur le fond de la casserole. « C'est pour cette raison qu'on énergise l'air. Et qu'on le purifie avec la sauge. Et ensuite, Jason, qu'est-ce qu'on fait ?

— On touche les livres, répondit celui-ci, sans même se donner la peine de se départir de son air bougon.

— Tous ? lui demandai-je à voix basse, un peu inquiète de ce qu'allait être ma matinée.

— Seulement les plus marginaux des marginaux. On prend un rayon différent chaque mois.

— Exactement, confirma Hugo, qui venait d'arriver devant son bureau, à la fin de l'énergisation et de la purification des rayons. Bon, je vais réchauffer les scones et les quiches au four pendant que vous décidez tous les deux quel sera le rayon du mois. »

À peine eut-il franchi la porte, je me tournai vers Jason en disant : « Les westerns. »

Il écarquilla tout grand les yeux. « Parce qu'il existe un rayon Western ? »

Je l'emmenai à l'endroit qui forme une sorte de U au bout de Romance, distant d'une étagère de Drame en partant d'Histoire, et lui montrai la rangée solitaire de livres de cowboys. Il n'y avait pas grand-chose, essentiellement des vieux Zane Grey et des Louis L'Amour, pas très gros, bon marché, illustrés de cowboys et aux pages verdies sur les bords. Il en rentrait peu, il en sortait peu. Ils n'avaient pas la faveur de la population du quartier, qui était du genre à péter un plomb si le wifi, gratuit dans toute la ville, tombait en panne ne serait-ce qu'un quart d'heure. Mais j'avais une certaine affection pour ces livres, qui avaient des titres comme *Les Cavaliers de la sauge violette* ou *La Dernière Poursuite*, et il m'arrivait d'en emprunter un de temps en temps, histoire de les dépoussiérer de leur état d'abandon.

« Ils sont rangés n'importe comment, dit Jason.

— La boutique entière est rangée n'importe comment.

— Excepté le rayon Romance.

— Et celui de S-F/Fantasy. »

Nous fîmes silence une minute, contemplant les étagères encombrées et nous appliquant à ne pas reconnaître que nous venions de nous adresser mutuellement ce que l'on aurait pu considérer comme des compliments.

« Alors on fait quoi ? demandai-je. On passe juste les doigts dessus ?

— Au minimum, répondit Jason avec un haussement d'épaules. Mais Hugo préfère qu'on sorte le livre de l'étagère, qu'on fasse sa connaissance.

— Il nous faudrait une base de données. Et un scanner de codes-barres. On pourrait regarder dans l'inventaire pour localiser les ouvrages, dire aux clients ce qu'on a en stock ou pas... Et là, on connaîtrait vraiment les livres.

— Oui, c'est sûr. Et après on aurait des scanners, des antivols et ces machines qui déclenchent l'alarme à la porte chaque fois que quelqu'un pète... Pas besoin d'une putain de base de données pour savoir ce qu'on a ici ! Je le sais.

— Tu ne savais même pas qu'il y avait un rayon Western !

— On n'a pas besoin d'une base de données. Il faut juste leur accorder de l'attention. »

Et là-dessus, il s'éclipsa. Apparemment, j'allais leur accorder de l'attention toute seule.

Les livres de western occupaient une seule bibliothèque, mais vu que la plupart étaient très courts, il y en avait beaucoup. Toutefois, leur manifester un peu d'amour pour faire plaisir à Hugo ne me prendrait pas longtemps.

J'avais débarrassé une étagère afin de dégager de la place et de commencer à classer les livres par auteur lorsque j'entendis couiner les roues branlantes d'un caddie à l'angle de Poésie. Jason bloqua le frein, puis déchargea des affiches, des feutres et un calendrier vieux de cinq ans illustré de photos du Far West.

« C'est arrivé dans un carton il y a une quinzaine de jours, dit-il. On n'a qu'à mettre des photos pour faire savoir aux clients qu'on a un rayon Western. »

On s'affaira près d'une heure, pendant que Hugo nous servait de la quiche et des scones. J'aurais été incapable de dire s'il était plus content de nous voir bosser tous les deux sans trop nous quereller, ou de croire qu'on avait adopté sa théorie et que, effectivement, on touchait les livres. À la vérité, j'aimais bien ces livres. Ou plutôt, j'aimais bien l'idée de ces livres, leur prix de vingt-cinq *cents* encore imprimé sur la couverture, les expressions déterminées des cowboys et le nombre de romans que Zane Grey et Louis L'Amour avaient produits au cours de leur vie.

« J'adorais ces bouquins quand j'étais gosse », dit Jason d'un air absent.

Il y avait quantité de choses que je me serais attendue à l'entendre dire dans les catacombes du Dragonfly. Qu'il ait aimé ces livres à l'époque où il n'était qu'un mini-Jason n'aurait même pas fait partie des cent premières.

« Je les lisais à la bibliothèque de l'école, ajouta-t-il. En attendant qu'on vienne me chercher. »

Alors que s'imposait à moi la vision d'un jeune Jason balançant ses pieds sous sa chaise à la bibliothèque au milieu des échanges de coups de feu d'un Zane Grey, la sensation d'engourdissement qu'avait été ma propre enfance m'envahit. Je me revis monter des livres en douce et lire à la lampe de poche sous les couvertures, une serviette de bain coincée au bas de la porte pour qu'on ne voie pas la lumière. Je me souvenais de la solitude qu'imposait de cacher ce qu'on était à ses parents. Parler aux miens de ce que j'avais l'intention d'étudier revenait à faire un coming-out. Ils menaçaient de ne pas payer mes frais de scolarité. Lorsque j'y repense, je regrette presque qu'ils n'aient pas tenu parole. Si j'avais dû travailler davantage pour obtenir ce que je voulais, peut-être n'aurais-je pas lâché aussi facilement mes études quand l'odeur des stock-options était venue me titiller les narines.

« Maggie ! »

C'était la voix de Dizzy.

« On est au fond ! hurlai-je.

— Où au fond ?

— Tu brûles ! »

Dizzy nous rejoignit.

« Waouh ! s'exclama-t-il en regardant alentour. Il y a un paquet de bouquins par ici ! »

Dans la ville où Dizzy et moi avions grandi, il n'y avait même pas une librairie, mais on empruntait des livres à la bibliothèque, on partait sur nos vélos à Sweetwater Pond, où on s'asseyait sur la berge avec deux bouteilles de Coca et un sachet de cacahuètes grillées, et on lisait. Pendant toute notre enfance, Dizzy et moi n'existions vraiment que lorsque nous étions ensemble.

« Regarde ça, dit-il en me prenant des mains *Les Dieux solitaires*. Tu as bien dû le lire soixante-dix-huit fois.

— Waouh ! s'exclama Jason en me regardant. Tu as quel âge ? »

Je lui donnai une tape sur le bras.

« Une seule chose faisait plus enrager sa mère que de savoir qu'elle se terrait avec un livre tout un après-midi, lui confia Dizzy. C'était qu'elle lise des trucs aussi bas de gamme que ces romans grivois sur fond de trame historique et ces histoires de cowboys.

— Arrête, marmonnai-je.

— On pourrait le proposer au club de lecture, dit-il.

— Proposer quoi ? demandai-je en replaçant le livre sur l'étagère.

— *Les Dieux solitaires*. Les membres du club reçoivent à tour de rôle, non ? Tu adores ce livre. Tu devrais choisir celui-ci quand viendra ton tour.

— Je ne…

— Allez… Louis L'Amour est un auteur blanc et mort. Un classique américain. Ça correspond aux critères. Tu veux épater Avi ? Aie un peu d'audace. Choisis quelque chose qui n'est pas répertorié dans Wikipedia comme l'un des cent meilleurs livres de tous les temps. Avi gobera ça sans problème !

— Elle ne veut pas, dit Jason.

— Pourquoi ? me demanda Dizzy. Tu adores ce livre... Tu viens de le dire.

— Abruti, on ne présente pas son livre préféré à un club de lecture ! argua Jason.

— Pourquoi pas ? s'étonna Dizzy.

— Et s'ils n'aiment pas ? » rétorqua Jason.

Il avait raison. Le livre qu'on préférait devait être protégé et rester à l'abri de l'opinion des autres, emballé dans son cœur dans du papier parfumé au lilas ou dans de multiples couches de papier bulle.

« Bon, d'accord, concéda Dizzy. Mais... justement ! Je viens de recevoir un coup de fil d'Avi. Patricia trucmuche ne pourra pas accueillir la prochaine réunion. Avi a essayé de te joindre pour te demander si on voulait bien s'en charger, mais vu que tu es dans le triangle des Bermudes de la zone de réception... Du coup, elle m'a appelé.

— Elle voulait qu'on les accueille *nous* ?

— Ben oui, on ne forme pas un tandem, toi et moi ? Sauf que, puisqu'on ne peut pas le faire chez moi ou chez toi, je pensais louer l'arrière-salle d'un restaurant.

— On le fera ici, décidai-je.

— Ici ! s'exclamèrent en même temps Dizzy et Jason – d'un air qui voulait dire "au milieu de ce chantier ?" sur le visage du premier et "dans ce lieu sacré" sur celui du second.

— On peut y arriver, assurai-je. De toute façon, il faut qu'on fasse un grand ménage.

— Fraîcheur citron, nous voilà ! maugréa Jason.

— Avi va adorer, dis-je en l'ignorant.

— Comment tu le sais ? demanda Dizzy.

— Je le sais, c'est tout.

— Et pour le traiteur ? »

Je lui tendis un scone de Hugo et le regardai s'appliquer à ne pas rouler les yeux de ravissement.

« On s'en occupera aussi, dis-je. À propos, ce sera quel livre ?

— Quoi, c'est dans deux semaines et tu ne sais pas quel livre ? s'indigna-t-il, en rattrapant quelques miettes autour de ses lèvres.

— Tu le sais, toi ?

— C'est sur le site, dit-il en sortant son téléphone. Je ne passe pas de coup de fil, précisa-t-il avant que Jason ait pu émettre une objection. *Madame Bovary* ?

— Parfait. De la cuisine française et un livre exécrable.

— Quelqu'un n'en a pas tiré une mini-série ? interrogea Dizzy.

— C'est un livre ! s'offusqua Jason en se hissant sur la pointe des pieds pour le regarder en face. Un livre ! »

Nous repartions vers l'avant de la librairie, où j'étais sûre d'en trouver un exemplaire sur la table de lecture qu'on avait installée pour l'été, lorsque je vis Dizzy attraper une pile des livres de western dans le caddie.

« Je peux acheter ceux-là ? demanda-t-il. Ils sont prêts ?

— Tous les livres qui sont ici sont prêts, répondit Jason en lui prenant la pile des mains et en attrapant un Max Brand avant de l'entraîner hors du rayon. Et celui-là vous est offert par la maison pour votre soutien.

— C'est décidé, je vais écrire sur cette adresse dans Yelp », annonça Dizzy.

★

Rajhit habitait dans une maison située à deux rues de Castro Street. D'après le descriptif affiché sous l'écriteau À VENDRE, il y avait un sol en bambou dans la cuisine et le salon, trois chambres, une buanderie à l'étage, un dressing, des appareils ménagers en inox, un bout de jardin sur le devant et un petit atelier à l'arrière. L'intérieur était vide, à l'exception du salon, où il restait un futon, un établi pour réparer les vélos, au-dessus duquel était accroché le mien, et un petit cimetière de pièces détachées étalées sur une bâche dans un coin. Je regardai une photo sur le réfrigérateur, de Rajhit avec ses parents, où l'on voyait que, à un moment donné, la maison avait été remplie de meubles qui auraient fait baver ma mère. Mais à présent, tout avait disparu. Et Rajhit semblait en être enchanté. Mais on n'avait pas parlé de la pancarte À VENDRE.

Assise sur le futon, dans une robe d'été qui m'arrivait aux genous, achetée dans une boutique de fripes, je lisais *Son duc à elle* pendant que Rajhit révisait mon vélo. J'aimais bien le regarder bricoler, le visage empreint d'une concentration soucieuse, comme s'il cherchait à persuader l'engin de lui confier ses problèmes. Il vérifia la tension de la chaîne, approcha l'oreille en faisant tourner le pédalier, puis passa de la graisse dessus comme si c'était un onguent. Ces tâches ne l'ennuyaient pas du tout. Elles le rassuraient.

« Pourquoi tu les lis ? » me demanda-t-il.

Je jetai un œil sur la couverture, où l'on voyait une femme dans une robe longue à moitié ouverte dans le dos.

« Tu parles des romans d'amour ?

— Tu as l'air plus... »

Il haussa les épaules et fit tourner la roue arrière contre sa main.

« Plus du genre à lire de la littérature ? »

Il me sourit derrière les rayons de la roue. Je reposai le livre sur mes genoux.

« Ces histoires m'amusent. Les héroïnes sont volontaires, indépendantes, déterminées... Elles commandent des navires pirates, se battent en duel, espionnent des chefs d'État... On passe un bon moment.

— Et ça n'a rien à voir avec le sexe.

— Oh, le sexe a beaucoup à voir... »

Je m'approchai de l'établi en marchant pieds nus sur son sol au prix exorbitant. Il y avait environ un mètre entre nous, en plus du vélo, mais je sentais mon corps aimanté par le sien.

« Tu as déjà été amoureuse ? me demanda Rajhit.

— Ça sort d'où, ça ?

— Je ne dis rien, rétorqua-t-il, sans cesser de fixer la roue qu'il faisait tourner pour vérifier qu'elle n'était pas voilée. Je pose juste la question. Tu as déjà été amoureuse ?

— Oui, j'imagine... Sans doute.

— Si tu l'avais été, je suis sûr que tu le saurais.

— Rien ne le garantit absolument. »

Il stoppa la roue et descendit le vélo de l'établi. Puis il s'assit sur la selle et m'enlaça par la taille en m'attirant vers lui.

« Est-ce que tu as déjà dit à quelqu'un que tu l'aimais ? » demanda-t-il.

Je réfléchis à ces mots et à l'air qu'ils auraient dans ma bouche. Ce serait des mots plus lourds, maladroits, gauches et difficiles à prononcer. Des mots pour lesquels il faut suivre un cours où on apprend à les dire.

« Non. Et toi ? »

Il haussa les épaules, ce qui en soi me donnait la réponse.

« Bon, dis-je en enroulant une de ses mèches autour de mon doigt. À mon tour. Combien d'autres femmes sillonnent la ville sur un de tes vélos ?

— Quoi ?

— Ça n'a rien de grave. Je ne vis pas dans l'illusion. Je suis au courant pour Deborah, et je suppose qu'il y en a eu d'autres. »

Il se renfrogna.

« Tu as parlé à Jason.

— Disons plutôt que Jason m'a parlé.

— Maggie, on est des adultes. On a tous les deux un passé.

— Je sais. C'est ce que je suis en train de dire.

— Non, je ne crois pas. »

Il ferma les yeux une seconde et respira à fond.

« Ce qui se passe… entre toi et moi, reprit-il en gesticulant des mains, n'a rien de très conventionnel.

— Non, en effet, dis-je, espérant que ça nous ramènerait au point précédent.

— Tu sais, j'aimerais bien avoir ton numéro. »

Nous tînmes dix secondes avant d'éclater de rire. Compte tenu de tout ce que nous avions fait au corps de l'autre ces dernières semaines, ne pouvoir se retrouver que par hasard ou au gré des circonstances était comique. Je sortis mon téléphone et m'apprêtai à lui demander son numéro pour lui envoyer le mien par texto, quand je ne sais quoi dans le fait d'associer *Rajhit* et *texto* m'en dissuada.

Oui, on pouvait échanger nos numéros, nos adresses mail, Facebook/Twitter/iChat ou tous les autres intitulés de compte que l'on voudrait. Et après ? Il m'appellerait, on déciderait de se voir. Il viendrait me chercher à l'heure fixée. Je passerais l'heure précédente à me préparer en m'inquiétant de mon apparence. On parlerait de tout et de rien devant une escalope de poulet, puis on s'assiérait dans le noir, comme le reste de Mountain View, en faisant comme si les dialogues du film d'action qu'on regardait valaient le coup de devenir sourdingues. On se demanderait avec angoisse dans combien de temps rappeler l'autre (trop tôt, ça fait désespéré ; trop tard, c'est grossier). On prévoirait d'autres rendez-vous, on ferait de nouveaux projets et on se tiendrait la main en flânant à Pottery Barn, et il s'évertuerait à m'impressionner en me racontant tout ce qu'il sait sur Shakespeare. Ou on pourrait simplement...

Je me pressai contre lui, le pris par la nuque et attirai ses lèvres contre les miennes. Ça. C'était ça que je voulais. La merveille de ça. L'attente de ça. La surprise de ça. Ses mains se posèrent sur mon bras, me tenant à distance de tout baiser.

« Tu essaies de changer de sujet, dit-il.

— J'essaie d'avoir un rapport physique sérieux avec toi.

— Crois-moi, j'apprécie. C'est juste que j'aimerais qu'on arrête ces petits jeux.

— Ces petits jeux ? »

Il secoua la tête.

« Je ne veux pas dire par là que ce n'est pas bien, ou qu'on se fiche l'un de l'autre... Je parle du plaisir et des jeux auxquels on a joué. Mais, à un moment donné... »

Je m'écartai. Pas très loin, juste de l'autre côté du guidon. J'éprouvai le besoin de le regarder dans les yeux. Je distinguai une légère inquiétude sur son visage et sus qu'elle se reflétait sur le mien.

« Je ne suis pas douée pour ça, dis-je. Et ça me va, je pense que personne n'est obligé de l'être. Que c'est mieux que certaines personnes ne le soient pas. Je fais de n'importe qui d'autre quelqu'un de bien. »

Il avança le vélo de façon à ce que la roue avant soit entre mes genoux, et lui assez proche de moi pour m'embrasser s'il le voulait. Mais il n'en fit rien.

« Ce n'est pas la femme que je connais, dit-il.

— On ne se connaît pas vraiment. Du moins, pas encore.

— Je crois que si, dit-il, l'air encore plus anxieux. Après tout ça...

— Écoute, je suis fan des gens qui tombent amoureux. Très fan. Je me dis : tant mieux pour eux! J'aimerais savoir comment ça marche. Vraiment. Quand Hugo m'a donné ce livre, quand j'ai vu tous ces mots qu'ont échangés Henry et Catherine... Je ne sais pas... Je les ai lus et relus en cherchant à comprendre. Je veux dire, c'était là, non? Le processus. Pas une histoire inventée. Une vraie histoire. Là, dans mes mains. Et je n'ai pas arrêté de regarder ces phrases en essayant de comprendre. Seulement, je ne peux pas. Tout le monde semble y arriver, mais pas moi. Et tu sais quoi? Ça me va. Peut-être que ce livre a disparu pour une bonne raison. Peut-être qu'il a retrouvé son chemin jusqu'à Henry et Catherine. Il devrait être avec eux. Je me sentais un peu coupable de l'avoir, moi qui ne pouvais pas comprendre. »

Je me fis la réflexion que Rajhit n'avait pas cherché à m'interrompre ou à discuter, et que je m'étais trop laissé emballer par ma diatribe pour y prêter attention. Mais tout à coup, je vis ce que j'avais fait. Silencieux, immobile, absent, il n'essayait pas de discuter ou de me convaincre. Il était parti quelque part où je n'existais pas.

Soudain mes yeux me piquèrent et je devinai ce qui allait suivre. Je bredouillai vaguement qu'il fallait que j'aille aux toilettes et me précipitai à l'étage. J'y restai un long moment, appuyée contre le lavabo. Je ne savais pas trop ce qui venait de se passer, mais il devait bien y avoir un moyen d'empêcher que les choses tournent aussi mal. Cependant, j'avais déjà commencé à ressentir son absence.

Je retournai sur le palier. La porte de sa chambre était ouverte. Comme dans le reste de la maison, il n'y avait pas grand-chose – un lit dans lequel je ne m'étais jamais couchée, un réveil et un vieux bouquin abîmé. Le livre. Mon livre. Le livre de Henry et Catherine.

Posé au bord de la table de nuit, il était à moitié dans le vide comme s'il l'avait mis là après avoir passé la nuit à le lire. Rajhit avait eu le livre pendant tout ce temps. Il l'avait pris. Sans même me demander. L'avait simplement pris. Et à cet instant, j'ai regretté de ne pas avoir laissé les choses telles qu'elles étaient après cette première nuit, douces, tendres et pures. Mais non. Il avait fallu que j'en veuille davantage. Je voulais plus de lui et j'avais planté mes dents dans ce désir jusqu'à ce que je tombe sur le trognon amer.

La passion avait un prix. Je l'entendais dans la voix de ma mère chaque fois qu'elle m'appelait lorsqu'elle était seule dans cette immense maison. Je me demandais ce qu'elle avait ressenti à la première trahison. Peut-être que ça n'avait pas été tout de suite une femme, peut-être quelque chose de plus petit et mesquin, comme de mentir en disant qu'il avait travaillé tard alors qu'il était sorti avec ses copains. Quand avait-elle compris ? À quel moment avait-elle su que les choses étaient allées plus loin ?

Je pris le livre et retournai en bas.

En entrant dans le salon, j'eus l'impression que Rajhit n'avait pas bougé depuis que j'étais partie. Je m'en fichais.

« Il y avait *ça* dans ta chambre », dis-je en montrant le livre, serrant les pages entre mes mains.

Il me dévisagea comme s'il ne s'était pas aperçu que j'étais sortie de la pièce.

« Le livre. Le livre de Henry et Catherine. Tu me l'as pris. Je l'ai cherché partout comme une folle... Et pendant tout ce temps, c'est toi qui l'avais. Tu l'as simplement pris. Tu l'as volé. »

Son visage exprima qu'il comprenait ce que j'étais en train de dire, et il commença à bredouiller. Ses mains s'avancèrent vers moi mais s'arrêtèrent.

« Maggie, je voulais juste... Les notes, je voulais qu'on soit...

— Quoi ? Tu voulais qu'on soit eux ? Henry et Catherine ? Eh bien, on ne l'est pas. Ils ne se sont probablement jamais rencontrés, et c'est tant mieux pour eux ! Ils ne seront jamais obligés de vivre un moment comme celui-ci. »

J'attendis qu'il dise quelque chose, n'importe quoi. Mais il se contenta de me regarder, les lèvres entrouvertes.

« Garde-le », dis-je en lui lançant le livre.

Il essaya de l'attraper, mais il ne réussit qu'à le projeter en l'air.

Je pris mon vélo et voulus le tourner vers la porte, mais mon pied accrocha la bâche étalée sur le sol. Je tombai par terre au milieu des pages couvertes des notes de Henry et de Catherine. Rajhit m'attrapa par les épaules et me demanda si ça allait. Je baissai les yeux. J'aperçus une rayure, une rainure profonde dans le bois magnifique du sol. Je la frottai avec ma main comme pour l'effacer. Il me saisit le poignet en l'éloignant, en m'éloignant.

« Ce n'est pas ta faute, dit-il. Ce n'est pas ta faute. »

★

« Croyez-le ou pas, dit Jason en faisant s'entrechoquer deux dés dans sa main, un jour George Lucas mourra, et quelqu'un débarquera à la porte de ses héritiers avec des camions-bennes bourrés de billets et leur dira : "Tenez, prenez tout ce fric et refaites les épisodes I, II et III. On vous en supplie. Ils sont trop nuls. Il n'existe pas de terme pour dire à quel point ils sont nuls." »

Assise derrière le comptoir, où je vérifiais à quelle adresse envoyer une première édition de *La Vallée des poupées* à un acheteur sur eBay, je levai les yeux en entendant Jason rugir de désarroi et de joie en faisant rouler ses dés. On était le deuxième vendredi du mois, ce qui signifiait qu'il passerait toute la nuit à jouer au Dragonfly. Ce soir, ce serait Axis & Allies[1]. Il avait prévu une demi-douzaine de snacks bouche-artères et une quantité suffisante de sodas caféinés pour éclairer tout San Francisco. Ses amis étaient un méli-mélo regroupant des types dans l'informatique, des développeurs, un juriste spécialiste de la propriété intellectuelle, un conseiller financier, la fameuse Nimue, d'autres libraires et, assez bizarrement, Dizzy. Ils s'étaient liés, semblait-il, en participant à un jeu, si bien que Jason l'avait invité à une soirée de jeux au Dragonfly. « Il a le niveau tournoi, m'avait dit Jason. Comment c'est possible que tu sois amie avec un mec aussi cool ? »

Ils avaient tous débarqué à l'heure de la fermeture, déjà gavés de poulet au curry et de thé glacé au tapioca, en quête d'un shoot de livres avant de se salir les mains avec le Troisième Reich. Je ne l'avais jamais avoué à Jason, mais ces clients étaient ceux qui me plaisaient. Ils échangeaient rarement les livres, en achetaient par camions entiers et les avalaient à la vitesse d'une imprimante Viking 18000 BTU. À côté d'eux, je consumais mon lot de romances hebdomadaire à la vitesse d'un four pour dînette. Comment trouvaient-ils le temps de lire,

1. Jeu de stratégie mettant en scène une simulation de la Seconde Guerre mondiale.

entre toutes les rediffusions de *Doctor Who* qu'ils regardaient, les guerres de messages qu'ils lançaient en ligne pour décider lequel des toubibs était le meilleur et les semaines de soixante heures qu'ils n'en passaient pas moins à travailler dans des bureaux modulaires de la Vallée, voilà qui restait pour moi un mystère. Sans compter qu'ils lisaient vraiment les livres qu'ils achetaient, au lieu de les feuilleter et de sauter les descriptions insignifiantes pour aller directement aux passages croustillants comme je le faisais. Ils retenaient des noms, des alliances, des langues, des cultures et des arbres généalogiques d'une complexité impossible. Et ils n'aimaient qu'environ un quart de ce qu'ils lisaient. Ils étaient en permanence à la recherche du livre unique qui satisferait tout à la fois leur désir d'intrigues hallucinantes, de magie stupéfiante et d'émotion qui vous prend au ventre. Et lorsqu'ils le trouvaient, ils traitaient l'auteur comme un dieu, ils étaient prêts à traverser le pays et parfois des océans pour assister à des conférences où ils rencontreraient quelqu'un attaché aux histoires qu'ils aimaient. Ils vivaient dans la crainte d'être lâchés par les impies qui dirigeaient les maisons d'édition, ou que l'auteur meure avant d'avoir terminé sa série. Riez si vous voulez. Ou jugez-les pathétiques. Il n'empêche que j'aimerais bien voir Jonathan Franzen inspirer ce genre de passion.

Dans cette culture, le savoir était tout, et Jason était le grand manitou, le pourfendeur de dragons interplanétaire et multidimensionnel, le Harold Bloom punk-rock celte de tout ce qui concernait les sabres et les lasers. Ils venaient tous vers lui. Deux jours auparavant, assise pile au même endroit, je l'avais vu servir un titre à une cliente qui lui avait donné comme seules indications : « il y a un homme en fauteuil roulant dans un château » et « sur la couverture, on voit une grande maison sur une colline d'où s'enfuient une fille et un garçon ». En moins de deux minutes, la cliente s'était retrouvée avec le livre entre les mains. Elle était repartie les yeux brillants en répétant en boucle : « J'adorais ce livre étant petite. Je pensais que je ne le trouverais jamais. » À ArGoNet, je faisais économiser des millions de dollars à mes clients. Mais jamais je n'en avais fait pleurer un seul de joie.

« J'ai toujours pensé que Luke aurait dû rejoindre les forces du mal, dit Sasha, la rousse que j'avais vue à la fête chez Hugo et qui, avais-je appris, travaillait au rayon Enfants chez Apollo. Leia aurait alors pu être celle qui aurait sauvé la République.

— J'ai toujours pensé que Luke aurait dû mettre tous ces Ewoks en rang, puis prendre un de ces vaisseaux et tous les dégommer », rétorqua Dizzy, qui était étendu sur le dos à côté du jeu de société et narguait Grendel de la main.

Aussitôt Jason se mit à pousser des cris perçants pour imiter les maudits Ewoks à l'agonie. Son corps malingre trembla, et il roula sur le flanc en se tenant le ventre.

« Encore mieux, dit Doug, un grand type informaticien, coiffé à la Louis XIV, qui n'arrêtait pas de dire à son portable insistant d'aller se faire foutre. Tu pourrais t'attacher chaque pied à un Ewok, comme ça tu aurais des chaussons qui marcheraient à ta place.

— Des e-chaussons, plaisanta Jason.

— Avec des e-chaussettes », renchérit Dizzy.

Ce dernier se déplaça façon Frankenstein à l'avant de la boutique comme s'il avait des Ewoks aux pieds. Tout le monde rit. Tout le monde sauf Dae-Jung, le gardien du rayon S-F chez Apollo.

« J'aime bien les Ewoks », dit-il, en frottant les mots *Je ne peux pas dormir, les clowns me mangeront* imprimés sur le devant de son tee-shirt marron.

Moi seule étais assez près pour l'entendre, étant donné qu'il farfouillait parmi des livres de Connie Willis posés sur une table à côté de moi. Dae-Jung avait l'habitude de se lever et de bouger en attendant son tour de lancer les dés au lieu de rester avec les autres.

« Moi aussi, j'aime bien les Ewoks », dis-je, bien que ce ne soit pas vrai du tout.

Mais j'aimais bien Dae-Jung. Je ne voulais pas qu'il se sente à part, comme Pluton dans le système solaire. Il sourit, haussa vaguement les épaules et replongea dans le livre qu'il était en train de feuilleter.

De plus en plus souvent, Nimue venait « aider » Jason à ranger les livres dans les profondeurs des rayons. Un jour, je les avais aperçus à la section

Présidents, les visages de tous ces dirigeants du monde libre les observant d'en haut. Elle lui avait passé les bras autour du cou, les doigts entrelacés, comme le font les filles qui vous apprennent à embrasser un garçon à l'école primaire.

Et, naturellement, les voir se faire des mamours au milieu des piles de livres m'avait fait penser à Rajhit, l'absent. Je n'avais pas eu de nouvelles de toute la semaine, depuis l'épisode chez lui. Je l'avais imaginé un millier de fois avec le livre, et j'essayais de toutes mes forces de comprendre pourquoi il l'avait pris. C'était tellement bizarre cette façon qu'il avait eue de répéter que ce n'était pas ma faute.

« Tu es adorable d'avoir pensé à mes sushis, dit Nimue en regardant le plateau en plastique que Sasha sortait d'un sac en papier. Ce n'est pas du riz brun ? En général, à Whole Foods, ils ont des makis au riz brun. »

En bonne part, l'expression de Sasha demeura figée dans l'indifférence, mais je la vis dresser un sourcil ennuyé, puis brandir le sac pour montrer le logo Safeway à Nimue.

« Oh, je vois... Pas de problème. Je suppose qu'ils n'avaient pas de sauce soja allégée en sodium. La sauce soja normale me donne toujours l'impression de gonfler. »

Cette fois, le visage de Sasha n'eut plus l'air aussi passif.

« Il y en a dans le mini-frigo dans le bureau de Hugo, dis-je avant qu'elle ait eu le temps de réagir.

— Oh, super… Merci ! »

Nimue commença à frotter ses baguettes en bois l'une contre l'autre, tandis que m'apparaissait comme une évidence qu'elle attendait que j'aille lui chercher la sauce.

« Elle est dans le mini-frigo », répétai-je.

Cette fois, elle capta le message, s'écarta de Jason et repartit au milieu des piles comme si c'était elle qui me faisait une faveur.

Sasha vint payer le dernier volume de *Gunslinger* au comptoir.

« Qu'est-ce qu'il y a entre elle et Jason ? » murmurai-je.

Sasha jeta un regard par-dessus son épaule, puis se pencha vers moi par-dessus le comptoir.

« C'est une relation dans le but d'expier. »

Dae-Jung, persuadé à tort d'être discret, s'éloigna de la table des Connie Willis.

« On n'en sait rien, dit-il.

— Arrête, c'est l'idée qu'elle se fait du bénévolat, dit Sasha. Elle est toujours avec le chevalier le plus séducteur qu'elle peut trouver. Mais après, elle se retrouve avec un représentant de merde pour avoir été une salope et avoir taillé une pipe à l'écuyer que son chevalier a envoyé pour aller la conduire au week-end de la Nuit des Rois. Et là, qu'est-ce qu'elle fait ? Elle se colle à Jason. Pour faire fondre le barde au cœur d'acier. Avant qu'elle se pointe, il n'avait jamais écrit un seul poème d'amour. Uniquement des épopées de guerre. »

Les mots qu'elle prononçait semblaient tous être de l'anglais, et pourtant… De multiples questions tourbillonnaient dans ma tête. Des chevaliers ? Des écuyers ? La Nuit des Rois ? Le plus séducteur ? Je commençai par la plus troublante de toutes. « Jason a écrit un poème ?

— Des poèmes. Il en a des tas, répondit Dae-Jung. Ils sont vraiment bien. Il est le barde de notre royaume. »

J'étais encore en train de me focaliser sur le pluriel de poèmes quand le reste de ce qu'il venait de dire fit son effet.

« Il est le quoi de votre quoi ?

— Le barde du Royaume des Brumes, précisa Sasha. C'est un truc de la SCA. La Society for Creative Anachronism[1].

— Tu es en train de me dire que non seulement Jason écrit de la poésie, mais qu'en plus, il… En réalité, je ne sais pas très bien ce que fait un barde. Est-ce que ça implique de porter des collants ?

— On appelle ça des hauts-de-chausses, répondit-elle en roulant les yeux. Les bardes écrivent, jouent… Parfois, ils sont musiciens, parfois, ils chantent… Jason est poète. Et il est vraiment doué. Tu devrais lui demander de te faire lire ses trucs. »

1. Organisation internationale fondée en 1966 par Diana L. Paxson, réunissant des personnes qui s'intéressent au Moyen Âge et participent à des reconstitutions historiques dans le but de faire revivre les cultures médiévales.

Jason ne m'aurait même pas laissée m'approcher de ses Robert Heinlein. Qu'il me laisse lire sa poésie était impensable.

« Personne ne s'attend à ce que ça dure, reprit Sasha. Mais grâce à ses efforts, elle obtiendra du crédit social et reviendra en piste pour être reine avant la fin de l'été.

— Regarde ! Regarde ! C'est ta famille ! »

Dae-Jung brandit sous mon nez *Le Livre du Jugement dernier*, puis le lâcha sur le comptoir comme s'il allait lui bouffer le bras.

« De quoi tu parles ?

— De ta famille !

— La mienne est en Caroline du Sud.

— Pas de ta famille à toi… Ceux qui écrivent les livres. Non, pas qui écrivent les livres, qui écrivent dans les livres. »

Je m'emparai du volume et le feuilletai avec frénésie. Henry et Catherine avaient-ils écrit dans un autre livre ? C'était absurde… *Le Livre du Jugement dernier* n'était pas sorti avant les années 1990.

« C'est là », dit Dae-Jung en montrant la page de titre.

Le reste du groupe s'était rassemblé autour de moi, y compris Nimue, qui s'enroula autour des épaules de Jason.

« *À une amante inconnue*, lus-je. *Aujourd'hui, quelque chose m'a poussé à vous laisser ce mot dans l'espoir que vous me trouverez. Venez et soyez la muse de ma chanson d'homme, nous chanterons tous les deux la Déesse pour obtenir sa bénédiction, comme Henry et Catherine. Que l'amour soit en chaque être, Ralph.* »

Tout le monde demeura silencieux un instant, puis Sasha posa la question que nous avions tous à l'esprit.

« C'est quoi une "chanson d'homme ?" »

Dizzy mit les mains sur les hanches, bomba le torse et secoua sa tignasse rousse hirsute.

« On joue sa chanson d'homme avec sa flûte d'homme. C'est un art ancien que seuls les hommes les plus virils sont en mesure d'exercer. Mais sachez que ça incite les pom-pom girls à jeter leur mini-jupe par-dessus leur tête en signe d'allégresse.

— Quelquefois, je voudrais t'ouvrir la tête en deux pour voir les images qu'il y a dedans », dit Jason.

Dizzy leva la main.

« Prends garde, mon ami ! Tous ceux qui s'y sont aventurés en sont revenus marqués à tout jamais.

— Ce Ralph a choisi *Le Livre du Jugement dernier* ? s'étonna Dae-Jung en me le reprenant. Ce n'est pas dans ce livre que la plupart des gens meurent de la peste ? Il aurait mieux fait de prendre *Sans rien dire du chien*... Il y a au moins une histoire d'amour. »

Dizzy prit *Les Filles de l'ombre* dans un chariot près du comptoir.

« Bon sang, j'en ai trouvé un autre ! "*Je sais que vous êtes là. Je sais que vous me cherchez. Je rôderai entre ces rayons en attendant que vous veniez. Je vous guetterai. Attention, je mords. – Georgie.*" Eh bien, oui, c'est très… euh… » Il regarda derrière lui. « D'accord, c'est un peu effrayant. Effrayant, mais sexy. Quelqu'un a un stylo ? Je vais lui répondre.

— Ce livre parle de lesbiennes vampires, andouille ! s'exclama Dae-Jung en lui arrachant le livre pour le remettre dans le chariot.

— On ne peut pas leur en vouloir de tenter leur chance, commenta Nimue. Je veux dire… de trouver l'amour dans un livre. C'est incroyable, non ? Les livres sont tellement sexy. Les librairies sont sexy. Quant à ceux qui travaillent dans les librairies, ne me demandez même pas ! »

Elle décocha un sourire de magazine de mode à Jason. Derrière elle, Sasha mit son doigt au fond de sa gorge. Mais Jason avait l'air comme si Nimue venait de le prendre dans ses filets.

« Peut-être qu'il y en a d'autres », dit-il en la regardant, éperdument amoureux.

Lentement, les autres se retournèrent, fixant les rayons comme s'ils étaient bel et bien dans la forêt enchantée que Jason avait décrite à Nimue, avec des chipmunks magiques faisant jaillir des paillettes de leur derrière. Sans un mot, chacun de nous s'avança doucement vers les étagères, comme si le moindre mouvement brusque risquait d'effrayer les mots.

Il ne me fallut guère de temps avant d'en trouver un. C'était *Possession* d'A. S. Byatt, qui commence par une petite annonce que passe une dénommée Sarah dans l'espoir de trouver quelqu'un qui la ferait rire et s'allongerait avec elle sur le canapé en écoutant *This American Life* à la radio. Un mot dans un autre livre reprenait une citation d'un poème de Neruda. Un autre encore informait que celui qui l'avait écrit serait devant le rayon Shakespeare tous les vendredis à deux heures, dans l'attente que quelqu'un, n'importe qui, se pointe.

Je remis les livres à leur place et restai au milieu de l'allée. Tout à coup me revint l'image qui avait surgi devant mes yeux le jour où j'étais avec Rajhit au fond de la librairie : le toit du Dragonfly se soulevait, et je pouvais observer toutes les allées et venues dans les rayons. Je voyais Jason, Nimue, Dizzy et les autres explorer les étagères en y cherchant ces tendres confessions de désir. Je sentais toutes les histoires autour de moi. Pas seulement celles que racontaient les auteurs, ni même les mots qu'avaient écrits des inconnus, mais les histoires des livres eux-mêmes. Quelqu'un avait acheté chacun de ces livres flambant neuf, sorti d'un carton. Quelque chose – la couverture, une page lue au hasard ou le résumé en quatrième de couverture – avait poussé une personne à acheter tel ou tel livre. Mais son voyage ne faisait que commencer. Et quel que soit ce voyage, le Dragonfly n'était qu'une étape sur son chemin. Si bien que là, tous ces livres qui m'entouraient étaient porteurs d'espoir, celui de n'être pas seuls.

Accroupie, les doigts appuyés sur les tempes, je m'efforçais de comprendre ce que j'avais déclenché. Mais je n'arrivais à penser qu'à Rajhit. J'aurais voulu effacer cette dernière semaine et revenir juste avant que ce qui avait changé ait changé. J'aurais voulu revenir en arrière et dire autre chose, qui nous aurait épargné l'instant « ce n'est pas ta faute ». Ou bien dire quelque chose qui ferait que ce serait ma faute, auquel cas je serais alors en mesure de réparer. Je cherchais quoi faire, quoi lui dire. Je pourrais lui laisser un mot. Oui, un mot, un mot dans un livre. Pas avec l'exubérance et les feux d'artifice de Henry et de Catherine. On serait nous, on recommencerait avec notre propre livre. Mais lequel ? Il fallait que je trouve le livre parfait. Et je ne le laisserais pas au Dragonfly. Je l'emporterais et le déposerais sur le pas de sa porte, derrière la moustiquaire.

Et soudain, je me figeai. Que dirait le mot ? « Tu me manques ! » accompagné d'un petit cœur ? « Retrouve-moi au parc à midi » ? « Appelle-moi » avec mon numéro, qu'il avait déjà cherché à obtenir ? Je pensais à ce qu'il en penserait, à ce que les autres en penseraient, et même à ce que moi-même, j'en penserais. Mon Dieu, j'étais décidément nulle pour tout ça !

Je me relevai et chassai mon manque de dignité passager. Je me retournai, voulant en revenir à mes ventes sur eBay, là où j'en étais avant que toute cette histoire n'ait commencé, quand j'étais encore moi-même. Et pile à cette seconde, je les aperçus. Dizzy et Dae-Jung. Au bout de l'allée, à six bons mètres de fiction de moi. Dae-Jung appuyé contre la rangée de livres qui me faisait face, Dizzy, à côté, tourné vers lui. Ils regardaient un livre, de cette façon qu'ont deux personnes lorsqu'elles veulent vraiment se regarder.

8

Fortunes et revers de fortune

Ancien amour, nouvelles amours.
Nous ne sommes jamais avec l'un
comme nous sommes avec l'autre.
– CATHERINE

Quand il gara sa Volvo dans l'allée, les phares m'éblouirent. Je me protégeai les yeux derrière mon verre de bourbon. Hugo s'arrêta sur la première marche de notre perron commun, puis s'assit sur la dernière.

« Cette semaine, tu es à peine venu à la librairie. Y a-t-il quelque chose que je devrais savoir ? demandai-je.

— Rien qui me vienne à l'esprit. » Il montra du menton le verre dans ma main. « Tu veux me parler de quelque chose ?

— Rien qui me vienne à l'esprit. »

Je vidai mon verre.

J'avais quitté la soirée de jeux au Dragonfly et j'étais rentrée chez moi. L'air de la nuit était lourd après une journée de chaleur, une soirée d'été exceptionnellement chaude.

« Je suis une sorcière au cœur froid, impénétrable aux mystères de l'amour », me lamentai-je.

Des larmes roulèrent sur mes joues. Alors que je me frottais les yeux, je sentis la main de Hugo se poser sur mon épaule. Je me laissai aller contre lui et mis ma tête sur son genou.

« Qu'est-ce qu'il y a ? » Il écarta des mèches de cheveux de mon visage. « Ce n'est pas à cause des romans d'amour. »

Je secouai la tête.

« Tu as mangé, ce soir ? »

Je me touchai le ventre. Il criait famine. Mais je voulais souffrir encore un peu.

Nous restâmes là sans rien dire, la main de Hugo décrivait des cercles sur mon dos comme si j'avais six ans et venais de m'écraser un orteil.

« Quand j'avais une vingtaine d'années, j'ai passé deux ans à Paris, dit-il. Oui, bon, j'avais suivi une femme à Paris.... Elle est repartie, mais moi, je suis resté.

— C'est une histoire qui finit bien, j'espère ? J'ai besoin que ça finisse bien.

— Oui, je suis tombé amoureux d'une autre femme.

— Ah, super !

— Plus âgée. Mariée. Deux enfants.

— Hugo, pour l'amour du ciel !

— On s'est rencontrés à Mélodies graphiques, une papeterie dans la rue du Pont-Louis-Philippe. Je n'arrêtais pas de penser à elle. Tous les jours j'allais à la boutique en espérant la revoir. Un jour, j'ai consulté le livre d'or en pensant qu'elle l'avait peut-être signé le jour où on s'était croisés. Et en le feuilletant, je suis tombé sur un message – *Retrouve-moi à La Vinchey*. J'ai tout de suite su que c'était elle. La Vinchey était un restaurant du Quartier latin. Seulement, le message remontait à deux jours. Je l'avais ratée. Je suis passé au restaurant demander s'ils l'avaient vue, mais ils ne voyaient pas de qui je voulais parler. J'étais complètement abattu. Et puis un jour, je vais me promener dans un parc pour faire des photos, très loin des quartiers où se trouvaient la boutique et le restaurant, et brusquement, je la vois. Sur un banc, en train de lire – un roman de John Le Carré, figure-toi. Je me suis assis à côté d'elle. Et c'est là que l'histoire a commencé.

— Vous avez été amants ?

— Pendant plusieurs mois. Elle laissait des messages dans le livre d'or de cette papeterie pour me donner rendez-vous. Je n'avais pas un sou. Je crois que c'est ce qui lui plaisait chez moi... Ça et mes manières de gars de l'Idaho. Mais un jour, il n'y a plus eu de mot. Je suis passé à la boutique tous les jours, parfois même plusieurs fois dans la journée. Et au bout d'un moment, le type qui tenait la boutique m'a dit : "Arrêtez de poser autant de questions et écoutez plutôt les réponses. Il est temps de rentrer chez vous." »

J'attendis la suite, le grand dénouement. Mais il resta silencieux.

« Ce n'est pas que je n'apprécie pas que tu me fasses partager ton drame personnel, Hugo, mais je ne vois pas en quoi cette petite histoire est censée me remonter le moral.

— Désolé. C'est ce que je fais ?

— Ta façon d'être nul dans ce domaine ne connaît pas de limites.

— Ce n'est pas vraiment mon fort, admit-il. En général, quand j'ai devant moi une femme malheureuse, je fais des choses qu'on ne fait pas toi et moi. »

Je me redressai et lui tapotai le genou – mon oreiller noueux – d'une main alourdie par l'alcool.

« Et pourquoi d'ailleurs ? Ne va pas croire que c'est une proposition... Mais tu te comportes comme un vrai Casanova avec toute personne possédant un vagin et un cœur qui bat que tu rencontres. »

Un sourire étira sa barbe sur son visage. Il me pinça le menton.

« Tu m'es beaucoup trop précieuse. »

Je sentis monter un gros sanglot. Je ne voulais pas pleurer. Après tout le bourbon que j'avais ingurgité, ce serait douloureux. Je remis ma tête sur son genou.

« Je n'aime pas ce que je suis », dis-je.

Sa main se posa sur ma nuque.

« Dans ce cas, il va falloir que je t'aime assez pour nous deux. »

Je lui racontai ma dispute avec Rajhit. Une fois que j'eus tout déballé, Hugo se leva et me tendit la main pour m'aider à en faire autant. Nous allâmes chez lui et, très vite, des nouilles udon absorbèrent le bourbon dans mon estomac. Il me mit une couverture sur les épaules, celle à motifs d'élans un peu passés qu'il avait depuis l'époque où il avait été boy-scout dans l'Idaho.

« Je t'ai acheté un cadeau », dit-il.

Il me tendit un livre. *Les Puritains d'Écosse*, un autre tome de *Waverley* qu'il lisait depuis des semaines, une édition de 1898 d'un vert de forêt féerique avec de malicieuses lettres d'or.

« Ouvre-le », dit-il.

À l'intérieur de la couverture, il était écrit : « Betty Valentine, 514 Fifth Street, Indiana City, Iowa. » Les lettres longues et étroites évoquaient les silhouettes des peintures Art déco et, sous le nom et l'adresse, il y avait son emploi du temps, ainsi qu'un relevé de ses notes à l'école. Betty n'était pas une élève exceptionnelle, mais elle était une artiste pleine de talent. Les pages suivantes comportaient des dessins au crayon de jeunes femmes aux longs cheveux bouclés, le corps penché sur leurs sandales lacées. À chacune était associé un titre, « Exercice A » ou « Je n'arriverai jamais à bien faire celui-là ». Sur ces pages, leurs bras allaient et venaient en pliant telles des branches de jeune arbre, indifférents à la gravité.

Et sur la page du copyright, elle avait dessiné ses camarades de l'année 1897 : Darlette, de grands yeux à la Betty Boop et des lèvres en bouton de rose ; Rosetta, une boucle plaquée en accroche-cœur sur le front ; Lodoak, les cheveux courts et tenant un arc ; Yamtia, avec un grain de beauté ; et Ricardo, le menton pointu et d'épais favoris. Et sur la page blanche avant la préface, Betty avait abandonné les pirouettes élégantes pour dessiner une danseuse de cabaret sur une scène dorée aux rideaux de velours, de la dentelle sur son costume décolleté dans le dos, un talon haut dans les airs et un bras tendu qui tenait un boa lui masquant le visage.

« Pourquoi *Waverley* ? demandai-je. Je me suis posé la question.

— Il y a longtemps que j'avais envie de le lire, répondit Hugo. Ça m'a semblé être le bon moment.

— Merci, dis-je en serrant le livre contre moi. C'est magnifique. »

Nous restâmes silencieux quelques minutes en écoutant Miles Davis jouer « Bye Bye Blackbird » comme si une femme lui avait arraché le cœur et avait roulé dessus dans une grosse Cadillac bleu clair. Ce qui me fit penser à un autre bourreau des cœurs.

« D'où est-ce que je connais le nom de Nimue ? Ça me turlupine…

— Merlin, dit Hugo, les yeux toujours fermés, les mains croisées derrière la tête. Elle a volé tous les secrets de ce pauvre vieil imbécile ; après quoi, elle l'a enfermé dans une grotte jusqu'à ce qu'il devienne fou. Il était tellement amoureux qu'il s'en fichait.

— Nom d'une pipe en bois… Qui donc peut donner un nom pareil à son enfant ?

— C'est seulement son nom à la SCA. La Society for…

— … Creative Anachronism ! Oui, j'en ai entendu parler. Comment se fait-il que tu en saches autant là-dessus ?

— Tout a commencé à Berkeley à la fin des années 1960…

— À cause d'une femme, j'imagine. »

Il poussa un soupir.

« Roxanne de Bouvier, c'était le nom qu'elle se donnait. Je l'ai rencontrée en cours de physique. Elle donnait un sens entièrement nouveau à l'intrication quantique.

— N'en dis pas plus, je t'en supplie ! »

Il éclata de rire, et je ne pus me retenir d'en faire autant. Dès qu'il s'agissait des femmes, il devenait intarissable ; pourtant j'avais noté récemment une diminution du nombre de celles qui venaient le voir à la librairie, ou poser des questions sur lui et sur les autres femmes qui le cherchaient. Il m'était impossible d'imaginer Hugo perdre son charme. La terre aurait alors dû tourner en sens inverse. Plus aucun signe de Mlle Portia. Même Mme Callahn semblait garder ses distances.

« Ça ne va pas bien finir, n'est-ce pas ? demandai-je. Frederick et Nimue.

— Non. Ça va dérailler. D'un jour à l'autre.

— Et j'imagine qu'on ne peut rien faire pour l'empêcher. »

Il bâilla, étira ses bras au-dessus de sa tête et creusa le dos ; en faisant ça, il ressemblait beaucoup à Grendel.

« Rien du tout. »

En me levant pour m'en aller, je l'embrassai sur le haut du crâne et lui dis que je le verrai le lendemain à la librairie. Je voulus lui rendre sa couverture à élans, mais il refusa et me dit de la garder. Ce fut à l'instant où j'arrivais devant ma porte, la couverture roulée sous le bras, que les mots jaillirent de ma bouche avant que j'aie pu les arrêter.

« Ça te plairait d'avoir une associée au Dragonfly ? »

★

Le soir de la réunion du SVWEABC, des rires féminins résonnèrent dans la librairie. Hugo circulait dans la partie avant, offrant des dattes enroulées dans du jambon cru d'une main et servant du vin de l'autre. Des vagues de murmures enjoués le suivaient tandis qu'il passait d'un petit groupe à l'autre. Il était infiniment heureux d'avoir autant de belles femmes intelligentes dans sa boutique et, à mon avis, les membres du SVWAEBC étaient tout aussi enchantées. Peut-être avais-je donné à l'athée qu'était Hugo une vision de ce que serait le paradis.

J'aperçus Avi lever son verre à ma santé, assise sur une des chaises que nous avions empruntées au funérarium du bout de la rue. Les préparatifs de la soirée avaient tenu de l'organisation face à l'invasion d'un Baskin-Robbins par une classe de maternelle. On avait tout épousseté avec frénésie, passé l'aspirateur et, juste avant la réunion, on avait placé de façon stratégique un ficus en provenance du Cuppa Joe sur une tache douteuse de la moquette. Hugo avait transporté au Dragonfly le guéridon que m'avait envoyé ma mère le jour de ma première séance avec le SVWEABC. Il semblait tellement à sa place entre les deux fauteuils que je ne comprenais pas pourquoi je n'avais pas eu l'idée de l'apporter plus tôt.

Un peu en retrait, je me fis la réflexion que c'était merveilleux d'être là où j'étais à cet instant précis. Jason lui-même ne pouvait assombrir mon humeur, pourtant, il s'y employait de son mieux – béni soit-il ! Il surgit près de moi en compagnie d'une femme très grande qui s'appelait Karen, je m'en souvenais pour l'avoir vue à la précédente réunion. Elle était vêtue en noir de la tête aux pieds, à l'exception de plusieurs rangs de perles de Tahiti autour du cou et d'un diamant qui, s'il captait la lumière comme il le fallait, eût été assez gros pour détourner le trafic aérien.

« Euh… Ton amie serait intéressée par un roman sur les Vikings, me chuchota Jason.

— Voilà qui me paraît relever de ton domaine, dis-je tout aussi bas en me penchant vers lui.

— Je lui ai conseillé *Les Groenlandais*, dit-il.

— Je suis déjà allée là-bas, précisa Karen.

— Mais elle dit qu'elle cherche quelque chose de plus corsé.

— Et avec moins de descriptions de paysages, ajouta Karen.

— Par conséquent, euh... c'est plutôt ton rayon, non ? fit Jason en haussant les épaules.

— Avec des torses nus sur la couverture ? demandai-je à Karen.

— Tu es géniale ! » déclara-t-elle en levant son verre de martini – ce qui était curieux, étant donné que je n'avais pas le souvenir d'avoir apporté des verres à martini, et encore moins des verres à vodka. Toutefois, à voir la taille de son sac, elle aurait pu transporter dedans un bar entier.

« Sandra Hill », dis-je à Jason en montrant le rayon Romance. Il me regarda d'un air absent. « On a rentré un exemplaire du *Viking réticent* l'autre jour... Vas-y ! Tu ne choperas pas de maladie honteuse, promis ! »

Karen lui emboîta le pas en me jetant un regard par-dessus son épaule.

« Tu n'es pas folle des hommes qui connaissent leurs livres ? lança-t-elle avant de le suivre avec un déhanchement qui me fit m'inquiéter quelque peu de l'avoir envoyé tout seul avec elle là-bas dans le fond.

Du coin de l'œil, je vis une ombre filer à ras du sol. En tournant le regard dans cette direction, j'aperçus Grendel se carapater vers les étagères, un bout du foulard que j'avais vu Avi ranger dans son sac traînant derrière lui comme la cape d'un infâme scélérat. Diverses pensées me traversèrent l'esprit. Je pouvais faire semblant de n'avoir rien vu. Ou Avi pourrait oublier qu'elle l'avait apporté. À moins que Grendel ne le déchire en lambeaux et ne le lui rapporte comme une offrande quand elle s'en irait. Il fallait que j'aille le récupérer.

Dans le rayon Fictions, Grendel tourna à l'angle. Je le suivis, mais il avait déjà disparu. Une échelle branlante était appuyée contre les étagères, côté mur. En haut de l'échelle, je vis pendre le bout de foulard dans un petit espace entre deux piles de livres coincées tout en haut.

M'appliquant à ne pas penser au péril que je courais, je commençai mon ascension vers le nouveau repaire de Grendel. De là-haut me parvint soudain un grognement assez fort pour me faire lever la tête. Deux yeux verts me fixèrent du fond de la grotte de livres. L'opération n'allait pas être facile.

Je venais d'escalader deux barreaux lorsque je perçus quelque chose bouger. Je me retournai et vis Rajhit s'avancer vers moi dans l'allée.

« Tu ne vas quand même pas grimper là-haut ? » dit-il.

Il y avait une semaine que je ne l'avais pas vu, depuis ce jour où j'étais partie furieuse de chez lui. Je m'étais concentrée sur la réunion pour ne pas penser à lui, mais là, je dus m'accrocher à l'échelle pour que mes genoux ne me lâchent pas. Il sortait de la douche. Ses cheveux mouillés étaient peignés en arrière, quelques mèches retombant sur ses tempes. Je résistai à l'envie de les remettre en arrière.

« Je dois monter là-haut, dis-je en montrant la cachette de Grendel.

— Je vais te tenir l'échelle. »

Il se posta en bas en tenant les montants de chaque côté. Je sentis l'odeur du savon sur sa peau.

« Je ne savais pas que vous organisiez une fête, reprit-il. Je ne voulais pas te déranger, mais Hugo m'a dit qu'il pensait que ça ne te dérangerait pas.

— Ça ne me dérange pas », confirmai-je, la main tendue vers le foulard.

Je la reculai vivement en entendant un feulement guttural s'échapper de la grotte.

« Tu es certaine de vouloir faire ça ? s'inquiéta Rajhit.

— Peut-être que je lui en achèterai simplement un autre... Ça ne doit pas coûter plus de six mois de salaire, hein ? »

Je pivotai sur l'échelle et redescendis face à lui entre ses bras écartés. Je fis semblant de ne pas sentir son souffle à travers mon tee-shirt.

« Je suis désolé pour l'autre jour », dit-il.

Je mourais d'envie de l'interroger sur ce qui s'était passé, mais je craignais que ma voix trahisse ma souffrance.

« Tout a tellement changé et tellement vite, enchaîna-t-il. Il y a quelques semaines, je vendais mon appart et je pensais aller un temps à Amsterdam faire un stage d'apprenti dans un vieux magasin de vélos. Ou voyager. Et éventuellement revenir ici ouvrir un magasin à moi. Mais je crois que je n'en ai plus envie. En tout cas, pour ce qui est de partir. »

Une vague de rires parcourut l'assemblée, et j'entendis quelqu'un m'appeler. Nous n'avions pas beaucoup de temps.

« Pourquoi tu l'as pris ? demandai-je.

— Toute cette histoire de Henry et Catherine est devenue incontrôlable », répondit-il en regardant sa main, toujours sur l'échelle.

Il fit glisser son sac à dos de son épaule et me tendit le livre. Il sentait le cuir de la nouvelle protection dont il l'avait recouvert et les pages avaient été recollées.

« Je me suis fourvoyé. J'avais l'intention de te laisser un mot dedans. Je trouvais que ce serait romantique.

— Je n'ai aucune envie d'être eux.

— Je sais. Et je le comprends. Je me suis laissé emporter par leur histoire. Comme sur les forums en ligne, les messageries, les jeux de rôles... Les gens se racontent toutes sortes de choses. Ils endossent un rôle et le personnage finit par prendre le dessus.

— Comme quand on tombe amoureux d'un elfe de sang dans *World of Warcraft* ?

— Oui, quelque chose comme ça. Du reste, c'est parfois libérateur… Au lieu de laisser les autres te définir, tu peux te dégager de la personne qu'ils voient pour être vraiment toi-même.

— Ou pour être vraiment un elfe.

— Je n'ai aucune envie de jouer à Henry et Catherine, dit-il. J'ai envie de jouer à Rajhit et Maggie. Et d'être dans ce monde. Avec toi. »

On m'appela de nouveau, et je compris que je serais de retour parmi mes invités d'ici quelques minutes, en train de boire du vin en parlant de notre livre, et que cet instant avec Rajhit prendrait fin. J'agrippai l'encolure de son tee-shirt, l'attirai vers moi et l'embrassai. Ce fut d'abord un baiser tendre, reconnaissant, rempli d'une sorte de consolation réciproque. Mais très vite, il y eut davantage. Appuyés contre l'échelle, nous nous serrâmes plus fort, et toutes les cellules de mon corps s'envolèrent en l'air tels des confettis.

9

Faire des tours

J'ai abandonné mon cœur sur ces pages.
– CATHERINE

J'ouvris doucement la porte de chez moi, de peur que le craquement des gonds ne réveille Rajhit, mais elle ne fit aucun bruit. Je trouvai la vaisselle de la veille mise à sécher sur l'égouttoir, un pichet de thé glacé à côté de steaks mis à mariner dans le réfrigérateur et, le plus merveilleux, une salle de bains resplendissante de propreté. Mon cœur bondit avec cet abandon joyeux de la femme qui n'est pas obligée de passer l'éponge dans ses propres toilettes. Ma mère pouvait garder son diamant de trois carats. Rien n'exprimait mieux l'amour à mes yeux qu'une porcelaine blanche étincelante et une odeur de vinaigre dilué sur le carrelage. Il avait préparé à manger, avait fait le ménage, avait réparé des trucs. Tout ça dans le genre je-ne-suis-qu'un-gars-normal-qui-veut-faireplaisir-à-sa-petite-amie. À cette pensée, je m'immobilisai dans l'entrée en écoutant les doux ronflements derrière la porte de ma chambre. Étais-je de nouveau une petite amie ?

Depuis que Rajhit était rentré avec moi après la réunion du SVWEABC, nous n'avions pas beaucoup parlé. Il avait dormi près de trois jours d'affilée, et dans les rares moments où il était réveillé, nous étions trop occupés à faire l'amour, façon « retrouvailles », pour discuter du sens profond de notre réconciliation. Je ne lui avais pas demandé combien de temps il avait l'intention de rester. Je trouvais cet état d'ignorance libérateur. Pas de questions, avais-je décidé. Si je lui en posais, des décisions et des actes risqueraient de s'imposer. Je ne me sentais pas préparée à ce genre de certitude.

Appuyée au chambranle de la porte, je regardai Rajhit dormir, son long corps enroulé sous le drap blanc. Je ne l'avais jamais vu aussi immobile. Il donnait l'impression de toujours bouger sans jamais se poser, et le lit ressemblait à un nid dévasté après qu'il y était passé. Mais là, il était à l'endroit même où je l'avais laissé neuf heures plus tôt. C'était d'un calme hypnotique. Je remarquai que ma respiration se réglait sur la sienne, sur la pleine expansion de ses poumons dans le sommeil, tandis que la lumière de fin d'après-midi s'étirait dans la chambre. *Respirer votre odeur, faire en sorte que vous me deveniez essentielle.*

Le premier jour où il était resté chez moi, j'avais trouvé en rentrant, dans un coin de ma chambre, deux sacs Macy's qui contenaient des chemises, des jeans, des shorts, des sandales en cuir et des caleçons. Il les avait laissés ici, les vêtements propres dans un sac, les sales dans l'autre, sans me demander de lui faire de la place dans un tiroir ou dans l'armoire. J'ignorais si c'était parce qu'il avait peur de s'imposer ou parce qu'il voulait être prêt à s'échapper en vitesse. C'était un voyageur qui ne se souciait nullement de ses bagages égarés et qui s'était adapté aux coutumes locales une fois arrivé à destination. Peut-être que j'étais cela. Sa destination.

Je me débarrassai de ma robe achetée dans une boutique de fripes et me glissai entre ce que je découvris être des draps tout frais. En me collant à son dos, je sentis sa tiédeur ensommeillée contre mes seins. Il soupira, regagnant peu à peu la surface en remontant de ses rêves. Je le chatouillai le long de la ligne de poils qui partait de son nombril et descendait plein sud.

« Tu es revenue, dit-il.

— À l'instant.

— Il y a des steaks.

— J'ai vu. Et du thé glacé.

— Je l'ai sucré. »

Je le serrai contre moi.

« Comme le veut le Seigneur.

— Tu as un rapport anormal avec le thé glacé… »

Je l'embrassai entre les omoplates et faufilai ma main plus bas. Je le sentis durcir entre mes doigts.

« Et la salle de bains resplendit, dis-je.

— Des lutins. Quels bruyants petits diables… Ils n'ont pas arrêté de tirer la chasse d'eau et de rigoler. »

Il roula sur le côté et m'embrassa. Ses baisers, très différents de ceux de la première nuit, étaient plus intenses, plus profonds. Différents de ce que j'avais connu avant. C'était comme visiter une ville où on habite, où les choses semblent familières, mais où on ne comprend pas très bien la nouvelle voie express.

Ses lèvres effleurèrent mon cou en murmurant : « Tu m'as manquée. »

Je ne savais pas très bien s'il parlait d'aujourd'hui ou de la période pendant laquelle nous étions restés séparés. *Ne réfléchis pas trop*, me répétai-je, *laisse faire les choses*. Je guidai une des ses mains sur ma poitrine. Ses lèvres suivirent. Je refermai mes bras autour de sa tête et m'arc-boutais sous sa bouche, avec le sentiment que jamais je n'aurais assez de moi en lui. Il descendit entre mes jambes. Ses cheveux étaient comme des plumes contre l'intérieur de mes cuisses. Je gloussai de plaisir. Une de ses mains remonta sur ma hanche, je l'agrippai et entrelaçai nos doigts, pressant nos paumes l'une contre l'autre. Trouver ce geste plus intime que tout le reste me surprit.

Les yeux clos, je m'abandonnai aux plaisirs taquins de sa langue, m'efforçant d'ignorer la pensée, aussi minuscule qu'un moucheron virevoltant dans mon cerveau, qui se demandait dans combien de temps tout cela finirait. Quand il fut de nouveau sur moi et m'embrassa, je sentis mon goût, le plus intime, sur ses lèvres.

★

La plus singulière et géniale librairie qui ait jamais existé s'appelait Shakespeare and Company. Elle est née à Paris dans les années 1920 et fut fermée pendant l'occupation allemande en 1941, lorsque, d'après la légende, sa propriétaire, Sylvia Beach, a refusé de vendre son dernier exemplaire de *Finnegans Wake* à un Allemand. Mlle Sylvia était le lien de la Génération perdue. Thornton Wilder a passé du temps à Shakespeare and Company, tout comme F. Scott Fitzgerald et Gertrude Stein. Ernest Hemingway a écrit sur Mlle Sylvia et sa librairie dans *Paris est une fête*. Shakespeare and Company vendait des livres, en prêtait d'autres en échange d'une somme modique, et les écrivains se rassemblaient dans son orbite. Mlle Sylvia alimentait leur ego et leur esprit, et leur offrait parfois le gîte dans la petite chambre à l'étage. C'est elle qui a financé la première publication d'*Ulysse* de James Joyce grace aux commandes d'amis et des clients partout en Europe. Par ailleurs, bien qu'elle ait refusé de le publier – elle estimait que ce n'était pas le meilleur roman de D. H. Lawrence et ne voulait pas avoir la réputation de publier des œuvres érotiques –, la Shakespeare and Company a vendu *L'Amant de Lady Chatterley* alors qu'il était sous le coup de la censure en Angleterre et aux États-Unis.

Hugo avait accroché une photo encadrée de Mlle Sylvia derrière le comptoir, sur laquelle on la voyait devant sa librairie à côté de James Joyce. Je me demandais parfois ce qu'elle aurait pensé du Dragonfly. Et je l'imaginais assise avec Hugo derrière la vitrine, amusée de me voir m'agiter pour faire accepter le Dragonfly à la génération Google.

Mes journées à la librairie se déroulaient souvent ainsi. J'ouvrais la boutique à neuf heures, puis j'allais boire mon mauvais café-filtre du Cuppa Joe ; après quoi, je sortais les tables avec les livres soldés, qui attiraient les passants et les incitaient à s'aventurer dans nos rayons. Vers dix heures, Hugo arrivait, préparait du thé, quelques clients entraient au compte-gouttes, et il les renseignait pendant que j'essayais de trouver de la place aux livres reçus la veille. En général, il laissait les mots croisés du *New York Times* sur le comptoir et y travaillait toute la journée, des clients lui apportant leurs lumières. Vers midi, Quand Jason débarquait, je prenais une longue pause déjeuner de façon à tenir jusqu'à dix heures du soir, heure à laquelle je fermais. Les après-midi étaient nettement plus remplis ; un flot régulier de gens défilait jusqu'à l'heure du dîner, moment où la librairie pouvait être carrément bondée. Il nous aurait fallu au moins deux personnes en plus, mais Robert et moi étions d'accord sur le fait que nous devions réaliser une marge financière plus confortable avant d'engager qui que ce soit. Et entre-temps, les livres ne cessaient d'arriver et de repartir.

Je n'étais pas la seule à effectuer des transformations dans la boutique. Depuis que j'avais libéré de l'espace devant la fenêtre, Grendel avait pris l'habitude d'y faire sa sieste, si bien que Hugo avait exposé des livres sur les chats tout autour de lui. Jason avait un immense tas qu'il refusait de déplacer et qu'il appelait son « projet ». Après avoir réorganisé mon rayon Romance pour la deuxième fois, grâce à Jason, j'avais commencé à m'attaquer à la pile de livres qui penchait dangereusement près de la caisse. Même Avi avait apporté sa contribution, en nous offrant une petite pancarte OPEN, inspirée de celle de ma boutique de friandises préférée à Londres, et qui se composait de quatre lettres gravées sur des petites plaques. Tous les soirs, nous déplacions le N, transformant O-P-E-N en N-O-P-E.

Alors que j'étais assise par terre en train de séparer Henry James de James Patterson, Mlle Sylvia me toisa du regard de celle qui connaît une vérité cruelle. Son refus de publier *L'Amant de Lady Chatterley* avait tenu à plusieurs raisons, mais la principale était qu'elle ne disposait pas des fonds nécessaires. Les librairies sont des commerces, or les commerces ont besoin de revenus pour survivre. Tout comme la Shakespeare and Company, le Dragonfly marchait en équilibre précaire sur un fil qui s'effilochait, tendu très haut comme au cirque, et c'était moi qui courais partout avec un filet à papillons sur la piste.

⋆

« Tu m'as demandé de ne plus t'envoyer de meubles », me dit Maman.

Assise dans le jardin devant mon gobelet en plastique bleu rempli de bourbon, je regardai par la fenêtre Rajhit en train de lire un livre dans mon lit.

« Oui, mais là, c'est différent. J'aimerais que tu m'envoies un fauteuil. Je sais bien que te le réclamer te gâche ton plaisir, mais tu ne peux pas t'empêcher de m'envoyer des meubles et il se trouve que j'ai besoin d'un fauteuil.

— Tu es soûle ? »

Je jetai un œil à mon gobelet.

« Pas encore. Et toi ? »

Un bruit de glaçons dans un pot à confiture fut ma seule réponse. Ma mère était de nouveau seule dans un silence qu'il fallait combler. Je songeai à Rajhit chez moi, seul dans mon lit. J'aurais dû parler de lui à ma mère. Mais je voulais le garder encore un peu pour moi.

« Maman, tu aimes toujours Papa ? demandai-je, regrettant aussitôt ma question.

— Oui, naturellement. Il m'a épousée, non ? Il m'a donné une enfant, une belle maison et tout ce que je voulais.

— Oui, m'dame. En effet.

— Quelle drôle de question à poser à ta mère… Qu'est-ce que tu as ?

— Je suis désolée. C'était indélicat. »

Je me demandai si elle portait la robe de chambre en coton bleu qui se fermait sur le devant avec des pressions, celle qu'elle mettait uniquement quand mon père n'était pas à la maison.

« Quel genre de fauteuil il te faut ?

— Un qui soit bien pour lire. Et pas trop salissant. Et il me faudrait aussi un lampadaire, si ce n'est pas trop compliqué. Je te donnerai l'adresse.

— Je connais ton adresse, Margaret Victoria.

— Ce n'est pas pour chez moi.

— Qu'est-ce que tu as encore fait ? »

10

Le doux endroit

Ce sont nos imperfections qui nous rendent plus dignes d'amour.
– Henry

Debout sur l'estrade devant la fenêtre, Jason examinait le nouveau fauteuil installé entre les deux plus anciens. Il se pencha pour renifler le tissu, qui sentait encore le plastique dont les livreurs l'avaient déballé le matin. C'était un fauteuil idéal pour lire. Assez large pour s'y pelotonner, mais suffisamment étroit pour poser les bras sur les accoudoirs et tenir son livre dans la position requise. Le tissu d'une chaleureuse couleur de blé était imprimé d'un motif discret dans lequel se fondraient les taches de thé ou de cocktails hasardeux. C'était réellement un beau fauteuil. Maman avait réussi son coup.

Le jour où Hugo m'avait dit qu'il comptait annoncer à Jason que j'allais devenir son associée, je m'étais pas mal tracassée. Jason et moi avions beau nous entendre, notre trêve restait fragile. Être son égale était une chose, c'en était une autre d'être sa patronne. Aussi avais-je eu l'idée de faire appel à ma mère. Nous aurions finalement trois fauteuils, et elle devrait m'envoyer quelques meubles. Jason serait content ; Maman serait contente. Ce fauteuil faisait d'une pierre deux coups.

Suite à la vente d'ArGoNet, mes actions ne valaient pas grand-chose, mais suffisamment pour satisfaire à la fois Hugo et Robert, le comptable super-héros. Je n'en avais pas parlé à Rajhit. Pas plus qu'à Avi ou à Dizzy. Prendre une décision par moi-même me faisait du bien. Depuis que j'avais pris celle de m'associer avec Hugo, j'avais l'impression de m'être glissée dans un sillon tracé pour moi. Mes journées étaient lumineuses. J'étais de nouveau en marche.

Après avoir reniflé le fauteuil encore une fois un bon coup, Jason posa lentement son derrière osseux sur le siège. Il rebondit un peu dessus, puis se laissa glisser dans les coussins moelleux en essayant de ne pas avoir l'air trop ravi.

« Alors, Hugo t'en a parlé, dis-je en m'asseyant près de lui. De ma participation dans la librairie. »

Il haussa les épaules.

« Tu veux quoi ? Ma bénédiction ?

— Non, je suis désormais son associée, que ça te plaise ou non.

— Ce fauteuil n'est donc pas un pot-de-vin ?

— Oh si, c'en est un ! Et je ne m'attends pas à ce que tu t'en réjouisses. Je cherche seulement à faire baisser le niveau de violence. »

Il s'affaissa légèrement et remonta les genoux pour s'asseoir en tailleur, les mains sur les accoudoirs. Grendel apparut et se frotta contre lui en ronronnant sauvagement.

« Je peux avoir une augmentation ? demanda Jason.

— Si les ventes augmentent de dix pour cent dans les trois prochains mois, on pourra en rediscuter. »

Cette réponse parut le satisfaire. Il ouvrit un livre et commença à lire pendant que j'allais derrière le comptoir vérifier quelques chiffres pour les communiquer à Robert qui viendrait le lendemain. Je donnerais une augmentation à Jason. Il la méritait. La S-F/Fantasy nous maintenait à flot. Un jour, peut-être même que je m'en accorderais une, mais, d'ici là, avec ses 12,50 dollars de l'heure, Jason empocherait un salaire supérieur au mien.

La cloche tinta au-dessus de la porte. En levant les yeux, je reconnus les boucles façon fusillis de Gloria. Ce mardi-là, cependant, elle n'était pas seule. Un homme l'accompagnait. À peine plus grand qu'elle, les cheveux un peu plus gris, il avait les yeux mi-clos et regardait dans le vide. Il était aveugle. Elle poussa la porte tout en lui tenant la main. Il lui portait son sac NPR.

« Bonjour », dis-je, espérant qu'elle allait me présenter.

Mais elle me regarda avec la même mauvaise humeur que d'habitude, plia le bras en plaquant leurs doigts entrelacés sur sa poitrine, comme si leurs mains jointes étaient un ballon de foot, et s'avança à petits pas vers les rayons.

Je jetai un regard alentour. Jason était toujours en train de roder le nouveau fauteuil. L'avant de la boutique était tranquille. Je suivis Gloria.

Vu qu'on était mardi, sa cible serait les romans policiers. Je restai à une certaine distance, retirant des livres des étagères ici et là en y jetant un œil. Je me dis que je faisais ce qu'aimait Hugo – je touchais les livres –, mais je ne pensais qu'à Gloria et à son mari, car j'étais sûre que cet homme était son mari.

Alors qu'elle explorait les étagères, elle lui dit quelque chose juste assez fort pour que lui seul l'entende. Il éclata de rire. Je n'avais pas le souvenir d'avoir entendu Gloria dire grand-chose, et encore moins un truc drôle. Mais peut-être n'est-on le plus soi-même qu'avec ceux qu'on aime. Et il y avait quelque chose dans ce rire, son côté assourdi, la façon dont ses yeux à lui brillaient. C'était *leur* rire, leur rire à eux seuls. Quand elle se redressa avec deux livres à la main, il tendit le bras vers son visage. Dès que ses doigts le trouvèrent, elle les tapota sur sa joue, de cette façon absente qui est le signe de l'habitude. Ce petit geste de tendresse était comme respirer ou manger, nécessaire et essentiel.

Faire en sorte que vous me deveniez essentielle.

J'étais indiscrète. Je fis demi-tour, un peu honteuse de les avoir espionnés, un peu plus contente de les avoir vus et de savoir que, même muette, l'amère Gloria pouvait être le grand amour de quelqu'un.

*

Ce soir-là, je ne parvins pas à dormir. Je restai dans le lit à côté de Rajhit en écoutant ses légers ronflements. Les phares d'une voiture qui passait dans la rue galopèrent sur les murs, transperçant les minces rideaux. Je roulai sur le flanc et repris la même position qu'à peine une heure plus tôt, lorsque, mon dos incurvé contre lui, il m'entourait de ses bras, que ses dents me mordillaient l'épaule, nos jambes entortillées telles des branches de jasmin ondulant sous la brise.

À présent que nous nous connaissions mieux, nous mettions à profit le répertoire appris des autres amants, étant encore dans cette tendre phase qui précède le sexe façon si-on-s'y-met-ça-viendra-peut-être, ou façon bon-après-tout-je-ne-dors-pas, ou encore ça-fait-un-bail-qu'on-ne-l'a-pas-fait. Faire l'amour avec Rajhit était agréable et joyeux. Serrée contre lui, je me blottis un instant dans l'illusion qu'il en serait toujours ainsi. En même temps, je fermai mes écoutilles émotionnelles. Cette histoire finirait. Elle le devait. Qu'il en aille autrement était encore plus impensable.

Mais c'était le moment après l'amour qui me maintenait éveillée. Nous restions étendus face à face. La tête posée sur son bras replié, il caressait ma cuisse. Et puis, il y avait ses yeux, plantés droit dans les miens. Je résistai à l'envie de dire quelque chose, de plaisanter, de briser le silence et le regard qui nous unissait. Nous nous regardions. On ne s'observait pas, on ne se jetait pas un coup d'œil à table entre deux bouchées, on n'était pas en train de s'écouter ou de penser à ce qu'on allait dire. Non, on se regardait, vides et pleins en même temps. Et soudain, un mot me titilla le bout de la langue.

Amour. C'était comme si ce mot se déployait dans tout mon être. Amour. Je pouvais le prononcer. Là, à l'instant, j'en étais capable. Ça ne voulait pas dire : pour toujours. Les gens tombaient amoureux, puis ils ne l'étaient plus. Notre histoire n'était pas différente. Il y aurait un « pour l'instant » non dit à la fin. Il le comprendrait. Je pouvais goûter les mots, assaisonnés du sel marin des contrées lointaines où ils avaient voyagé à travers d'autres vies avant d'arriver finalement dans la mienne. Néanmoins, je serrai les lèvres, consciente que le moindre soupir laisserait à ce sentiment assez de place pour s'échapper. *On ne peut pas remettre la vitre en place une fois qu'elle est cassée*, avait écrit Catherine à Henry. Ce qui est dit ne peut pas ne pas l'avoir été. Aussi, je ne dis rien. Mais l'envie de le dire me reprit. Et voilà comment je restai là les yeux grands ouverts à l'écouter ronfler.

Je me levai discrètement et allai dans la cuisine sans allumer. Je me versai un verre de bourbon, que je bus d'un trait avant de m'en servir un deuxième. Mon téléphone vibra sur le comptoir et l'écran s'alluma, affichant un texto. Il venait de l'appli de prévisions budgétaires que j'avais téléchargée. « On vous aime ! Et vous, est-ce que vous nous aimez? Notez-nous sur l'App Store. » Super! Des ingénieurs anonymes pouvaient le dire et moi pas. Je leur attribuai une étoile.

Je le sentais. J'en étais presque certaine. Après tous ces romans que j'avais lus au cours de ma vie, avec tous ces gens qui tombaient amoureux, on aurait pu imaginer que je serais mieux à même de repérer les symptômes. Mais peut-être était-ce là le problème. Peut-être n'étais-je pas vraiment amoureuse. Peut-être était-ce juste pour la forme, que j'essayais quelque chose que tout le monde avait déjà essayé, un peu comme quand on va tester le chili dans un restau.

Dans l'obscurité et le silence, j'articulai les mots. Je. T'aime. Ce n'était pas si compliqué. Je les répétai, rien ne se produisit. L'obscurité et le silence étaient toujours là, et la bouteille de bourbon encore quasi pleine. Jusque-là, tout allait bien. Je retournai à pas de loup dans l'entrée jeter un coup d'œil dans la chambre. Rajhit dormait toujours. De retour dans la cuisine, j'essayai encore, cette fois à haute voix.

« Je t'aime », dis-je à la nuit. Et aussitôt je repartis m'assurer en vitesse qu'il était toujours endormi.

Revenue dans la cuisine, je m'exerçai encore un peu. C'était de plus en plus facile. Les mots prenaient leur élan, surgissaient de ma bouche comme un petit enfant qui découvre qu'il a des jambes. Je me sentais fière de moi. Je retournai sur l'App Store et modifiai ma note en accordant cinq étoiles à l'appli.

L'Amant de Lady Chatterley serré dans le creux de mes mains comme une Magic 8 Ball, je fermai les yeux, dis de nouveau : « Je t'aime », puis reposai le livre sur le comptoir.

Attendons-nous nos moi les plus parfaits, la disparition de toutes nos cicatrices, que le temps se réorganise et que la science efface nos défauts ? S'il s'écoule plus de temps avant que nous nous rencontrions, serons-nous capables d'extraire plus de gentillesses ou de contentements de nos âmes ? Non, ce n'est pas pour notre perfection que nous sommes aimés. Ce sont nos imperfections qui nous rendent plus dignes d'amour.
– Henry

Des voix retentirent à l'extérieur. En jetant un œil par la fenêtre de la cuisine, j'aperçus Hugo assis sur le perron entre nos deux appartements. Mme Callahn était adossée à un arbre dans le jardin, en train de parler d'une voix douce dans l'obscurité. Puis elle s'approcha et but une gorgée dans la tasse qu'il tenait à la main. Je faillis m'éloigner de la fenêtre dans l'idée d'aller m'habiller pour les rejoindre. Mais il y avait quelque chose dans la façon désespérée et lasse avec laquelle Hugo la regardait, comme un chevalier qui aurait voyagé trop loin dans sa quête et ne se rappelerait plus le chemin qui le ramènerait chez lui. Après lui avoir dit quelques mots que je ne pus distinguer, elle posa sa main tendrement sur sa tête inclinée. J'eus le sentiment de n'avoir encore jamais vu deux êtres à la fois ensemble et aussi seuls.

Je laissai retomber le rideau et retournai me coucher. Malgré le bourbon, j'avais les nerfs à fleur de peau. Dans ma tête, je tournai et retournai la vision de Hugo et Mme Callahn en tâchant de comprendre ce que j'avais vu.

Allongée à côté de Rajhit, appuyée sur un coude, je lui chuchotai à l'oreille tout ce que je voulais qu'il sache.

11

Briser le verre

On ne peut pas revenir en arrière.
On ne peut pas remettre la vitre en place
une fois qu'elle est cassée.
– CATHERINE

Assise sur un banc à Pioneer Park, je levai le nez de mon livre pour observer les gens qui allaient et venaient. Bien que le complexe d'appartements de l'autre côté de la rue fût tranquille – tous les Googlers avaient déjà pris la navette vers leur campus où ils complotaient en vue de transformer toutes nos façons de faire –, le parc était encore animé de gens qui couraient vers leur bureau, un en-cas dans une main, leur portable dans l'autre.

Cinq semaines. Il ne m'en avait pas fallu davantage pour reprendre ma vie en main. J'étais passée du stade où je refusais d'admettre que je passais tout mon temps au Dragonfly à celui d'associée.

Cinq semaines auparavant, j'étais en train de poursuivre Avi pour qu'elle m'aide à trouver un job. Et là, elle et moi prenions le thé, un thé buvable, dans le bureau du Dragonfly, tout en examinant les comptes avec Robert et en cherchant des solutions pour assainir la situation financière. Cinq semaines auparavant, parler à Jason me faisait l'effet de supporter une sale démangeaison à un endroit qu'il eût été inconvenant de gratter en public. À présent, nous avions apparemment signé une trêve. Le site Web que j'avais créé l'avait tellement enthousiasmé qu'il tenait désormais notre blog sous le nom de Lummox. Il répondait à des questions sur les livres (oui, nous avons *Harry Potter* en espagnol), sur nos nouveaux horaires d'ouverture (de 10 heures du matin à 10 heures du soir), et sur qui il fallait tuer pour participer à la nuit de jeux de rôles du vendredi (la liste d'attente était longue). Les gens demandaient également si on avait appris quoi que ce soit au sujet de Henry et Catherine (*niet... nada...* que dalle). Cinq semaines auparavant, j'étais encore en train de soigner un cœur déçu, pour ne pas dire meurtri. Et là, j'étais sous mon arbre favori, assise sur la couverture à élans de Hugo, à quelques pas de l'endroit où Henry avait attendu Catherine, tous les sens en éveil à l'idée de savoir Rajhit tout près.

Pioneer Park était seulement à deux pâtés de maisons du Dragonfly, niché entre la mairie et la bibliothèque et accessible par une rue latérale, de sorte qu'on ne pouvait en connaître l'existence que si on allait emprunter des livres. Une petite plaque à l'entrée informait que le parc avait été à l'origine un cimetière non confessionnel – don de María Trinidad Peralta de Castro à la commune, en 1861. Mais il était aujourd'hui rempli de buttes herbeuses et d'écureuils suralimentés. De larges bancs en bois étaient disséminés dans les allées, et les chênes toisaient les immeubles environnants tels des convives qui se seraient attardés au-delà de ce que veut la bienséance.

Mon arbre préféré était un grand chêne, dont une branche pendait si bas que, avec un peu d'aide, il était possible de s'y asseoir. Pendant que j'attendais Rajhit avec deux sandwichs grecs, je m'allongeai sur la couverture, enlevai mes chaussures, les orteils dans l'herbe, et lus un roman de Laurie Colwin. (Comment avais-je pu vivre aussi longtemps sans Laurie Colwin ?) Rajhit était en retard, pas de beaucoup, mais quand même. *On déjeune au parc ?* La veille, j'avais laissé un mot dans la poche de son jean et, en arrivant au Dragonfly ce matin, j'avais trouvé la réponse sur un bout de papier accroché à l'intérieur de mon sac à dos : *Oui.*

J'avais lu et relu les échanges entre Henry et Catherine, cherchant à repérer des indices, ainsi que le moment où ils avaient compris que leurs deux vies étaient désormais liées. Mais rien. C'était comme si j'étais devant une de ces peintures modernes monochromes et cherchais les émotions que l'artiste avait laissées sur la toile. Ne voir qu'un bloc de pourpre me faisait me sentir stupide.

La fontaine était cachée dans un petit jardin japonais, près de l'entrée de service de la bibliothèque. Une petite fontaine de style moderne (sans chérubins qui pissent, Dieu merci !). J'empruntai l'allée de gravier qui en faisait le tour. C'était là que Henry avait rencontré Catherine en ce premier jour de l'été, à une époque où les hommes portaient costume et chapeau aux matchs de base-ball et où les femmes portaient des perles l'après-midi et tenaient une pochette dans leurs mains gantées de blanc. J'imaginai Henry ici, joué par Van Johnson… non, Montgomery Clift, en train de faire les cent pas avec anxiété, se forçant à ne pas regarder sa montre. Une femme marcherait vers lui, il espérerait qu'elle s'arrêterait devant la fontaine, et il aurait enfin trouvé Catherine. Il prendrait soin de ne pas la dévisager et de ne pas sourire, de ne pas avoir l'air d'un imbécile dans cette petite ville – du moins, pas tant qu'il ne serait pas certain que c'était bien elle. Mais une à une, les femmes passeraient, et il les regarderait s'éloigner en soulevant son chapeau. Puis une Elizabeth Taylor, en mince, apparaîtrait à l'angle, et il saurait. Tous deux sauraient. Au début, ils seraient timides, ayant déjà tant révélé d'eux-mêmes, et ils auraient brusquement perdu le courage que donne l'anonymat. C'est alors qu'il lui prendrait la main, et tout serait dit.

Je me demandai s'il subsistait quelque chose d'eux dans ce parc où ils s'étaient promenés. Peut-être pourrais-je organiser des fouilles archéologiques. Je trouverais des traces d'ADN qu'on rentrerait dans un super-ordinateur, une de ces machines de fiction comme on en voit dans les films, qui font preuve d'improbables intuitions et fournissent des informations indispensables au héros. Je pourrais alors les rassembler et offrir aux *followers* du site du Dragonfly ce qu'ils mouraient d'envie de savoir.

Seulement, je ne voulais pas savoir ce qui était arrivé à Henry et à Catherine. Je voulais que le destin qu'ils avaient connu soit enfermé dans une bouteille jetée à la mer. Ils n'étaient pas les personnages d'un de mes romans d'amour. S'ils s'étaient trouvés, il y avait des chances pour qu'aujourd'hui ils soient quelque part en train de panser leurs plaies après des décennies de trahisons – petites ou grandes. Un peu malgré moi, j'espérais qu'ils les auraient surmontées et auraient connu ensemble un peu de bonheur.

Je secouai la tête, histoire de m'éclaircir les idées. *Rajhit, Rajhit.* Il s'agissait de moi et lui, pas de mes parents, ni de Henry et Catherine, ni de moi et Bryan. C'était moi et Rajhit. Je me concentrai sur l'eau, le son qu'elle émettait en se déversant, les gouttes scintillant au soleil. Lentement, je fis le tour de la fontaine, psalmodiant nos deux noms tout bas, dirigeant mes pensées là où il le fallait. *Maggie et Rajhit. Maggie et Rajhit.* « On décide qui on est, m'avait-il dit. Il n'y a que toi et moi. »

Alors que je revenais vers le devant de la fontaine, la chaleur commença à me peser. Je me penchai et plongeai la main dans l'eau pour me rafraîchir la figure. C'est alors que je vis la petite plaque vissée.

DON DE LA VILLE JUMELÉE
AVEC MOUNTAIN VIEW,
IWATA, JAPON. INAUGURÉE
EN FÉVRIER 2009

Je me figeai. Sans doute avais-je mal lu... Il faisait chaud, j'étais pliée en deux, j'avais dû avoir un petit vertige. Je m'accroupis et relus une deuxième, puis une troisième fois.

INAUGURÉE EN FÉVRIER 2009

Février 2009 ? Ça faisait cinq mois ? Il devait s'agir seulement de la date de l'inauguration. La fontaine devait exister depuis des dizaines d'années, puisque c'était là que Catherine et Henry s'étaient rencontrés. Je l'examinai de plus près. Du granit taillé, des lignes bien nettes sans la moindre mousse sur le sol, et pratiquement aucune saleté. Un petit fil noir s'enfonçait à l'arrière. Mon œil le suivit et tomba sur un panneau solaire planqué dans les buissons, qui devait faire fonctionner la pompe. La fontaine était neuve.

À l'aide ! Il me fallait de l'aide... Une femme en uniforme marron de gardien de parc municipal passait par là, tenant une pique à papiers comme un bâton de marche. Sous son chapeau de ranger à large bord, des cheveux gris encadraient son visage, que rehaussait un rouge à lèvres rose vif. Sur un badge accroché à sa chemise on pouvait lire « Gray Badgers Volunteer Ranger ».

« Excusez-moi », l'interpellai-je. Elle se retourna, le visage radieux. « Pourriez-vous me dire depuis quand cette fontaine se trouve ici ?

— Quelques mois, je crois... On a eu droit à une belle cérémonie. Il n'y avait pas foule, mais les cookies venaient de la nouvelle pâtisserie indienne dans El Camino Real, celle où ils font tout sans œufs.

— Et avant, il n'y avait pas une autre fontaine dans le parc ? Dans les années 1960 ?

— Ah, non, il n'y a jamais eu d'autre fontaine ici ! À cette époque, c'était encore un cimetière. Mes enfants venaient y jouer à cache-cache le soir de la fête de Halloween. Je trouvais que c'était mieux que de lancer des œufs sur les portes des voisins. Sauf que mon mari, Albert... »

Elle continuait à parler, mais je ne l'écoutais plus et ruminais sur ce que je venais d'apprendre. La fontaine avait été installée en février. Avant, il n'y avait rien à cet endroit. Il n'y avait pas eu de fontaine avant *le mois de février de cette année*. En 1961, le parc était un cimetière. Je sortis mon téléphone et fis défiler les photos que j'avais prises des notes. Il y en avait une de la page de titre, celle avec la date :

1961. Je m'étais toujours demandé qui, d'elle ou de lui, avait inscrit la date sur cette page. Et tandis que je zoomais sur la photo, j'eus finalement la réponse. Ni l'un ni l'autre. L'encre n'était pas la même. Ni l'écriture. Aucun d'eux n'avait écrit cette date. Henry et Catherine n'avaient pas écrit ces mots il y a près de cinquante ans. Ils les avaient écrits cet été.

« … mais, après la mort d'Albert, je ne me suis plus souciée de ce qu'il pensait… »

La Gray Badger continuait à me raconter sa vie.

« Pardon, mais savez-vous quel était le premier jour de l'été cette année ?

— Le premier jour de l'été, le premier jour de l'été… marmonna-t-elle en se tapotant la tempe de son doigt ganté. Oh, attendez… Il suffit de regarder le calendrier ! »

Elle enleva son petit sac à dos en cuir de son épaule.

« C'est bon… J'ai mon portable.

— Tenez-moi ça, dit-elle en me passant deux tubes de rouge à lèvres, un paquet de mouchoirs et un carnet de coupons pendant qu'elle fouillait au fond de son sac. Ah, le voilà… ». Elle sortit un petit carnet et feuilleta les pages. « C'est ça, le 21 juin. Naturellement… Le solstice d'été. Je m'en souviens très bien. Nous avons organisé une jolie cérémonie, rien que moi et les filles dans la maison de Brenda dans les montagnes de Santa Cruz. On a allumé un grand feu et on a dansé toutes nues autour en rendant grâce à la déesse Gaia… Enfin, je crois bien que c'était Gaia. En tout cas, on a passé une soirée magnifique ! Mais rien à voir avec autrefois, quand on sortait tous en couple. C'était une autre époque... Ça va, mademoiselle, vous vous sentez bien ? »

Il fallait que j'aille m'asseoir. J'avais l'impression que mon cœur allait exploser dans ma poitrine. Je la remerciai et filai m'installer sur le banc en face de la fontaine. Deux petits enfants couraient autour et recueillaient de l'eau dans leurs mains pour s'asperger. Je m'efforçai de recoller les morceaux.

Bon, me dis-je, tu peux y arriver. Le premier jour de l'été était le 21 juin. La réunion du SVWEABC avait eu lieu le... ? Je réveillai de nouveau mon téléphone pour consulter le blog. Le 20 juin. Hugo m'avait donc apporté *L'Amant de Lady Chatterley* la veille, le 19. Combien de jours avant le premier jour de l'été Henry avait-il laissé cette note ? Catherine avait-elle eu le temps de la voir avant que Hugo ne me donne le livre ? Avait-ce été suffisant ? Et sinon ?

« Putain, pourquoi ils ne sont pas allés sur Meetic comme tout le monde ? » m'exclamai-je un peu trop fort. Les enfants qui jouaient autour de la fontaine s'immobilisèrent et me dévisagèrent. « Oui, leur dis-je, je suis une méchante femme qui détruit la vie des gens et qui jure en public ! » Je m'attendis à voir les unités maternelles fondre sur moi, mais elles étaient apparemment trop occupées à bavarder sur une couverture un peu plus loin.

Il fallait que je remette *L'Amant de Lady Chatterley* à l'endroit où Hugo l'avait pris ce soir-là. Peut-être n'était-il pas trop tard. Peut-être Catherine venait-elle tous les jours à la librairie, espérant voir réapparaître le livre. Je tâchai de me rappeler quels étaient les clients du Dragonfly avant sa renaissance. Ils n'avaient pas été si nombreux, la chose ne devrait pas être très difficile… Y avait-il une femme qui venait souvent ? Hugo s'en souviendrait. Je devais lui parler. Et pour l'amour du ciel, il fallait que je ferme le site ! Que je ferme tout. Je repensai à ces notes – ces chères et tendres notes – que j'avais diffusées à la terre entière.

Je me relevai d'un bond, prête à ramasser mes affaires, mais j'aperçus Rajhit. Il m'aiderait. Je n'étais pas toute seule. Rajhit m'aiderait. En voyant ma tête, il pressa le pas.

« Qu'est-ce qui ne va pas ? » demanda-t-il en me prenant par les bras pour me faire rasseoir.

J'eus l'impression qu'il me permettait de ne pas éclater en mille morceaux.

« Il faut que je retourne tout de suite au Dragonfly. »

J'agrippai le devant de sa chemise.

« D'accord, dit-il sans bouger, l'air de plus en plus inquiet. Mais explique-moi d'abord ce qui cloche. Ça va ? Il s'est passé quelque chose ?

— Je dois remettre le livre à sa place. Et parler à Hugo.

— Il n'est pas là-bas. Je l'ai croisé en passant devant la librairie. Il partait à un rendez-vous. Maggie, s'il te plaît, dis-moi ce qui ne va pas.

— Henry et Catherine. Ils existent pour de vrai. Je veux dire, ils sont là. Aujourd'hui. Ces notes ne datent pas de 1961, mais de cette année, de seulement quelques semaines. Ils sont ici quelque part. Et je ne sais pas si elle l'a vu… son dernier mot. Et si elle ne l'avait pas vu ? Et si elle pensait qu'il l'a abandonnée ? Je n'arrive pas à le croire… Qu'est-ce que j'ai fait ? »

Ses mains lâchèrent mes bras, et je le dévisageai : il avait de la peine à respirer. Pourquoi n'était-il pas plus étonné ? Il avait le regard si triste… À la seconde même, je compris que tout était encore pire que je ne le pensais.

« Comment le sais-tu ? » demanda-t-il.

Je me levai et l'emmenai devant la plaque sur la fontaine.

« Viens, il faut y aller… »

Je le tirai par le bras, mais il demeura immobile et me prit la main pour que je reste avec lui.

« Maggie, attends », dit-il sans me regarder.

Quelque chose dans la façon distraite dont il me tenait la main m'arrêta. Et quand je me retournai pour le regarder, je sus que j'étais arrivée à l'instant qui précède un grand bouleversement.

« Henry, c'est moi », dit-il.

Rajhit me regarda dans les yeux, tenant ma main entre les siennes, j'eus l'impression que mon sang se répandait en moi sans savoir où aller. L'instant resta en suspens comme un avion en papier qui serait monté trop haut avant de se résoudre à céder aux lois de la gravité. Il me tira pour que je reprenne ma place sur le banc. Les bruits du parc alentour s'évanouirent.

« Mais je ne suis pas Catherine, dis-je, m'efforçant de faire entrer tous les nouveaux éléments dans la même vieille équation.

— Je l'ai cru. À la soirée dans le jardin où on a fumé des cigares. Le livre avait disparu, Catherine n'était pas venue à la fontaine… et toi, tu étais là, le jour même où on était censés se rencontrer, et comme tu avais le livre, j'ai pensé : *Elle sait qui je suis*. Mais comme tu n'as rien dit, je t'ai demandé si tu connaissais le titre initial du livre, *Tendresse*. Et quand tu as prononcé exactement la même phrase que Catherine, j'ai pensé : *Pendant tout ce temps elle était là.* »

J'essayai de rassembler mes souvenirs. La soirée avec les cigares, la laverie, la fête chez Hugo… Il devait y avoir là quelque chose que je pourrais lui faire valoir. *Tu vois, c'est pour ça que tu aurais dû comprendre que je n'étais pas Catherine. C'est pour ça que tu n'aurais pas dû… tu n'aurais pas dû, un point c'est tout.*

« J'ai mis leurs échanges sur le Net. Tu m'as laissée faire. Tu m'as laissée diffuser partout ce qu'*elle* a écrit.

— Le soir à la laverie, j'ai cru que tu me demandais si j'étais d'accord. J'ai pensé que tu ne disais rien parce que tu voulais continuer à faire semblant, ou jouer à un nouveau jeu. J'étais fasciné. »

Il approcha sa main de la mienne, puis se ravisa.

« Le jour où tu as réparé mon vélo. Quand j'ai trouvé le livre chez toi. Là, tu as su quelle était la vérité. »

Il hocha la tête sans rien dire.

« Elle est là quelque part… En train de se dire que tu l'as laissée tomber. De penser que tu m'as donné le livre pour que je l'exploite pour le Dragonfly. Oh, mon Dieu…

— Je l'ai cherchée, dit-il. J'ai déposé une lettre à l'endroit où…

— À l'endroit où vous aviez l'habitude de vous écrire.

— À l'endroit où se trouvait le livre. Mais elle n'est jamais venue.

— Une lettre de toi pour elle, dis-je, pas gentiment du tout.

— Tu fais comme si je t'avais trompée ! Je ne t'ai pas trompée.

— Non, tu ne me trompes pas. Tu la trompes, *elle*, avec moi. Tu l'*aimais* ! m'écriai-je en crachant le mot.

— Je t'aime.

— Parce que tu as cru que j'étais elle. »

Rajhit prit sa tête entre ses mains. Je regardai ses épaules monter et descendre.

« Quand j'ai cru que tu étais Catherine, j'ai ressenti de la gratitude. Je n'arrivais pas à croire à ma chance. »

Je sentis le souffle de l'air sur mon cou. Autour de la fontaine, les enfants avaient recommencé à s'éclabousser. Un lézard se carapata sous un buisson.

« Je n'aurais pas pu écrire ces notes, Rajhit.

— Tu n'en sais rien.

— Si, je sais que jamais je ne t'aurais répondu. J'en suis certaine.

— Mais aujourd'hui, tu le ferais. »

Il avait raison. Aujourd'hui, je le ferais. Je le ferais parce que j'étais une créature hébétée, dépourvue de toute volonté. Je lui écrirais parce que mon cœur s'accélérait dès que j'entendais son pas sur le seuil. Je lui écrirais parce que j'étais submergée d'émerveillement chaque fois que j'ouvrais les yeux et que je le voyais. Je lui écrirais à cause de tout ce qu'il était pour moi. Sauf que rien de tout cela n'était réel. Celle que j'étais avec lui n'existait que parce qu'il pensait que j'étais Catherine.

« Toute cette histoire n'est qu'un mensonge, dis-je en me forçant à aspirer de l'air pour que les mots sortent de ma bouche.

— Je t'en prie, ne dis pas ça… Je t'en prie, Catherine. »

Nous cessâmes tous les deux de respirer. Il me lâcha la main. Je me levai et m'écartai d'un pas, m'éloignant de son emprise comme un ballon que lâche la main d'un enfant. Alors que nous nous regardions, conscients que ce qui avait été dit ne pourrait jamais ne pas l'avoir été, je sentis s'abattre sur moi le poids des choses qui se délitent.

12

Remous inattendus

Penser à ce qui arrivera ne sert à rien.
Ça arrivera de toute façon.
– Henry

« C'était une idée de Jason, dis-je. Au départ, Hugo n'était pas d'accord. Trop négatif. Mais Jason a misé sur son côté yin-yang en lui expliquant que, si on recommandait des livres qu'on aimait, il fallait mentionner aussi ceux qu'on détestait. »

J'étais au milieu d'un petit groupe agglutiné autour du spécialiste du teppanyaki chargé de préparer le dîner dans la cuisine d'été d'Avi. Avec ses comptoirs en marbre, son minibar, son évier, la cuisine ressemblait à un barbecue Weber qui se prenait pour Dieu. Le chef versa de l'huile sur un volcan composé de rondelles d'oignons et des flammes s'élevèrent vers le ciel. La foule lubrifiée au vin applaudit. J'ignorais combien Avi payait son chef à domicile, mais sans doute s'en serait-elle mieux sortie en réglant l'addition après une soirée au Benihana.

« Alors pourquoi placer des pancartes pour mettre en garde les clients qui achètent vos produits ? demanda un homme aux cheveux argentés dénommé Larry, qui travaillait pour la société de capital-risque d'Avi et avait passé toute la soirée à me poser des questions sur le Dragonfly.

— On ne les met pas en garde contre les livres. On leur suggère simplement que ça peut être un chouette cadeau pour des personnes qu'on n'aime pas trop, par exemple une belle-mère ou un voisin dont le chien vient pisser sur vos hortensias. Jason considère cela comme un service public. »

Le groupe qui m'entourait éclata de rire. J'étais là, avec des P-DG et des experts en capital-risque. Dans ma vie à ArGoNet, je n'aurais jamais rencontré ces gens. J'avais beau être haut placée dans la chaîne alimentaire, je n'étais pas cadre dirigeant. Les membres du conseil d'administration ? Les investisseurs ? Pas un ne savait qui j'étais. Il avait fallu le Dragonfly pour que j'en arrive là. Grâce au Dragonfly, ces gens riaient de mes histoires de boulot dans une librairie. J'étais unique. Branchée. Je n'étais pas l'une des leurs, et je ne cherchais pas à l'être, ce qui me donnait la liberté de me sentir à l'aise avec eux. C'était ce qui m'avait manqué au lycée.

Quand Avi m'avait invitée à ce dîner, j'avais refusé. Je n'avais aucune envie d'aller à une fête.

Je voulais juste me servir un verre, ramper sous les couvertures et ne pas penser à Rajhit. J'avais bossé douze heures par jour au Dragonfly sans prendre de pause, sans lire et sans manger ou à peine. Travailler, et c'est tout. Travailler m'aiderait à me remettre. Les deux premiers jours, j'avais eu peur que Rajhit puisse venir. Je n'étais qu'un tas tremblant de *Je ne veux pas te voir.* Cependant, il n'en avait rien fait, si bien que le soleil se levait et se couchait jour après jour comme s'il ne s'était rien passé, comme si le fait qu'on m'ait menti n'était qu'un charmant petit contretemps dans une comédie romantique qui finit bien. Maudit soit le soleil... Et maudites soient les comédies romantiques ! Je souffrais comme je m'étais escrimée toute ma vie à essayer de ne pas souffrir. Rajhit s'était infiltré dans la moelle de mes os, injecté dans mes veines. Et je l'avais laissé faire. J'étais aussi furieuse contre moi que contre lui. Et je n'avais donné d'explication à personne. Pas même à Dizzy. C'était ma douleur, ma douleur à moi seule. Enfin, à moi et à Catherine.

Hugo et Jason voyaient bien que quelque chose n'allait pas et gardaient leurs distances, mais Avi n'arrêtait pas de m'appeler en affirmant que tous ces gens désiraient me rencontrer et entendre parler du Dragonfly. Je n'avais pas envie d'y aller. Je lui avais répondu dix fois que je ne voulais pas. Jusqu'à ce que ça me frappe. Les start-up étaient en permanence à la recherche de capitaux auprès de gens dans ce genre-là. Pourquoi pas le Dragonfly ? Peut-être qu'un de ces vautours de capitalistes voudrait s'acheter une crédibilité aux yeux de la communauté… J'étais donc là tel un présentateur de nuit faisant un publireportage, en train de vanter le Dragonfly comme s'il coupait en rondelles, débitait en dés et taillait des frites, et eux étaient des insomniaques aux cartes de crédit quasi illimitées.

« Et Apollo Books & Music ? s'enquit Larry. Que savez-vous sur eux ?

— Quelle que soit la succursale où vous allez, les toilettes sont toujours derrière le rayon Enfants. »

Je savourai une nouvelle rafale de rires. Ils me mangeaient dans la main. J'étais sacrément charmante.

« Apollo Books & Music appartient à la famille McNeil, poursuivis-je. Ils possèdent vingt-cinq magasins en Californie du Nord et au Nevada. Livres, CD, DVD… Et leurs magasins sont trop grands. Mille mètres carrés pour vendre des livres ? Soyons sérieux ! Ce n'est pas pour rien qu'une moitié du magasin seulement leur est consacrée. Sans doute ont-ils besoin de vendre tous ces autres trucs de pacotille pour se maintenir à flot. Et puis, des CD et des DVD à l'ère d'iTunes ? C'est grotesque. Je suis convaincue qu'il nous suffit d'attendre.

— Qui, nous ? demanda Larry.

— Le Dragonfly.

— Vous pensez pouvoir les éliminer ?

— Je pense qu'on peut tout faire. »

Je n'allais pas le dire ici, devant tous ces gens que j'espérais voir investir dans le Dragonfly, mais l'endroit où les lecteurs achetaient leurs livres ne me posait aucun problème. Apollo, Amazon, Barnes & Noble, e-books, Dragonfly… Qui s'en souciait ? D'après moi, le problème n'était pas où ils les achetaient mais qu'ils n'en achetaient pas assez. Nous avions encore besoin de vitrines, ne serait-ce que pour leur rappeler qu'on était là, avec des personnes à l'intérieur qui savaient de quoi elles parlaient. Il était impossible que le Dragonfly mette Apollo en faillite, et je ne pensais même pas qu'il aurait dû le faire. Ce qui ne m'empêchait pas de déployer le genre de bravade de chef d'entreprise que j'avais vu un millier de directeurs adopter un millier de fois. Je m'attendais plus ou moins à ce que les invités de cette soirée sortent des cartes de bingo version business et se mettent à cocher des cases.

Alors qu'on servait à manger, j'observai Dizzy par-dessus mon verre – Avi avait insisté pour que je l'amène. Il était en train de parler à deux types en polo. Il dessinait je ne sais quoi sur une serviette en papier et agitait les mains tout en discourant. Je n'avais pas besoin d'entendre ce qu'il racontait pour savoir qu'il parlait de codage. Le visage rayonnant de joie, il arborait un sourire un peu forcé comme chaque fois qu'il se shootait aux algorithmes. Et il riait de ce rire à défier la mort qui n'appartenait qu'à lui. Mon cœur s'allégea un peu en regardant mon ami. Avi m'avait promis qu'il trouverait des personnes avec qui parler. J'étais contente de voir que c'était vrai.

Je chopai un autre verre de vin sur un plateau qui circulait et allai m'asseoir dans une chaise longue en teck devant la piscine à débordement. Par-delà le murmure de la cascade qui jaillissait au milieu du bassin, j'entendais une douce mélodie de jazz fusion et les conversations de personnes qui n'avaient aucun souci à se faire pour payer leur facture d'électricité. C'était une de ces rares nuits dans la baie de San Francisco où il est possible de rester dehors sans enfiler une veste. Je n'aurais pas été étonnée d'apprendre qu'Avi avait commandé spécialement une température tropicale en même temps que les sushis servis à l'apéritif. Et ça me plaisait. J'en voulais encore.

J'ouvris les yeux en entendant claquer des talons hauts. Avi envoya promener ses mules et se lova dans une chaise longue à côté de moi. Elle tenait son verre tout près du bord, comme pour l'empêcher de tomber par terre. Ce qui n'aurait eu aucune importance, vu que des dizaines d'autres attendaient sur les plateaux du traiteur. Chez Avi, il y avait toujours plus de tout.

« Tu t'amuses bien ? me demanda-t-elle.

— Miraval, c'est pour les gogos ! »

Elle se pencha et me prit la main, un peu comme l'aurait fait une sœur.

« Je suis très contente que tu aies accepté de venir, dit-elle.

— Merci. Et pas seulement pour ce soir.

— J'espère m'être comportée en amie…

— La meilleure qui soit ! Du genre qui est de bon conseil et a une maison que je considère comme un lieu de villégiature. »

Elle rit et s'assit au bord de la chaise longue, penchée sur ses mains croisées.

« J'attendais plus tard pour te parler d'un truc, mais je n'ai pas la patience… Viens avec moi. »

Nos chaussures dans une main et nos verres de vin dans l'autre, nous partîmes en gloussant comme deux collégiennes qui s'introduisent dans le bureau du principal en douce pour taper dans la réserve de shit confisquée. Je la suivis dans un couloir jusqu'à une pièce qui apparemment lui servait de bureau. Comme tout le reste de la maison, la pièce avait un côté à la fois féminin et puissant. C'était celle d'une femme qui savait exactement qui elle était et quelle était sa place dans le monde. Une forteresse du style je-vous-emmerde recouverte de velours chenille. *Un jour…* me dis-je dans mon for intérieur. *Un jour.*

Avi m'invita à m'asseoir sur le canapé face à son bureau, sur lequel elle prit un portfolio en cuir.

Le serrant dans ses bras, elle posa une fesse au bord du bureau et me décocha un grand sourire.

« J'ai toujours pensé que le moment qui précède celui où on obtient ce qu'on veut est souvent meilleur que celui où on l'obtient pour de bon, dit-elle. Ce moment, je voudrais que tu le vives là maintenant. Ce que je m'apprête à te proposer n'est pas un cadeau. Tu l'as gagné. Mais ce moment, c'est le cadeau que je te fais. Je voudrais que tu le ressentes pleinement pour que tu t'en souviennes toujours. »

L'air se figea autour de moi. Rétrospectivement, je me demande parfois pourquoi mon esprit ne s'est pas mis à faire le tour de toutes les éventualités possibles. Mais il y avait chez Avi quelque chose de séduisant et d'excitant qui me donnait toujours envie de vivre le moment suivant, quel qu'en soit le coût.

Elle me tendit le portfolio. Je le pris avec toute l'impatience qu'avait fait naître en moi son préambule. Je l'ouvris. Dans le rabat intérieur se trouvait une lettre qui m'était adressée. Une proposition. Le chiffre du salaire, imprimé en gras dans le premier paragraphe, dépassait de loin ce que j'avais espéré gagner chez ArGoNet. L'en-tête de la lettre, bien que remanié, était immédiatement reconnaissable : Apollo Books.

Avi s'accroupit face à moi et sourit de me voir troublée.

« On les a rachetés. Moi, Larry et quelques associés. Nous avons investi notre argent pour former un groupe d'acheteurs et apporté un capital en plus de celui qui vient d'un des fonds de l'entreprise. Tu as fait la connaissance de Jim tout à l'heure. C'est lui qui dirige le fonds.

— Vous avez racheté Apollo.

— Oui. Et on voudrait que tu nous aides à le gérer. Que tu en fasses bien plus que ce que ça représente actuellement. C'est une chaîne, certes, mais uniquement parce qu'ils ont un grand nombre de magasins. En réalité, ce n'est qu'une affaire familiale, et c'est comme ça qu'ils la dirigent, en perdant de l'argent par poignées. Mais nous allons l'amener à un niveau où nous pourrons rivaliser avec de plus grandes chaînes. Et tu vas nous y aider. »

Une ruche de questions bourdonnait dans mon ventre. Je n'arrivais pas à en attraper une assez vite avant qu'une autre ne se présente.

« Dès que je t'ai vue, j'ai su que tu étais exceptionnelle, reprit Avi. Rien ne me réjouit plus que de découvrir du talent là où on ne l'attend pas. En quelques mois à peine, tu as fait de cette petite boutique une affaire qui a de la valeur. Enfin, autant que peut en avoir une librairie d'occasion ! Mais surtout, nous croyons en toi. Et nous voulons qu'Apollo soit bien davantage qu'un magasin qui vend des livres et de la musique. On veut entrer dans les nouveaux médias, dans une nouvelle ère, avec des salles de méditation et des lieux de rencontre où les gens viennent brasser des idées, débattre et philosopher. La culture de l'amour des livres que tu as créée au Dragonfly peut progresser encore et encore. Les éditeurs te supplieront de promouvoir leurs livres. Et pour ça, ils te paieront grassement. Tu pourras mettre en avant les auteurs que d'après toi les gens devraient connaître… Tu influeras sur la pensée et le raisonnement de tous nos clients… Tu seras l'une des femmes les plus influentes de la côte Ouest ! »

Ses paroles, si belles, n'avaient rien à voir avec ce que j'aurais pu imaginer. J'allais gagner vraiment bien ma vie en vendant des livres, et dans de nouvelles librairies toutes propres où je pourrais emmener ma mère ! Je ne serais plus obligée de me nourrir de macaronis au fromage. Finis les ramen instantanées. J'aurais une voiture, une mutuelle et autant de livres que j'en voudrais. Des livres neufs.

« Et le Dragonfly ? demandai-je.

— Tourne la page… Ou mieux, apporte avec toi ce que tu aimes du Dragonfly. C'est génial, non ? Des boutiques de proximité plus petites, comme tu l'as dit. Hugo, Jason… Ils pourront travailler dans celle qu'ils voudront. Ils sont formidables. Engage une centaine d'autres vendeurs comme eux. Tu as mis au point la formule idéale. Il est temps de la reproduire une centaine de fois. »

Une image jaillit dans mon esprit : Jason et Hugo en polos assortis.

« Ce sont des personnes. Je ne peux pas juste en faire un copier-coller. »

Avi se releva, alla devant son bureau et resta plusieurs secondes immobile avant de se tourner vers moi.

« Maggie, j'ai une nouvelle pour toi, dit-elle, comme si elle annonçait à un enfant que la valeur de la dent de lait qu'on cache sous l'oreiller venait de chuter. Pour financer l'opération, nous avons dû vendre certains biens immobiliers. Le prix qu'a payé l'acheteur était de la pure escroquerie, mais dans ce genre de circonstances, il faut savoir faire ce qu'il faut.

— Je ne vois pas le rapport avec… »

Et tout à coup, je compris. La lettre que Hugo n'avait pas voulu me laisser voir. Celle envoyée par notre propriétaire.

« L'immeuble est à toi.

— Oui. Enfin, il appartenait à notre groupe. Il faisait partie des biens que Larry a apportés dans l'affaire. Je sais que tu adores cette petite librairie, Maggie. Moi aussi. C'est charmant. Mais les gens auront tôt fait de reporter leur affection sur le nouvel Apollo, j'en suis certaine. C'est un moindre prix à payer pour avoir tout ce que tu veux, non ? Maggie ? »

Je la dévisageais, je le savais, peut-être même hochais-je vaguement la tête. Mais tout cela m'avait tellement vidée que je n'avais qu'une envie : rouler sur le côté, m'envelopper dans la couverture de Hugo et dormir. Plus de Dragonfly. C'était terminé.

Avi attrapa un presse-papiers – une sorte de trophée avec des lettres gravées sur le verre dépoli –, qu'elle tourna et retourna dans ses mains, fixant la chose et non pas moi.

« Maggie, j'espère que tu n'es pas de ces personnes qui ne savent pas apprécier une super occasion quand elle se présente. »

Sans doute pour la première fois de ma vie, ma bouche était bloquée par mon cerveau. Trop de pensées s'y bousculaient. J'imaginai le moment qui suivrait celui où j'accepterais, quand j'aurais l'impression d'avoir retourné ma veste. J'imaginai ensuite le moment où je refuserais et me sentirais comme une idiote. Du coup, je ne dis rien et flottai entre les deux. Dans un autre monde, où le Dragonfly aurait survécu, je me voyais bien faire ce boulot, comme si le Dragonfly était un contrepoids à une vie que je vivrais sans lui. S'il existait, je pourrais exister ailleurs. Mais qu'en serait-il s'il n'était plus là ?

Avi afficha un grand sourire et me fit lever du canapé. Puis elle m'entraîna devant la baie vitrée. Dehors, j'aperçus Dizzy, qui parlait à un groupe plus important d'auditeurs, tous captivés par ce qui était devenu une série de dessins sur serviettes en papier.

« Il en sera aussi, dit-elle. On a également acheté ArGoNet en vue d'en faire notre nouveau département en charge des médias sociaux. Silver Needle Holdings a besoin de lui. Il pourra reconcevoir le logiciel depuis le départ. Et former son équipe comme il l'entend. Il est resté trop longtemps enterré dans des modèles d'entreprise médiocres. Vous deux ensemble… Rien ne pourra vous arrêter. »

Elle lâcha ma main et alla reprendre le portfolio sur le canapé.

« Et tu n'as pas encore vu le meilleur… »

Elle prit une brochure sous le rabat et me la tendit. Une publicité.

APOLLO BOOKS,

VOUS DEVENIR ESSENTIEL

★

Le lendemain de la soirée chez Avi, j'étais arrivée de bonne heure au Dragonfly, ainsi que j'en avais pris la décision depuis la rupture avec Rajhit. C'était un lieu de paix, où la liste des choses à faire était assez longue pour m'éviter de penser. Et comme, après la proposition surprise d'Avi, il me fallait encore plus éviter de penser, j'étais venue particulièrement tôt. Il me tardait d'avoir un moment de solitude et de tranquillité. Mais lorsque j'arrivai, Dizzy était assis au bord du trottoir devant la librairie, son ordinateur ouvert sur les genoux, portant le sweat-shirt à capuche d'une entreprise pour laquelle nous avions bossé quelques années auparavant, deux gobelets du Cuppa Joe posés près de lui. À huit heures du matin, il se shootait déjà à la caféine et à l'ambition. Je n'étais même pas sûre qu'il avait dormi.

« Oh, salut ! s'exclama-t-il quand je lui donnai un coup de pied. Moka ? »

Je pris le café et allai ouvrir la porte. Il me suivit et voulut changer le N-O-P-E en O-P-E-N, mais je l'en dissuadai d'un geste. Dizzy adorait ce machin. Seulement, je ne voulais pas de clients aussi tôt. Et une petite part de méchanceté au fond de moi ne voulait pas lui faire plaisir.

« Tu te rends compte ? Toute la sacro-sainte infrastructure à mettre sur pied ! Sais-tu combien de fois une opportunité pareille se présente ? Les moines baisent plus souvent. D'accord, les moines bouddhistes... Bon, d'accord, disons qu'un moine bouddhiste qui vit en ermite sous un volcan sans même avoir une chèvre baise plus souvent. C'est comme si on t'offrait une chaîne de librairies à diriger comme tu en as envie !

— C'est plus ou moins ce qu'ils ont fait », dis-je en lui faisant signe de ne pas s'exciter. Nous étions seuls et pourtant je jetai un œil vers les rayons comme si les livres avaient pu enregistrer ses paroles et me trahir au moment où Jason et Hugo arriveraient. Le Dragonfly, c'était terminé. Et par ma faute.

Dizzy me montra l'écran de son ordinateur, rempli de cases et de formes qui ressemblaient à du pop art des années 1960. Il s'agissait d'un schéma revu et corrigé du système ArGoNet, resplendissant de couleurs primaires. Un vrai rêve d'architecte logiciel, qui reprenait ce qu'on avait fait avant en le réinventant. On savait tout des erreurs du passé. On pouvait les éviter.

Le problème, c'est que personne ne décide d'écrire un code qui merde. Au départ, le visionnaire crée quelque chose qui répond à un besoin. Les chefs de produit étudient comment ça marchera sur le marché, définissent les paramètres commerciaux et les critères requis. Ensuite un architecte logiciel conçoit le fonctionnement, puis des ingénieurs logiciel écrivent le code. Après les réunions de conception, les passages en revue du code et les énormes factures de pizzas livrées, des testeurs le testent. Ils font alors remarquer que le logiciel ne correspond pas aux critères requis, ce à quoi les ingénieurs répondent qu'il marche comme prévu. On dresse la liste des bugs. D'autres réunions bouffent du temps à tout le monde. Les rédacteurs techniques disent qu'ils se moquent de savoir comment ça marche pourvu que quelqu'un prenne une décision. Chacun repart en pensant avoir accepté quelque chose de différent. Les concepteurs de l'interface utilisateur calculent combien de clics sont nécessaires pour accéder au centre du Tootsie Pop. Les types du marketing s'étripent pour savoir où iront les dollars de la pub. Et si tout va bien, que les planètes s'alignent et que tout le monde mange bien ses épinards, la déception qui suivra le lancement du produit sera brève.

Arrive la fois suivante. Une nouvelle version conçue avec un optimisme débridé. *On va corriger tout ce qui n'allait pas la dernière fois. On ne répétera pas les mêmes erreurs. Cette fois-ci, tout sera au point.* Mais les compromis ont tôt fait d'arriver. Il y a des falaises techniques trop dures à escalader. Puisque un « A » n'est pas possible, tout le monde se contente d'un « B », puis d'un « C » anémique. Au moment de la soirée pizzas organisée pour le lancement, où circulent les tee-shirts imprimés au nom du projet connu d'à peine cinquante personnes sur la planète, tout le monde boit de la bière très chère et du vin bon marché en essayant de ne pas avoir l'air terrifié par la réaction des utilisateurs. Les plans de la prochaine version sont déjà devant vous, aussi séduisants que des préliminaires au début de la nuit. Cette fois, vous parviendrez à construire votre chef-d'œuvre. Cette fois, tout sera différent.

« C'est carrément super génial, poupée ! Pour toi aussi. Je n'aurais jamais pensé pouvoir trouver un projet comme celui-ci avec une chaîne de librairies. Et c'est grâce à toi. Rien ne serait arrivé si tu n'avais pas épaté Avi à cette séance de masturbation intellectuelle au club de lecture. Bon sang ! Et ensuite la boutique ! De tous les trucs cul par-dessus tête, voilà une sacrée façon de rentrer dans une montagne d'or en fusion. Et ils ne me veulent pas seulement, moi ; ils te veulent, toi aussi ! Et pas comme la dernière fois. Ils pensent réellement que tu en es capable.

— Parce qu'il y avait des doutes la dernière fois ?

— Ce que je veux dire par là, c'est que c'était un truc énorme pour toi. Tu bossais dans une bibliothèque… après il y a eu ces autres boîtes, ensuite ArGoNet… C'était un vrai grand saut. »

Dizzy jeta son gobelet vide dans la corbeille et me serra dans ses bras comme un ours, son enthousiasme lui faisant perdre toute notion quant à ma capacité à respirer.

« Et si je n'en veux pas ? marmonnai-je dans sa capuche. Et si j'ai envie de… » Je faillis dire : rester au Dragonfly. Sauf que le Dragonfly ne serait plus là. « Et si j'avais envie d'autre chose ? »

Je ne réalisais pas que c'était du sérieux avant de l'avoir dit. Le dire faisait du bien. Mais j'avais peur, et toutes mes craintes de ne pas saisir la meilleure offre qu'on me ferait probablement de toute ma vie m'envahirent de nouveau. Je regardai mon ami, espérant qu'il comprendrait. J'étais lasse du Dizzy en Guerrier du Code. Je voulais juste qu'il soit simplement mon ami, un Bart Simpson adulte doté d'un méga-cerveau et d'un gros cœur d'artichaut. Mais ma phrase ricocha sur lui comme un caillou sur un lac.

« Tu vas accepter ce boulot, dit-il. C'est la seule chose intelligente à faire. Et puisque tu es intelligente…

— Ce n'est pas intelligent, c'est pratique.

— Mon Dieu ! » Il ferma son ordinateur et se retourna vers moi. « Tu veux quoi ? Tu te morfonds pendant des mois parce qu'on t'a virée d'ArGoNet, et maintenant ça reprend, et même en mieux. Tu vas gagner plus d'argent que tu n'en as le droit, tu vas être le visage d'une nouvelle boîte et tu me dis que tu n'en veux pas ! Que tu refuses ce qu'on t'offre sur un putain de plateau d'argent comme dans un conte de fées ! Que tu préfères rester ici dans cette petite librairie merdique plutôt que te construire une vie ! À propos, t'en es où avec ce type ? Parce que tu crois que je ne suis pas au courant que tu ne vois plus ce type dont tu étais raide dingue ? Qu'est-ce que tu fous, Maggie ? Tu as arrêté de le voir parce qu'il était trop génial ? Putain, explique-moi ce qui te rendra heureuse, parce qu'on meurt tous d'envie de le savoir ! »

Je n'avais même pas eu le temps d'allumer la lumière que déjà on exigeait de moi des réponses que je n'avais pas. Dizzy et moi restâmes là un moment à nous dévisager dans le silence gris du Dragonfly. Des gens passaient sur le trottoir. Un chien aboya devant la porte, se rappelant qu'on laissait toujours des friandises derrière le comptoir. La pendule sur le mur égrena une nouvelle seconde. Et là, le portable de Dizzy sonna.

Il enfonça l'écouteur dans son oreille et répondit, pile à l'instant où Jason entrait avec son vélo. Il eut l'air contrarié de me voir là, mais je me dis que Dizzy le mettrait peut-être de bonne humeur. Ou en tout cas qu'ils se distrairaient mutuellement et me laisseraient en paix. Dans mon impatience à les voir m'oublier, j'oubliai néanmoins deux choses. Dizzy était pendu à son portable et je ne lui avais pas demandé de ne pas parler de la proposition de boulot.

« Oui, oui, un nouveau centre de données, dit-il dans son téléphone. Les gens avec qui on traite maintenant seraient incapables d'ouvrir un parapluie en plein orage.

— Pas de portables ici, mon vieux », lui rappela Jason.

Dizzy écarta les bras comme pour dire : « Il n'y a personne. On s'en fout. »

Jason s'approcha du comptoir et, les yeux écarquillés, me lança un regard du style : « C'est quoi ce bordel ? » Je lui répondis par un haussement d'épaules indulgent qui voulait dire : « Laisse-le tranquille », tout en cherchant comment inviter Dizzy à sortir.

« Oui, oui, elle en fait partie », dit-il en se tournant vers moi.

Je secouai la tête pour qu'il s'arrête de parler, tout en jetant un coup d'œil à Jason qui me regardait d'un air curieux.

« Lâche ce portable, mec », dit Jason en gardant un œil suspicieux sur moi.

Dizzy lui donna une tape.

« Je suis sûr que Maggie peut commencer la semaine prochaine. Il faut juste qu'elle fasse un peu de ménage.

— Va dehors, dit Jason en lui montrant la porte.

— Veuillez m'excuser une minute... » Dizzy appuya sur une touche pour mettre son interlocuteur en attente et se tourna vers Jason. « Écoute, je suis avec elle, dit-il en me désignant du doigt, sans se rendre compte que sa remarque n'avait aucun sens pour Jason. Je travaille sur un contrat avec Apollo Books qui vaut des millions de dollars. Aussi, à moins que tu ne me persuades que mon coup de fil t'empêche d'en faire autant, je vais terminer ce que j'ai à dire ! » Sur ces mots, il reprit son correspondant. « Excusez-moi... »

Une rage rentrée crispa le visage de Jason. Je la reconnus aussitôt. Je l'avais vue suffisamment sur celui de Dizzy pendant une grande partie de notre scolarité, lorsqu'il se faisait enfermer dans les vestiaires par des balèzes qui avaient deux fois sa taille et la moitié de son QI. Et maintenant, il se comportait comme eux.

Je sortis de derrière le comptoir, passai devant Jason et attrapai le portable accroché à la ceinture de Dizzy. J'entendis la voix de son correspondant à l'autre bout du fil. Je désactivai la connexion à l'écouteur et branchai le haut-parleur. Dizzy se retourna d'un bond en me voyant franchir la porte avec son téléphone. Le type à l'autre bout parlait de stratégies de négociation et de termes de contrat.

« Hé ! criai-je dans le portable en avançant sur le trottoir. Vous saviez qu'en terminale Dizzy s'était déguisé en Mae West à Halloween ? Des photos seront visibles sur Facebook pendant quelque temps.

— Qui est à l'appareil ? demanda son correspondant.

— Et la première fois qu'il a passé l'examen d'entrée à l'université, il n'a eu que 3,20 à l'oral », enchaînai-je.

Une main m'agrippa le bras. Dizzy m'avait rattrapée. Il voulut reprendre son téléphone, mais je faisais deux bons centimètres de plus que lui et brandis l'appareil vers la circulation incessante de Castro Street. La voix à l'autre bout hurla :

« Dizzy ? Dizzy ? Que se passe-t-il, bon sang ?

— Mags, arrête de plaisanter ! se fâcha Dizzy en sautant en l'air pour attraper son portable, mais je pivotai sur moi-même et m'écartai. Qu'est-ce que tu fous ?

— Excuse-toi.

— Bon, d'accord, désolé... Je te prie de m'excuser. Maintenant, rends-moi ce putain de téléphone !

— Pas auprès de moi. Auprès de Jason. »

Il s'escrimait toujours à récupérer l'appareil en cherchant le point faible dans ma défense.

« Désolé, mon pote ! » lança-t-il par-dessus son épaule.

Je me retournai vers lui, et il cessa de batailler quand j'arrêtai de tenir le téléphone hors de sa portée. Jason était planté sur le seuil de la librairie sans savoir s'il devait ou non intervenir.

« Pourquoi tu m'as amenée ici avec toi ? demandai-je à Dizzy.

— De quoi tu parles ?

— Tu tenais le monde par le bout du nez... Tu n'avais pas besoin de moi.

— Non, mais toi, tu avais besoin de moi. Nom d'une pipe en bois, Mags... Tu faisais du surf sur canapé, tu n'avais même pas de quoi te payer un verre, tu couchais avec des camés... J'étais censé faire quoi ? »

Je me tournai vers les voitures et balançai son téléphone sous les roues d'une Prius qui passait par là. Dizzy se tint à mes côtés pendant que nous regardions les pneus noirs rouler dessus. Le bruit fut très satisfaisant, comme quand on écrase une canette vide, et je ressentis le frisson de quelqu'un qui venait de dépasser un tantinet les bornes.

« Tu m'en veux parce que je te dis la vérité, dit-il.

— Je t'en veux parce que tu penses que c'est la vérité. »

Dizzy dut attendre que passent encore deux voitures avant d'aller ramasser ce qui restait de son portable. En gros, ce n'était plus qu'un assemblage de plastique et de circuits en forme de gaufrette fourrée.

« Un jour, tu me remercieras d'avoir fait ça, ajoutai-je. D'ici là, tu n'approches pas ton cul de ma librairie. »

Je retournai au Dragonfly. Jason s'écarta d'un bond pour me laisser entrer. Je m'affalai dans un fauteuil, la tête dans les mains. Des larmes aussi épaisses que de la pâte à gâteau roulèrent sur mes joues.

Jason s'assit au bord de son fauteuil, les mains croisées entre les cuisses, jusqu'à ce que Grendel abandonne sa place dans la vitrine et lui saute sur les genoux.

« Tu as vraiment un job chez Apollo ?

— On m'a fait une offre.

— Une bonne ?

— Oui. »

Il haussa les épaules et balança ses pieds, qui ne touchaient pas le sol. Grendel fourra sa tête au creux de son bras.

« Et tu vas accepter ? »

Je voulais lui parler du bail, lui dire que bientôt il n'y aurait plus de Dragonfly et qu'il n'y aurait pas de place pour moi si je refusais. Mais je voulais d'abord en discuter avec Hugo. Aussi je haussai les épaules et pleurai encore un peu. Jason se tortilla comme quelqu'un qui ne sait désespérément pas quoi faire.

« Rahjit et moi avons rompu », dis-je.

Il hocha la tête.

« Tu veux un bagel à la myrtille ? »

Il s'absenta plus longtemps que je ne l'avais escompté. Mais lorsqu'il revint avec un sac Posh Bagel, il tenait également deux Big Gulp.

« ICEE bleu ou ICEE rouge ? » me demanda-t-il. Je pris le bleu.

★

Une brume soyeuse s'étendait sur le début de soirée tandis que je scrutais les panneaux indiquant le parc à travers le pare-brise de la Volvo de Hugo. Il faisait nuit, je roulais dans les montagnes de Santa Cruz. Je n'avais aucune idée de ce que je faisais là. Finalement, à travers les arbres, mes phares attrapèrent des morceaux de stands aux couleurs de Lego. Je sus que j'avais trouvé l'endroit.

C'était un jour spécial pour Hugo comme pour Jason. Il se trouvait que Hugo, et ça ne surprenait personne, avait assisté à la fête donnée à Berkeley dans les années 1960 d'où était née la Society for Creative Anachronism. Et ce soir, on le fêtait en lui conférant le titre d'Anno Societatis I, c'est-à-dire de membre de la première année de la société. Ce matin, j'avais failli péter un câble en le voyant se pavaner dans un costume de noble élisabéthain que Jason lui avait dégotté.

« Ça me va bien, non? dit-il en levant vers moi une coupe dorée, sous les applaudissements des clients qui remplissaient la boutique. Je vais le mettre tous les jours. »

L'idée venait de Nimue. Depuis qu'elle avait appris que Hugo avait participé à cette abominable fête à Berkeley, elle l'invitait sans cesse à des événements, ce qu'il refusait toujours avec galanterie. Et quand je dis « galanterie », je veux dire qu'il s'inclinait, l'appelait « *my lady* » et *tutti quanti*. Parfois, je pense qu'elle le lui proposait rien que pour qu'il refuse de cette façon. Mais c'était finalement Jason qui l'avait convaincu d'enfiler des hauts-de-chausses. Ce soir, une cérémonie était organisée pour ceux qui avaient contribué au Royaume des Brumes au cours de l'année précédente. Un nouveau roi serait couronné après la guerre et honorerait les serviteurs de son nouveau royaume, parmi lesquels figurait Jason, alias Frederick le Barde. Hugo ne voulait surtout pas rater ça. Moi non plus.

Je me garai sur le parking en plein air et respirai à fond. Jason savait qu'on m'avait proposé un boulot, mais pas que le Dragonfly allait perdre son bail. Hugo savait pour le bail, mais pas pour le boulot. Personne ne savait que Rajhit était Henry. Tous ces secrets pesaient lourd sur mon estomac.

Je vérifiai une énième fois mon portable. Je n'avais plus eu de nouvelles de Dizzy depuis notre dispute. D'après son mur Facebook, il était parti rencontrer un groupe de développeurs à Portland la veille au soir. Silver Needle Holdings comptait déménager l'ensemble de l'équipe de développement là-bas en vue de réduire les dépenses. Et comme rares étaient les codeurs d'ArGoNet prêts à y aller, Dizzy était passé en mode recrutement intensif. Il faudrait bien davantage que l'équipe squelettique qu'il lui restait pour concrétiser les projets d'Avi et de ses associés. Quant à Avi, elle avait embarqué à bord du paquebot Silver Needle en me croyant au bar, où elle me rejoindrait plus tard, alors que j'étais encore sur le quai, assise sur un rouleau de corde à suer sur mon billet.

Je laissai la voiture, puis, une lampe torche à la main, je remontai le sentier en direction des stands, de la musique et de l'odeur de viande rôtie, tout en priant pour qu'un lion des montagnes affamé ne traîne pas dans les parages. En croisant une femme habillée comme la fille sur la bière St. Pauli, enlacée à un type qui avait l'air de sortir d'une de mes romances historiques, j'eus la confirmation que je n'étais plus très loin. Après avoir demandé mon chemin à plusieurs personnes, je finis par trouver le campement où séjournaient Jason et Hugo.

« Quelle journée ! s'exclama Hugo. Un groupe qui fait dans la reconstitution de la Seconde Guerre mondiale avait réservé le terrain pour le même jour, si bien qu'ils se sont joints à nous, et on a vu défiler des Lancelot et des GI tout l'après-midi.

— Et on a choisi un roi ce matin, lui rappela Nimue. C'est important aussi. »

Elle décrivit avec force détails le poème que Jason avait écrit pour la proclamation du roi nouvellement couronné. Toutefois, quelque chose dans son ton me donna l'impression que le roi l'intéressait plus que le poème.

« Ça peut arriver, dit Jason, parlant du cafouillis concernant le terrain ce jour-là. On a beau faire attention au moment où on réserve, l'organisation n'est pas notre point fort. Une année, on a eu un châtelain du royaume qui était par ailleurs chef de projet chez Oracle. Il a tout préparé jusque dans les plus menus détails et a posté un tableur sur Google Docs, où tout était planifié pour que tout le monde puisse en prendre connaissance. Mais personne ne l'a jamais lu.

— C'est terrible, dis-je.

— Ça l'a été en tout cas pour lui. Comme il râlait car personne n'avait respecté ses consignes, ils l'ont mis sur un radeau en pleine nuit et il s'est réveillé au milieu du Loch Lomond. »

Sasha et Dae-Jung, qui étaient là également, me montrèrent la robe et les accessoires qu'ils avaient empruntés à une amie plus ou moins de ma taille. Ils m'emmenèrent aux toilettes du parc, où ils durent m'expliquer comment enfiler le costume. Les toilettes grouillaient de servantes et de duchesses en train de se pomponner et de se gonfler les cheveux en se bousculant et en se poussant. Toutes les cabines étant occupées, je ravalai ma fierté et m'installai derrière la barrière en bois installée devant la porte qui dissuadait un éventuel voyeur d'entrer se rincer l'œil.

« Imagine que c'est un paravent comme dans les vieux films, suggéra Dae-Jung de l'autre côté de la barrière, après que Sasha eut été appelée pour régler un problème de réchaud. Si on n'était pas dehors et devant des toilettes publiques, ça pourrait être très élégant. »

J'aimais bien Dae-Jung. Je savais que Dizzy et lui s'étaient beaucoup vus. Et qu'il ne devait pas ignorer que nous nous étions disputés. Si bien que, pendant que j'enfilais la robe par-dessus mon slip et mon soutien-gorge quasiment aux yeux de tous, j'hésitais à parler de mon meilleur ami à ce quasi-inconnu.

« Dizzy et moi, je crois qu'on ne se verra plus, dit-il brusquement, me sortant de ce dilemme.

— Ça va ? m'inquiétai-je au bout de quelques secondes.

— Il dit qu'il va s'installer à Portland. Il n'a même pas fait allusion aux conséquences que ça aurait pour nous. Ce n'est pas qu'on soit ensemble depuis longtemps, mais il n'a même pas fait semblant de vouloir qu'on continue. Ça remonte à la semaine dernière, et depuis, je n'ai aucune nouvelle. Je suppose donc que c'est fini. »

Suffisamment vêtue pour passer de l'autre côté de la barrière, je rejoignis Dae-Jung, qui, adossé au mur dans sa tenue d'écuyer, faisait un gros effort pour ne pas avoir l'air anéanti de s'être fait plaquer.

« Il m'est arrivé la même chose il n'y a pas très longtemps, dis-je. Sauf que j'étais avec ce type depuis deux ans.

— Et après, qu'est-ce que tu as fait ?

— Un autre est apparu.

— Et tu es avec lui ?

— Euh… non.

— Tu n'es pas très douée pour ça, on dirait.

— On dirait bien, en effet. »

Dae-Jung me serra dans ses bras.

« Dizzy est un peu con, non ?

— Ça lui arrive. »

Il recula pour me toiser, puis m'aida à mettre la ceinture qui se drapait autour de la taille et retombait sur le côté. Ma robe, vert sombre avec un décolleté arrondi, n'était pas très différente de celle de l'héroïne sur la couverture de *La Rebelle*. Je tirai mes cheveux en arrière, puis plaçai le voile en coton blanc sur le haut de ma tête et le fixai avec le diadème argenté. La traîne de la robe avait beau être un peu encombrante, et le diadème avoir tendance à se balader, j'avoue qu'être habillée pour un soir en dame de la Renaissance me faisait très plaisir. Porter cette robe aussi splendide que raffinée me rappelait que je pouvais me sentir jolie. En me regardant dans le miroir piqueté des toilettes, il me vint une idée. Je tendis mon portable à Dae-Jung.

« Prends-moi en photo. Je vais la mettre sur Facebook et horrifier ma mère. »

À notre retour dans la tente, Jason nous attendait costumé de pied en cap, un luth à la main, l'air d'un vrai troubadour de la Renaissance. Nous nous rendîmes tous ensemble à la cérémonie. Excepté Hugo et moi, tous les participants chantaient une chanson à boire grivoise dont chacun connaissait les paroles. La cérémonie en question ressemblait à ce à quoi on peut s'attendre de la part de personnes qui occupaient chacune des heures où elles ne travaillaient pas à fabriquer des armures ou à broder des robes. C'était une cérémonie en si grande pompe qu'elle aurait fait passer un mariage royal britannique pour une petite affaire intime. Et Jason était là, devant tout le monde, en train de s'incliner devant son roi et d'accepter ses éloges sans piper mot. Je ne savais pas trop quel était ce monde, où évoluait un Jason silencieux et respectueux, mais il me plaisait bien.

En repartant vers la tente, nous fîmes une halte près d'un immense feu de joie devant lequel se déroulait une danse avec de profondes révérences et les manifestations de flirt les plus éhontées que j'avais jamais vues, y compris dans mon Sud natal. Et au milieu de tout ça se trouvait Nimue, qui dansait avec son nouveau roi en jouant la jeune vierge effarouchée.

Hugo et moi nous assîmes sur une souche pour regarder. Un moine nous tendit deux chopes de cidre de poire. L'air sentait l'huile de patchouli, le henné et le chêne brûlé. Lorsque quatre ménestrels entamèrent une gigue, les danseurs laissèrent tomber leurs poses majestueuses pour se mettre à sautiller et à tourbillonner dans un joyeux abandon. J'entortillai mon bras à celui de Hugo et m'appuyai sur son épaule, me laissant sombrer dans cette merveilleuse étrangeté.

« Quelle bande de geeks ! dis-je. Et ils achètent des tas de livres. Que le Seigneur les aime tous.

— Tu es une geek, toi aussi, Maggie.

— Pas comme ça. Là, c'est de l'engagement, c'est comme dire au monde d'aller se faire foutre et de vous laisser en paix. C'est super ! »

Hugo posa sa tête sur la mienne, et nous restâmes ainsi dans le silence des non-dits. Dès que les musiciens firent une pause, des renforts de bière apparurent. Quelqu'un fit circuler des viandes fumées et des dattes. Hugo et moi nous redressâmes pour manger. Une fois nos chopes vidées, je sentis sa main sur mon bras. Quand je me tournai, il regardait par terre, et je le vis ramener ses pensées tel un filet de pêche. Un bref instant, je crus qu'il savait tout de la proposition d'Avi. Je me dis que c'en était fini de mon indécision. Hugo comprendrait. Soit il me donnerait sa bénédiction, soit il m'expliquerait pourquoi il fallait que je reste. J'attendis, les battements de mon cœur se frayant un chemin à travers l'engourdissement dû à la bière.

« Le Dragonfly va perdre son bail, dit-il. Je ne me sens pas capable de recommencer ailleurs. Pas à ce stade de ma vie. »

C'était la première fois que je pensais à lui comme à un vieux. Des rides plissèrent ses yeux tandis qu'il me regardait d'un air peiné.

« J'ai cru que je pourrais redresser la situation. Mais l'immeuble a été vendu et ils vont y ouvrir un

Cheesecake Factory. Ce sera comme si un casino de Las Vegas s'installait à Mayberry. »

L'entendre dire cela me faisait si mal au ventre que la seule chose à laquelle je pus penser fut de lui ôter ce poids des épaules.

« On devrait fermer la librairie, dis-je.

— Toi et Jason pourriez la reprendre. Je vous donnerais ma part.

— On m'a proposé un boulot », ajoutai-je avant même de m'en être rendu compte.

Hugo sourit, l'œil brillant, et prit mes mains dans les siennes. Il n'en avait rien su, mais il venait de me donner ma réponse. Je le vis soudain éprouver le soulagement qu'on ressent quand quelqu'un prend les décisions à votre place. J'aperçus Jason de l'autre côté du feu, en train de rire et de fixer Nimue pour partager avec elle ce qu'il y avait de drôle, mais il réalisa qu'elle avait le regard ailleurs. J'imaginais déjà le Dragonfly comme une carcasse vide, les piles de cartons et les marques noires sur la moquette laissées par les étagères. Je commençais à percevoir pleinement tout ce qui allait mourir. Hugo et moi restâmes là un moment, parmi ces innombrables personnes qui adoraient le Dragonfly, seuls conscients de sa prochaine disparition, mais sereins. Nos clients s'en remettraient. Dans quelques années, ils continueraient à parler du Dragonfly, de Hugo, de Jason et peut-être même de moi. Mais les lieux où acheter des livres ne manquent pas. Ils passeraient à autre chose. Et le Dragonfly ne serait plus qu'un de ces endroits comme leur bar favori du temps où ils allaient à la fac ou la *taquería* disparue depuis belle lurette où on servait des super gaufres.

« Je voulais mieux pour toi et Jason, dit Hugo. Je voulais que le Dragonfly soit davantage que ça.

— On voulait tous des tas de choses formidables, répliquai-je en m'appuyant de nouveau contre lui, sentant son bras m'enlacer.

— Va trouver ton geek intérieur, Maggie. Et ne t'éprends de personne qui ne t'aimera pas pour ce que tu es. »

Mon père n'était pas un mauvais homme. Il y avait toujours eu à manger sur la table et des vêtements sur mon dos. J'avais fait de bonnes études sans avoir dû les payer moi-même. Je n'avais envie de rien, sauf de moments comme celui-ci.

Hugo et moi demeurâmes là un moment avant qu'il ne décide d'aller se coucher. Je le raccompagnai à la tente, où nous passâmes encore quelques instants silencieux, retranchés dans nos décisions. Après lui avoir souhaité bonne nuit, je me promenai autour des feux de camp qui brûlaient encore, alimentés par les rires et les vantardises lancées à haute voix. Je ne pensais ni au Dragonfly, ni à Apollo, ni à Hugo. Je voulais penser à Jason et à ce que serait pour lui une vie sans le Dragonfly, mais il n'y avait plus de place dans mon cerveau. Mon cœur avait mal, ma tête était fatiguée. Je voulais juste errer jusqu'à ce que je ne sois plus capable que d'une chose : dormir.

Et soudain, à travers la musique et les cris de joie avinés, fusa un rire. Le rire de Dizzy.

Je l'avoue, ma première réaction fut de me cacher. J'eus soudain une conscience aiguë de la façon dont j'étais habillée. J'avais fini par oublier mon costume, et je ne voulais pas que Dizzy me voie ainsi. Les choses allaient déjà assez mal entre nous. Je ne pouvais imaginer la peine qui m'attendait. Mais je me souvins ensuite que si je me sentais aussi bien, c'était parce que tout le monde était déguisé. Ce qui voulait dire que Dizzy serait habillé comme moi. Enfin, pas vêtu d'une robe, du moins, je l'espérais. Et la curiosité de voir ce qu'il portait l'emporta sur mon embarras.

Laissant son rire me guider, je finis par le repérer, assis avec d'autres gens autour d'un feu, vêtu d'un treillis de la Seconde Guerre mondiale, un casque et un fusil sur les genoux, en train de brandir une chope en étain. Je ne sais pas trop de quoi j'avais l'air dans mon costume, mais, au moment où je sortis de l'obscurité et m'avançai dans la lueur des flammes, je dus lui faire l'effet d'un spectre shakespearien revenu le hanter. Toujours est-il que, dès qu'il m'aperçut, il lâcha son arme et bascula par terre. Les deux jeunes chevaliers qui l'entouraient éclatèrent de rire et levèrent leurs chopes en l'air, tout en le remettant sur la souche, avec un aplomb qui me laissa penser qu'ils avaient déjà remis pas mal de gens sur des souches.

De nouveau assis et droit, Dizzy détourna la tête pour que je ne voie pas son visage. Je contournai le groupe et, tandis qu'il jetait des coups d'œil dans tous les sens pour voir où j'étais passée, je me plantai derrière lui. D'un geste qui, au bout de tant d'années, était devenu aussi automatique que me brosser les dents, je lui enlevai sa casquette et le tapai avec sur la tête.

Au milieu des rires déchaînés, Dizzy se retourna lentement, puis leva les yeux vers moi. Je lui fis signe de me suivre.

« Tu participes à ce truc depuis longtemps ? demandai-je.

— C'est la première fois, répondit-il en haussant les épaules. Dae-Jung a pensé que ça pourrait me plaire. Il connaissait un type.

— Il est là, tu sais. »

Il fit mine de ne pas avoir entendu.

Je lui montrai une souche, sur laquelle on alla s'asseoir, regardant le campement plus bas. Il sortit une flasque de sa poche arrière et me la tendit avant de boire lui-même. Que Dizzy puisse être un enfoiré ne signifiait pas qu'il n'était pas un gentleman. Je bus une gorgée. Dieu merci, c'était du bourbon, pas du vin !

« Tu as mis sur Facebook que tu partais à Portland. »

Il enfonça la crosse de son fusil dans la terre devant ses pieds.

« Je ne voulais pas que qui que ce soit sache ce que je faisais ce week-end.

— Le Dragonfly va fermer. »

D'un seul coup, ce fut comme si quelqu'un l'avait rebranché. Il sourit jusqu'aux oreilles et rebondit autant que lui seul pouvait le faire.

« Tu viens à Portland. J'en étais sûr ! Tu vas venir à Portland… On va être foutrement géniaux ! Ce sera comme avant. »

C'est ce qui m'a fait me décider. Pas la sagesse de Hugo, ni les propositions alléchantes d'Avi, ni même mon compte en banque raplapla. Dizzy me montrait mieux que tout que je n'étais plus la même qu'au début de l'été. Je ne voulais pas être foutrement géniale. Je voulais compter. Je lui fis signe que non et le vis se décomposer.

« Tu n'as pas l'intention d'accepter ce job de rêve ? »

Je secouai à nouveau la tête.

« Mais qu'est-ce que tu vas faire ? Tu as une autre proposition ? »

Je haussai les épaules.

« Je vais peut-être ouvrir une autre librairie. J'ai déjà du stock.

— Je n'arrive pas à croire que tu es venue jusqu'ici en Californie pour tenir une librairie de livres d'occasion merdique !

— Je suis venue jusqu'ici en Californie pour être avec mon meilleur ami. »

Je sentis qu'il m'observait de côté, et c'est là que c'est arrivé – le battement de cœur qui a séparé le temps où Dizzy était mon meilleur ami de celui où il ne l'était plus. Et il a fallu qu'on soit tous les deux déguisés en ce que nous n'étions pas pour que je le voie. Il partirait à Portland, je resterais ici. On s'enverrait des textos, on chatterait par vidéo, et je l'aimerais toujours. Mais plus jamais nous ne serions comme nous avions été. Aucun des principaux événements de mon amitié avec Dizzy n'avait été scellé avec des mots. Jamais nous ne nous étions déclaré l'amitié ou l'affection que nous avions l'un pour l'autre. Elle était là, un point c'est tout. Et elle l'était toujours. Sauf que ce ne serait plus pareil. Nous allions nous séparer. Désormais, nous nagions dans des rivières différentes.

Il me tendit sa flasque. Tandis que la lave tiède du bourbon se répandait en moi, pour je ne sais quelle raison, je songeai à la nouvelle de James Joyce « Les Morts », à ce moment, dans le salon, où Gretta, hypnotisée par la dernière chanson de la soirée, est envahie par la nostalgie de ce qu'elle a de plus sensible en elle-même.

« Je t'aime bien comme ça, dis-je. En soldat de la Seconde Guerre mondiale. Très viril.

— Tu peux parler, lady échalote !

— Tu veux sans doute dire Lady of Shalott.

— Oui, quelque chose dans ce genre-là. »

Au début, les flashs de lumière rouge au loin semblèrent faire partie de la nuit et clignoter à son rythme. Mais, très vite, mon esprit se désembua, malgré le cidre et les volutes de cannabis qui flottaient dans l'atmosphère.

« On dirait qu'il y a un problème, dit Dizzy en montrant les flashs. On devrait peut-être rentrer. »

Nous descendîmes la pente et emboîtâmes le pas à d'autres gens qui se dirigeaient vers l'ambulance qui approchait. Plus loin, par-dessus les voix surexcitées, je crus entendre crier mon nom, mais je n'en fus pas certaine. Alors que nous approchions des lumières, j'aperçus Jason qui courait vers moi. S'il me cherchait, c'était que...

Je me précipitai vers l'ambulance, Dizzy sur mes talons, vers les infirmiers qui étaient en train d'appuyer en rythme sur le torse de Hugo.

13

Briser la terre gelée

Qu'est-ce qui est pire ?
Avoir ça et ne jamais poser les yeux sur vous ?
Ou ne jamais avoir eu ça du tout ?
– Henry

Nous étions dans la salle d'attente des Urgences, juste après minuit, quand fut prononcé pour la première fois le mot *attaque*. D'autres personnes, angoissées de savoir comment allaient leurs proches, s'écartèrent de nous. Je crus tout d'abord qu'elles voulaient se tenir à distance des mauvaises nouvelles qu'on venait d'apprendre de peur d'être contaminées par notre malchance. Mais au moment où je ramassais la traîne de ma robe pour qu'elle ne s'emmêle pas dans les roues de la civière où était étendu Hugo, je me rendis compte que Jason, mes copains et moi étions encore dans nos costumes Renaissance, et Dizzy en treillis. Que nos vêtements les inquiètent était curieux. Après tout, l'agent de sécurité avait confisqué les sabres et les fusils à l'entrée.

Une fois dans l'unité de soins intensifs, je donnai des instructions à nos amis. Appeler Robert. Trouver de quoi nous changer. Mettre un mot sur la porte du Dragonfly. Le cœur rempli d'espoir, ils partirent en courant accomplir leur mission. Tant qu'il y aurait quelque chose à faire, tout irait bien. Nos chevaliers et nos dames nous laissèrent, les éperons de chevaux imaginaires résonnant sur le carrelage. Je me retrouvai avec Jason à regarder fixement Hugo derrière une vitre dans l'unité de soins intensifs.

« Qu'est-ce qui va se passer ? demanda Jason.

— Je ne sais pas, répondis-je à son reflet sur la vitre en regardant s'il tenait le coup.

— On saura quand ?

— Le médecin a dit qu'il repasserait vers midi avec les résultats des analyses. On en saura plus à partir de là.

— Et s'il arrive quelque chose avant ?

— Un autre médecin viendra.

— Tu en es sûre ? »

Cette question naïve me parut bizarre, venant de sa part. Je cessai de fixer son reflet et me tournai vers lui.

« Oui. C'est comme ça que ça se passe », commençai-je.

Mais aussitôt je me tus, réalisant que Jason avait probablement une plus grande expérience que moi des hôpitaux et des médecins, et que c'était de là que venait sa peur. « J'y veillerai, dis-je. Je te le promets. »

Dans la salle d'attente, j'enlevai ma cape, que je proposai à Jason en guise d'oreiller. Il avait besoin de s'allonger. Les chaises alignées n'avaient pas d'accoudoirs, et on avait le droit de s'étendre dessus, contrairement à celles de la salle d'attente des Urgences, où l'inconfort semblait obligatoire. Lorsque le concierge de nuit passa une serpillière sur le sol, je reconnus l'odeur du désinfectant d'hôpital dans l'eau sale savonneuse. Je notai sur mon portable d'apporter de l'encens dans la chambre de Hugo. Après quoi, je postai un message sur la page Facebook, le compte Twitter et le site de la librairie pour prévenir que la boutique fermerait pendant quelques jours. D'autres informations seraient communiquées par la suite. On rouvrirait dès que possible.

*

Le médecin revint comme promis. Le lendemain, il restait encore un léger espoir. On nous autorisa à voir Hugo, un seul à la fois et pas plus de quinze minutes toutes les deux heures. Je lui massai les pieds. Robert se planta à côté de son ami en scrutant les moniteurs, comme s'il s'agissait d'un bilan comptable qu'il ne parvenait pas à comprendre. Sa femme, Charlene, arriva à son tour, et ils se tinrent par la main dans la salle d'attente, la tête inclinée pour prier. Quand ce fut le tour de Jason d'aller voir Hugo, il s'assit au bout du lit et lui lut des nouvelles de Jack London. J'entendais sa voix assourdie derrière la vitre. Il lisait bien, avec lenteur et détermination, comme s'il essayait d'amadouer un animal affolé au coin du feu. L'écouter me réconforta. Néanmoins, ce qui me trottait dans la tête n'avait rien à voir avec des paysages crissant de neige et des hurlements de loups solitaires. Je voyais Hugo à dix-neuf ans dans une veste de marin de surplus errer sur les quais brumeux de San Francisco, *L'Appel de la forêt* dans sa poche, les pages cornées à force d'avoir été lu et relu. En regardant son visage, j'imaginais que sa bouche tombante était un vague sourire et que lui aussi songeait à ce jeune homme.

Je vis sur mon portable que ma mère avait appelé à deux reprises en me laissant un message. Il m'était impossible de m'occuper d'elle pour l'instant. Plus tard. Tout était remis à plus tard.

★

Que quelqu'un reste là en permanence relevait de l'évidence, on décida donc de venir à l'hôpital à tour de rôle. Je choisis la nuit. Au début, il m'était plus facile d'être là que chez moi. Mais la troisième nuit, le manque de sommeil me rattrapa au point que je n'arrivais plus à garder les yeux ouverts. Je ne savais plus à quelle heure je m'étais endormie, mais la première chose que je vis en me réveillant fut la couverture à élans qui m'enveloppait.

Je me redressai en jetant un regard alentour. La seule autre personne présente dans la salle d'attente était assise sur la chaise à côté de moi et, pendant quelques secondes embrumées, je dévisageai ma mère.

« Tes cheveux sont en piteux état, dit-elle en tripotant les bouts de mes mèches. Ils sont tout fourchus. »

Je restai immobile, sans savoir si je devais être contente ou embêtée de la voir là. Trop épuisée pour trancher, je laissai basculer ma tête en avant, le front sur son épaule, la couverture à élans remontée sous le menton.

« J'ai vu ce que tu avais écrit sur Facebook... Au sujet de la librairie fermée. Je me suis inquiétée.

— Tu suis le Dragonfly sur Facebook ?

— C'est là que tu m'as demandé de faire expédier le fauteuil. Et Dieu sait que je n'aurais jamais tiré de toi la moindre information... Que me restait-il comme choix? Et ensuite quelqu'un a posté un message annonçant que Hugo avait eu une attaque.

— Et tu es venue ? » demandai-je, bien que la réponse fût évidente.

Ma mère me donna une tape sur la main – presque une claque – sans me regarder.

« Je me suis dit que je pourrais aider. J'ai mis un mot sur la page Facebook en demandant si quelqu'un pouvait venir me chercher à l'aéroport. Et une sorte de jeune Indien hippie est venu m'accueillir. Il avait des tongs vertes en plastique, mais il conduisait une Infiniti. Il avait dû l'emprunter. »

Je fondis en larmes. Ma mère pencha sa belle tête contre la mienne. Je reconnus le savon à la lavande qu'elle utilisait depuis que j'étais née, l'amidon sur son pantalon et son chemisier en coton, ainsi que la laque dans ses cheveux qui voltigeait avec le Chanel N° 5.

« Il m'a emmenée chez toi. Tu m'expliqueras plus tard pourquoi il a la clé… Et comme il m'a dit que tu voudrais cette chose avec des biches dessus, je te l'ai apportée. J'ai pensé que personne ne garderait un truc aussi moche à moins que ce ne soit important. »

★

Les nouvelles concernant l'état de Hugo se propagèrent rapidement. Devant le Dragonfly, les fleurs et les cartes s'amoncelaient, notamment un énorme bouquet envoyé par Apollo Books & Music. Le lendemain, j'appelai Avi afin de la remercier, sans préciser que j'avais apporté le bouquet au service des enfants à l'hôpital. Laisser un cadeau du camp ennemi dans sa chambre ne me paraissait pas une bonne chose, même si Robert me fit remarquer que Hugo en serait peut-être sorti de son lit d'indignation.

Ma mère persuada Dizzy de ratisser Mountain View pour trouver de la « nourriture normale », de telle façon qu'il y ait toujours de quoi manger à la maison et des en-cas à distribuer dans la salle d'attente à ceux qui rendaient visite à Hugo. Le reste du temps, où que je sois, elle était avec moi, lisait *Southern Living* sur son iPad ou le roman de Barbara Taylor Bradford que Jason lui avait apporté du Dragonfly.

« Vous savez, en général, je lis assez peu, mais ça, ça me plaît beaucoup ! dit-elle à Jason en examinant le livre comme si c'était une bague ancienne dans un magasin d'antiquités.

— Jason a un don pour choisir le bon livre pour quelqu'un », dis-je.

Une autre mère aurait pu rebondir là-dessus et l'interroger sur sa vie. Lui extirper délicatement des détails en vue de reconstituer son histoire et de savoir comment les choses s'étaient passées pour lui. Elle aurait pu lui offrir un réconfort maternel, voire des conseils pour se débrouiller dans l'existence. Mais en voyant Georgine baisser les yeux sur les mains de Jason, je sus ce qui allait suivre. Ma mère allait encore manquer de tact.

« D'ailleurs, que vous est-il arrivé ? » lui demanda-t-elle en montrant du menton ses mains et sa jambe.

À mon grand étonnement, Jason ne cilla pas. Il tendit une de ses mains atrophiées pour qu'elle la voie mieux, et elle la prit entre les siennes, en l'effleurant de ses pouces comme si c'était un coquillage qu'elle avait ramassé sur la plage. Je n'avais jamais vu même Nimue lui toucher les mains, et ma mère, elle, le faisait.

« Paralysie cérébrale, répondit-il. C'est juste un terme médical à la con pour décrire un putain de truc qu'ils ne connaissent pas.

— Surveillez votre langage, jeune homme !

— Pardon.

— Continuez… Ne vous vexez pas. »

Jason haussa les épaules et donna un coup de pied dans une chaise.

« Ils sont presque certains que c'est à cause des drogues que ma mère prenait pendant qu'elle était enceinte. Elle a arrêté d'en prendre, elle est devenue méchante, et ils m'ont emmené. »

Ma mère hocha doucement la tête. Cette femme était une emmerdeuse, mais, par certains côtés, c'était aussi un miracle.

« Ne vous tracassez pas, mon chou ! dit-elle. Les gens vous traitent toujours plus mal quand ils se sentent coupables. »

⋆

Jason en était à la moitié de *Construire un feu* lorsque Hugo fit une seconde attaque. Au moment où les moniteurs se mirent à hurler, il redressa brusquement la tête et demeura figé jusqu'à ce qu'une infirmière le fasse se lever du lit. Je me ruai dans la chambre et l'entourai de mes bras par-derrière pour qu'il ne voie pas ma panique. Le médecin nous avertit qu'il allait falloir nous préparer au pire et redemanda s'il existait un papier stipulant qu'il refusait l'acharnement thérapeutique. Je n'en savais rien. Robert acquiesça. Jason s'en alla et ne revint pas. Maman resta derrière la vitre à me regarder pendant que je tenais Hugo dans mes bras en comptant chacun de ses soupirs jusqu'à ce que tout soit fini.

*

Dizzy nous raccompagna à la maison, dans une voiture de location afin d'éviter à ma mère de se retrouver parfumée à l'huile de friture. Tandis qu'elle dressait la liste de ce que nous allions devoir décider, je regardai par la vitre arrière en songeant que, la dernière fois que j'avais vu tout ce devant quoi on passait, Hugo était vivant.

L'angoisse me tenaillait, j'avais la sensation d'avoir oublié quelque chose. Mais je n'avais rien oublié. Le départ de Hugo m'avait vidée. J'imaginai ce qu'on nous empêcherait de voir. L'enlèvement du corps de la chambre. Le transport au crématorium... C'étaient des mystères, des choses que d'autres faisaient à notre place et que l'on payait. Autrefois, la famille se serait occupée de lui, dans la mort comme dans la vie. Mais des personnes anonymes feraient ce que je ne pouvais pas faire. Et ce qui m'aurait apporté à ce moment un peu de consolation n'était pour eux qu'un boulot.

Chez moi, sur le canapé, le bord des yeux sec et à vif, je sentis une douleur froide s'installer, comme un mal de tête tenace et glacé. Il ne me restait plus de larmes. Je me surpris à gratter sur mon bras les marques rouges que j'y avais faites plus tôt. Pourquoi le chagrin me donnait-il la sensation d'avoir des fourmis sous la peau ?

À l'appartement, Maman n'arrêta pas de parler du nombre de fils que devait avoir un beau coton pendant qu'elle faisait mon lit avec les nouveaux draps qu'elle avait apportés. À la cuisine, Dizzy prépara des bologna sandwiches. Je sortis prendre l'air et regardai mon portable. J'avais lancé une douzaine d'appels à Jason, auxquels il n'avait pas répondu. Il savait que Hugo n'était plus là. Il devait s'y résoudre. J'étais inquiète. Il aurait dû être là avec nous.

Dans la petite cour, j'entendis du bruit. Je m'approchai de l'érable japonais pour aller jeter un œil. Dans la pénombre, j'aperçus Mme Callahn, en train d'enlever de leurs pots des plants de tomates, qu'elle mettait dans des grands sacs-poubelle. Sans un mot, je retournai chez moi.

L'Amant de Lady Chatterley était sur le bar. Un stylo à la main, je l'ouvris, à la fin, juste après les dernières notes et écrivis :

Mes chers amis,
Notre bien-aimé Hugo s'en est allé.
Bien à vous,

Maggie

Depuis une semaine que le Dragonfly était fermé, le courrier s'était accumulé. Quelques factures, et surtout des cartes de condoléances. Des fleurs avaient été déposées devant la porte, des dessins au crayon scotchés sur la vitrine. Je ramassai un gros tas de courrier et mis la clé dans la serrure.

« Tu vas mettre un temps fou à nettoyer tout ça, observa ma mère, un gerbera rose à la main, en attendant que j'ouvre la porte.

— Les gens veulent bien faire, Maman. »

Le temps que j'arrive à entrer et à refermer à clé, ma mère était déjà derrière le comptoir – sa main droite posée dessus comme sur une barre de danse. Elle scruta le paysage du Dragonfly. Pour la première fois depuis longtemps, je vis la librairie telle que devait la voir un étranger. Même après des semaines passées à faire le ménage, à organiser et à réorganiser, la boutique devait avoir l'air à ses yeux d'un gros tas de livres et d'un tiroir-caisse.

Dans son silence, je l'entendis presque calculer ce que leur avait coûté mon éducation, combien d'années j'avais travaillé depuis la fin de mes études, ainsi que tout ce que, à son avis, j'avais sacrifié pour mener cette vie. Et là, elle l'avait devant les yeux, cette vie. Ma mère portait un pantalon beige, un corsage en soie couleur d'argile et des escarpins assortis. Pas un seul de ses cheveux ne dépassait, pas un pli n'osait se former sur ses vêtements, ni une ride sur son visage. À côté d'elle, tout au Dragonfly avait un air pas net, à commencer par sa fille.

« Je sais bien que ce n'est pas très… Mais bon, c'est un commerce », dis-je.

Ma mère se tourna vers moi. Elle n'était pas plus pour les commerces que pour les lapins de Pâques ou les pantalons écossais. Elle était pour les certitudes, et même les illusions.

« Je peux faire du thé, proposai-je.

— Il est trop tôt pour un verre de thé.

— Je voulais dire du thé chaud. »

Je jetai un regard vers les tasses près de la bouilloire électrique. La seule propre était celle de Hugo.

« Je vais aller nous chercher un café à côté », décida-t-elle.

Dès que je fus seule, j'entrepris de trier le courrier ; j'en mis de côté la plupart jusqu'à ce que je tombe sur une carte au dos de laquelle figuraient les noms de l'Antenne de la CIA.

Chère Maggie et cher Jason,

Il existe des cartes déjà prêtes à envoyer pour les moments comme celui-ci, où on ne l'est pas. Il existe des livres qu'on pourrait vous recommander et des groupes auxquels vous pourriez participer pour vous aider à exprimer vos sentiments. Rien de tout cela ne marche. C'est ça, le chagrin. Ça fera mal jusqu'au jour où ça fera un peu moins mal. Pensez à ce jour.

Amicalement,

Mike, Mike et John

Je remis la carte dans l'enveloppe et la scotchai sur le comptoir pour ne pas oublier de la relire tous les jours.

J'étais en train de passer en revue le reste du courrier lorsque Jason entra. Lui comme moi demeurâmes figés de surprise. Ce fut lui qui bougea le premier. Il passa devant moi en trombe et s'enfonça dans les rayons. Je lui emboîtai le pas.

« Jason ! »

Je l'aperçus tourner à l'angle du rayon Manuels pratiques et le suivis au bout de l'allée.

« Où étais-tu passé ? J'ai appelé partout… Je me suis fait un sang d'encre… Tu étais avec Nimue ? »

Il s'immobilisa si brusquement que je faillis lui rentrer dedans. Il se retourna et me regarda d'un air dur. Je fis un pas en arrière. Il repartit vers le bureau et claqua la porte derrière lui.

« Jason ! appelai-je en frappant à la porte. Jason, parle-moi ! »

J'entendis le fauteuil rouler, puis grincer lorsqu'il s'y installa.

« Allez, Jason… Ça fait des jours que je ne t'ai pas vu… »

Silence. Je balançai un grand coup de pied dans la porte. Une douleur me déchira la jambe.

« Merde ! » criai-je – à la porte ou à Jason, je ne savais pas très bien.

D'un seul coup, la porte s'ouvrit. Il me dévisagea une seconde, puis fila devant moi comme une flèche et retourna à l'avant de la librairie.

« Il n'est plus là ! hurla-t-il par-dessus son épaule.

— Il n'est plus là ? Parce que tu crois que je ne le sais pas ? Je l'ai tenu mourant dans mes bras... Et toi, tu étais où ? Hein ? Tu étais où ? Je suis restée là à le regarder mourir... Tu étais où ?

— Je ne parle pas de... » Il se tourna vers moi, le souffle lourd. « Je ne parlais pas de Hugo.

— Quoi ? »

Comment pouvait-il parler de qui que ce soit d'autre ? Comment n'était-il pas ravagé par tout ça ?

« Grendel, espèce de connasse ! » Comme une imbécile, je regardai dans tous les sens comme si le chat allait soudain apparaître. « Il n'est plus là depuis quinze jours, et tu ne t'en es même pas rendu compte ! »

Le chat. Hugo était mort et Jason pensait au chat. Le mince fil de bon sens que j'étais parvenue à conserver intact cette dernière semaine se rompit. Je sentis un soulagement frémir dans ma poitrine, comme quand la certitude qu'on tombe et qu'on n'y peut rien s'accompagne du frisson de savoir qu'on s'en fout. Un atterrissage brutal valait mieux que tenir aussi longtemps.

« Je veux que tu partes, dis-je.

— Que je parte d'où ?

— Du Dragonfly. Robert t'enverra tes indemnités de licenciement.

— Tu ne peux pas faire ça, dit Jason.

— Le Dragonfly est à moi, maintenant. Je fais ce que je veux. »

Quelqu'un frappait à la porte. Elle n'était pas fermée à clé, mais le panneau N-O-P-E était en place. Distraits un instant, Jason et moi aperçûmes Gloria, avec des baskets vertes et un sweat-shirt *Trop de livres, pas assez de temps*, qui nous faisait de grands signes pour qu'on la laisse entrer. Jason attrapa le premier livre qui lui tomba sous la main et le balança vers la porte. Gloria tapota sa montre et montra les heures d'ouverture. Cette fois, ce fut moi qui lui lançai un livre. Puis nous entassâmes un barrage de livres de poche volants le long de la vitrine tandis qu'elle se carapatait sur le trottoir, sur lequel elle croisa ma mère. Quand ce fut terminé, Jason s'installa dans le nouveau fauteuil en agrippant les accoudoirs comme s'il se préparait à décoller.

« Qu'est-ce qui se passe, ici ? dit Maman en entrant, un gobelet de café dans chaque main, son sac accroché au bras.

— On était très bien sans toi, me dit Jason. Tout aurait été très bien sans toi.

— Ça suffit, les enfants ! s'exclama ma mère en posant les cafés. Vous disputer ne va rien arranger. »

Je regardai Jason. Elle avait raison. Je ne pouvais pas arranger ça.

« Dae-Jung m'a dit que tu avais accepté ce travail, reprit-il.

— Quel travail ? » Maman vint vers moi, le regard rempli d'espoir. « Quel genre de travail ? Dans un bureau ? Tu auras une secrétaire ?

— Il dit que Dizzy lui a dit qu'Avi avait eu l'idée de racheter Apollo à cause de toi, poursuivit Jason. Que c'est pour cette raison que l'immeuble a été vendu, qu'on a perdu notre bail et que le Dragonfly va fermer. Tout ça à cause de toi.

— C'est ce qu'il dit ? rétorquai-je.

— C'est ce que je dis », répondit Jason.

Il avait le visage rouge et tout le corps tendu. Je sentais sa colère à trois mètres.

« Je suis vraiment viré ? demanda-t-il.

— Viré ? s'indigna ma mère. Qui a parlé de virer qui que ce soit ? Bien sûr que non, vous n'êtes pas viré !

— Tu sais, Maman, il peut se passer des quantités de choses pendant qu'on va chercher des cafés.

— Je le suis ? insista Jason.

— Bon sang... Non, bien sûr que non. Je ne sais plus ce que je raconte. »

Cette phrase sembla le désamorcer. Il s'assit au fond du fauteuil. C'était la première fois que je le voyais s'asseoir correctement au lieu de se jeter sur l'accoudoir en laissant pendre ses jambes dans le vide. Le fauteuil avait l'air trop grand pour son petit corps rabougri. Il bougea pour attraper quelque chose sous lui et extirpa ce sur quoi il était assis : un volume de *Waverley* esquinté, *Kenilworth*. Je le rejoignis sur l'estrade et m'assis en tailleur au pied du fauteuil. Il me tendit le livre.

« Hugo est mort, dit Jason.

— Oui, il est mort.

— Grendel est parti.

— C'est ce que je vois.

— Elle va rompre avec moi. Elle attend juste que la cérémonie soit passée. Comme si c'était la fin de tout ça, et pour qu'on ne puisse pas dire qu'elle est une mauvaise personne. Comme si tout allait être OK après la cérémonie. Je suppose qu'on va en faire une.

— C'est un truc qui se fait. »

Je ne cherchai pas à discuter ou à lui raconter des mensonges, histoire qu'il se sente mieux. De toute manière, ça ne marcherait pas. Si ça marchait, je m'en serais raconté quelques-uns.

*

« Plus qu'un », dit Robert. Il tourna un papier vers moi sur la table près de la fenêtre du Cuppa Joe, en prenant soin d'éviter le rond humide qu'avait laissé ma tasse de thé. Je grignotai une galette de riz sucrée en faisant semblant de parcourir le document. Robert but une goutte de son thé vert nature. Il m'avait conseillé d'attendre pour remplir les paperasses. On avait le temps. Mais je préférais en finir. Que ce soit terminé, sans rien qui plane au-dessus de ma tête. Hugo nous laissait la boutique, à Jason et à moi, à parts égales. Néanmoins, que je sois devenue son associée avait faussé l'équilibre. Robert, avec l'aide d'un juriste, arrangeait ça. Je me souvenais comme je m'étais sentie adulte le jour où j'avais signé les papiers avec Hugo. Là, je me sentais simplement vieille.

J'étais venue seule, en expliquant à ma mère que toute cette paperasse l'ennuierait. Et c'était vrai, mais j'avais aussi besoin de m'éloigner d'elle. Suite à la sortie de Jason au sujet du poste chez Apollo, elle avait trouvé la lettre de proposition dans ma chambre et n'avait pas arrêté de m'en reparler depuis. Avant, aucun de mes boulots dans l'informatique ne l'avait emballée. Elle ne comprenait pas ce que je faisais. Mais là, elle voyait un potentiel. Un statut. Et l'argent qui allait avec. Ça, elle comprenait.

En levant les yeux du papier que je venais de signer, je vis que Robert me regardait, moi et non le stylo. Depuis une semaine, il traînait au Dragonfly. Et il n'était pas le seul. Jason n'en avait apparemment pas bougé – j'avais trouvé un sac de couchage dans le bureau. Comme s'il espérait surprendre Grendel ou Hugo en train de rôder dans le coin.

« C'est bon, dis-je.

— Il faut qu'on parle de la cérémonie.

— Pas encore.

— Je sais que c'est dur, mais c'est ce que les gens attendent. »

Robert avait raison. Nous avions déjà eu de nombreuses questions à la librairie. Remettre à plus tard était de plus en plus difficile. J'en étais arrivée à en vouloir une pour partager mon chagrin, quitte à manquer de courage. Mais je n'avais pas oublié ce que Jason avait dit au sujet de Nimue qui attendait que cette cérémonie ait eu lieu pour le laisser tomber.

« Pas encore », répétai-je.

Les derniers jours étaient passés comme dans un brouillard. J'essayais de retrouver un rythme un peu normal alors que plus rien ne l'était. Dans les films, on montre cette période dans un montage de scènes sur fond de ballade pop sirupeuse, des images des protagonistes qui trouvent des objets laissés par ceux qu'ils viennent de perdre. En l'espace de deux minutes, tout est réglé, avec un temps de guérison fictif – parce que sinon, on quitterait la salle. Personne n'a envie de payer pour expérimenter ce genre de douleur.

« Il ne voudrait pas que tu sois triste, dit Robert.

— Puisqu'il est mort, il n'a plus son mot à dire. » Je regrettai aussitôt d'avoir prononcé cette phrase, mais j'avais trop mal pour revenir dessus. « Tu savais depuis quand ?

— Quoi donc ?

— Qu'il était malade. Parce qu'il était malade depuis un bout de temps, non ? Il avait arrêté de fumer. Même de l'herbe. Il passait moins d'heures à la librairie, revoyait d'anciennes amies comme Portia… Il savait que ça allait arriver. »

Robert acquiesça. « Maladie cardiaque… Il m'en a parlé il y a environ deux ans. Il savait que son temps était compté. Mais il voulait juste se la couler douce jusqu'à la fin. La situation financière étant ce qu'elle était, il pensait que le Dragonfly et lui en auraient fini en même temps. Et puis Jason et toi avez commencé à faire tourner l'affaire. Il s'est mis à la considérer comme un legs, un truc à vous laisser... C'est là qu'on a modifié son testament pour que vous en héritiez tous les deux.

— Comment va Charlene ? » demandai-je, histoire de parler d'autre chose.

Le sujet Hugo était simplement trop dur.

« Elle prie pour toi. On prie tous les deux.

Je ne crois pas aux prières. Hugo n'y croyait pas non plus.

— Ça ne fait rien. On prie quand même pour toi. »

Avant de partir, Robert laissa sa main quelques secondes sur mon épaule. Je ne le regardai pas s'en aller.

La soirée était douce. Mme Callahn avait ouvert les hautes fenêtres pour laisser entrer la brise qui venait de la Baie. Mais l'heure de fermeture étant déjà passée, elle les referma et les verrouilla avec soin.

Je n'avais encore jamais été toute seule au Cuppa Joe. Mme Callahn, qui avait perdu son bail elle aussi, commençait à emballer ses affaires. Sans personne, le café semblait d'un vide pathétique. Ce n'était plus qu'une grande salle marron, austère et nue qui sentait le café. Pas de photos sur les murs. Pas de plantes. Rien que des meubles dépareillés et un long comptoir. J'avais l'impression d'être là pour la première fois.

« Qu'est-ce que vous allez faire ? demanda Mme Callahn. Vous revoilà sans boulot.

— On va voir. Jason va peut-être continuer. Je ne suis pas sûre d'en avoir le courage. »

Elle s'assit en face de moi et but un café dans un verre tellement grand qu'on aurait dit une Guinness. Je me demandai comment elle arrivait à dormir la nuit.

« Et vous ? Vous allez ouvrir un Cuppa Joe ailleurs ? »

Elle secoua la tête.

« Dix-huit ans, c'est assez long. Il est temps de bouger. De recommencer. Vous devriez y penser vous aussi. » Elle montra *L'Amant de Lady Chatterley* posé sur le dessus de mon sac à dos. « Qu'est-ce que vous allez en faire ? »

Je ne compris pas. Qu'y avait-il à faire ? Était-elle au courant au sujet de Rahjit ?

« Quelle idiotie ! dit-elle en prenant le livre. Quel espoir ridicule… » Elle le posa sur la table, la paume sur la couverture. Pour elle, je n'étais plus là. « "Dimanche, c'est le premier jour de l'été. Retrouvez-moi à Pioneer Park, près de la fontaine, à midi." Quelle idiotie ! »

Elle connaissait la phrase. Seules trois personnes la connaissaient. Moi, Rajhit et…

« Vous êtes Catherine. »

Nous nous regardâmes fixement. Je vis son visage se crisper alors qu'elle cherchait quoi inventer, quoi dire pour me persuader du contraire, mais je savais ce qu'il en était, et rien n'y changerait.

Elle repoussa le livre.

« Cette conversation n'a jamais eu lieu. Vous êtes partie juste après Robert et nous n'avons jamais eu cette conversation. »

Je serrai le livre contre moi en pensant à toutes les choses que j'avais eu l'intention de dire à Catherine si un jour je la rencontrais, mais aucune ne me vint à l'esprit. Je ne réussis qu'à répéter bêtement :

« Vous êtes Catherine. »

Mme Callahn se leva, me tourna le dos et alla derrière le comptoir plier des torchons.

« Partez, dit-elle.

— Je ne le dirai à personne. Jamais je n'en parlerai. »

Elle continua à plier sans me regarder. Mais je n'avais pas l'intention de partir.

« Je sais qui est Henry », dis-je.

Elle se figea.

« Vous voulez le savoir ? »

Elle secoua la tête et ferma les yeux, puis son visage se tétanisa, comme si elle cherchait à faire surgir un champ de force autour d'elle.

Je m'approchai doucement pour ne pas la faire sursauter.

« Je me suis interrogée sur vous pendant tout ce temps, depuis que j'ai découvert que les notes ne dataient pas de 1961.

— Vous n'auriez pas dû les rendre publiques. C'était mal. Très mal.

— Vous avez raison. Je suis désolée. »

Elle baissa la tête pour me cacher son visage, mais je vis deux larmes tomber sur le comptoir.

« Nous n'aurions pas dû nous disputer, dit-elle.

— Qui ça ?

— Hugo et moi. Il m'a dit qu'on devrait mettre des coquilles d'œufs sur la terre des plants de tomates. Je lui ai dit que non, qu'il fallait d'abord mettre du compost. Mais il a insisté. Il m'a emmenée au rayon Jardinage du Dragonfly pour me montrer un livre. Et au moment où il en pointait un du doigt, Jason l'a appelé. « Lisez ça, m'a-t-il dit. Je voudrais que vous lisiez ce livre. » Et après qu'il fut parti, j'ai pris le livre que je croyais qu'il m'avait montré. »

Soudain je compris. Hugo. Elle croyait que Henry était Hugo. Il s'était fait appeler ainsi pendant un temps à l'université. Et pourquoi ? Parce qu'une fille préférait ce prénom à Hugo, qui faisait communiste selon elle. Il avait connu Mme Callahn à la fac. Henry. Elle croyait que Hugo était Henry. Et si elle le croyait… Dans ce cas, les notes…

« Vous étiez amoureuse de lui. Vous pensiez que le Henry des notes, c'était Hugo qui vous écrivait. »

Cette fois, ses yeux, adoucis par le chagrin, croisèrent les miens.

« Mais Henry n'arrêtait pas de regretter de ne pas vous connaître… Or vous connaissiez Hugo depuis quarante ans.

— J'ai cru que c'était une sorte de jeu romantique… qu'il laissait ces notes pour moi sous un autre nom. J'ai cru qu'il avait besoin d'un subterfuge pour effacer notre histoire et qu'on puisse se voir avec un nouveau regard. »

Je m'approchai plus près et l'invitai à revenir s'asseoir, mais elle resta debout, les pieds comme enracinés dans le sol.

« Le premier jour de l'été, je l'ai observé de l'autre côté de la rue. Je ne voulais pas arriver la première, alors je l'ai observé. Quand il est sorti, je voulais attendre cinq minutes avant d'aller le rejoindre. Mais il n'est jamais parti. Il s'est juste installé dans son fauteuil et s'est mis à lire. Midi est arrivé, midi et demi, une heure... Il s'est relevé, étiré et est venu déjeuner ici. Je suis revenue lui préparer un sandwich au fromage grillé. »

Je l'imaginai l'observer derrière la vitrine, d'en face, chez Apollo. Attendre une heure. Laisser s'envoler un souffle d'espoir à chaque minute qui passait. Et revenir ensuite lui servir son déjeuner, sans qu'il ait jamais rien su de ce qu'elle venait de vivre.

« J'avais tous ces mots en moi que je n'avais jamais dits à personne. Je voulais que les hommes me respectent, même qu'ils me craignent un peu. Ils vont et viennent... Je voulais mieux dans ma vie qu'être l'épouse de quelqu'un. J'aimais bien être seule, mais pas être solitaire. Hugo était toujours gentil avec moi. J'ai fini par croire que sa gentillesse était autre chose. Et puis, j'ai trouvé les notes. Nous avons commencé à nous écrire.

— Je suis désolée. »

Je ne savais pas quoi dire d'autre. J'étais désolée de tout ce que j'avais fait, de l'amour qu'elle ne connaîtrait jamais, et même de m'être mêlée de la vie du Dragonfly. J'avais fait ça.

Avant de partir, je récupérai les papiers que Robert avait laissés et mon sac à dos. *L'Amant de Lady Chatterley* était toujours sur la table. Je sortis sans l'emporter. J'avais pris l'habitude de laisser les choses s'en aller.

14

Népenthès

Parfois je meurs d'envie d'avoir le cœur en paix,
fort et confiant.
– CATHERINE

Hugo Carl Spandorff, notre bien-aimé voisin et libraire de Mountain View depuis de longues années, est décédé le 12 septembre. Né dans l'Idaho, Hugo s'est installé dans la Bay Area lorsqu'il était jeune et a obtenu des diplômes en littérature et mathématiques à Berkeley, université de Californie. Arrivé à Moutain View en 1982, Hugo a acheté la librairie McNeil's, qu'il a rebaptisée Dragonfly Used Books. Il a été membre actif de plusieurs associations, notamment de la Mountain View Historical Association et Californians for Peace. Il aimait aussi beaucoup jardiner. Il avait 59 ans.

Une cérémonie commémorative sera organisée prochainement.

*

Jason était assis en tailleur sur un des fauteuils, froissant les jambes de son pantalon beige tout neuf. Il était trop grand pour lui et plissait à la taille sous une ceinture en cuir marron. J'aurais dû demander à ma mère de l'aider à en choisir un. Il tenait une assiette en carton remplie de lasagnes, bien qu'il n'ait pas mangé grand-chose depuis sa rupture avec Nimue, qui n'avait finalement pas attendu que la cérémonie soit passée. Elle y avait néanmoins assisté, essayant de convaincre tout le monde qu'elle était une de ses ex-petites amies éplorées. Alors que tout le monde portait la couleur des fleurs qu'aimait Hugo, elle était apparue vêtue de noir, mélodramatique, sans oublier le voile, comme si elle assistait à des funérailles nationales et non à une cérémonie informelle, dans une robe qui couvrait à peine sa culotte. Je dus réprimer l'envie de faire tomber de la nourriture bouillante sur ses cuisses nues. Je laissai ma mère s'en charger.

« Alors, ça y est, dit Jason. Plus de Dragonfly.

— Je n'ai pas dit ça. J'ai dit que je voulais soit te vendre ma part, soit être ton commanditaire. Comme tu préfères. »

Il se tourna vers la fenêtre et regarda la composition florale d'œillets qu'avait envoyée la chambre de commerce.

« Tu vas travailler pour Apollo ?

— Non. Je ne sais pas encore très bien ce que je vais faire. Mais, quoi qu'il en soit, ce sera probablement ailleurs qu'ici. »

En plus de la librairie, Hugo nous avait laissé son duplex. Nous avions déjà décidé de le vendre, ce qui me rapporterait assez d'argent pour vivre un bon moment. Je m'étais raconté que j'allais laisser ma clé et un mot avant de disparaître. Je prendrais un sac à dos et un billet de car. Je trouverais une jolie petite ville, où je travaillerais comme serveuse juste pour le plaisir. Je serais la fille mystérieuse qui a un passé sur lequel tout le monde s'interroge. Peut-être le shérif tomberait-il amoureux de moi, quel que puisse être le passé trouble qu'il m'imagine. « Il ne faut garder que ce qu'on peut emballer en un quart d'heure, au cas où on devrait quitter la ville en vitesse », m'avait dit un jour Hugo. Je commençais à comprendre la sagesse de ce conseil.

« Je vais rester le temps de finir d'empaqueter mes affaires et trouver une nouvelle location, dis-je. Et même t'aider à embaucher des larbins ! Tu as toujours voulu avoir des larbins. »

Jason posa son assiette par terre. Je faillis protester, de peur que Grendel vienne y fourrer son nez. Mais je me retins à temps. Quatre semaines s'étaient écoulées sans que le chat ait donné le moindre signe de vie. Curieusement, Jason n'en avait pas reparlé depuis qu'il m'avait dit qu'il avait disparu. À la vérité, il n'avait reparlé de rien du tout – ni de Nimue, ni de Grendel, ni de Hugo. Il donnait l'impression d'être à la dérive, traînait les pieds dans la librairie comme un vieillard qui ne sait plus comment rentrer chez lui.

Je pensais qu'il serait fou de rage quand je lui annoncerais que je m'en allais, qu'il hurlerait à en devenir écarlate en me traitant de lâcheuse et de traîtresse. J'y comptais bien ! J'avais même imaginé la dispute qu'on aurait. Et que je resterais d'un calme stoïque et répondrais des choses du style : « Je comprends que tu sois furieux, tu as toutes les raisons de l'être ! »

« Tu étais là uniquement à cause de Hugo.

— Ce n'est pas vrai.

— Peu importe. »

Je détournai la tête. Ne pas pouvoir regarder les personnes que j'aimais bien était devenu trop fréquent. Je voyais déjà ce qui m'attendait. Un nouveau boulot quelque part, une nouvelle vie, des nouveaux amis qu'un jour je ne pourrais plus regarder. J'avais toujours considéré les moments difficiles de ma vie comme ce qui se passe dans un livre. On règle le problème et on avance. Sauf que ce n'était pas du tout comme ça. Les moments difficiles n'en finissaient pas, les limites n'étaient pas aussi nettes, ils se mélangeaient aux bons en donnant le bras aux pires. C'est ainsi que nos chagrins deviennent des murs de silence autour de nous.

« Tu te débrouilleras très bien, dis-je.

— Arrête de faire comme si ce que tu faisais n'avait d'importance pour personne et ne touchait que toi ! »

Je le pris dans mes bras. Il me serra contre lui, et je l'entendis déglutir avec peine. Puis il s'écarta, ramassa son sac à dos et se dirigea vers la porte.

« On ne s'en tire pas comme ça ! me lança-t-il. Tu me dis "t'es le meilleur" pour te barrer avec l'impression que tout va très bien ! Mais on ne s'en sort pas aussi facilement ! »

Il claqua la porte si violemment que je crus que la cloche ne s'arrêterait plus jamais. Je me retrouvais seule face à ma mère.

« Tu seras bien débarrassée sans cet endroit ! dit-elle en se rapprochant. Tu n'as pas besoin de ce fardeau, Margaret Victoria. Laisse donc tout ça derrière toi. »

Je suis persuadée que sa remarque se voulait maternelle, rassurante, et si j'avais été maligne, je me serais abstenue d'ouvrir la bouche. Mais comme toujours quand j'étais avec ma mère, je ne fus pas maligne du tout.

« Je me sens plus chez moi ici que dans aucun autre endroit que j'ai connu. »

Je fermai les yeux, regrettant mes paroles dès qu'elles jaillirent de mes lèvres. Pas parce qu'elles n'étaient pas vraies, mais parce qu'elles étaient blessantes.

« Ma foi, c'est bien de savoir ce que tu penses vraiment de moi et de ton père, rétorqua-t-elle en redressant le dos.

— Je reste ici.

— Mais tu viens de dire…

— Je ne parle pas du Dragonfly. C'est terminé.

— Dans ce cas, je ne vois pas pourquoi tu ne reviens pas à la maison. »

Je fixai le fauteuil vide de Hugo en essayant de deviner ce qu'il aurait dit à cet instant. Concentrée sur ma prochaine respiration, j'attendis que me viennent les mots de son univers mystique. Mais rien ne vint.

« Vraiment ? Tu ne vois pas pourquoi je ne voudrais pas revenir vivre avec toi et Papa ?

— Je veux seulement ce qu'il y a de mieux pour toi.

— Non, je ne crois pas. Tu veux seulement que je souffre autant que toi. »

Pendant un long moment que rien ne vint briser, nos regards se soutinrent. Je sentis le Chanel N° 5, la poussière et, d'un seul coup, elle fut là. L'odeur de son rouge à lèvres, comme le jour où j'avais tout découvert sur mon père. Je vis le visage de ma mère comme il avait été à cet instant-là, aussi dur et vide qu'une armure… Une douleur fantôme me brûla les joues.

« Je ne doute pas que tu aimes Papa. Tu l'aimes plus que ce qu'il te donne. Tu l'aimes plus que tu m'aimes moi. Plus que toi-même. Mais je sais aussi que ton plus grand amour te trompe en permanence et que tu ne fais rien. »

Je ne me souviens plus de l'expression qu'eut ma mère, ni si elle claqua la porte en partant. Brusquement je me retrouvai à genoux, mes paroles tourbillonnant dans ma tête. Une vie de silence brisée en quelques secondes. Cette fois, tout était fini.

Alors que je regardais devant moi, la vision que ma mère avait du Dragonfly finit par s'effacer. Je me souvins de la librairie bondée un samedi soir, et d'une bande de garçons de onze ou douze ans qui se bagarraient au rayon Romans graphiques – les joues rondes, les pieds n'ayant pas encore atteint leur taille définitive, et commençant seulement à comprendre l'importance qu'avaient les filles. Ils étaient penchés sur un livre, pointant le doigt, riant, se poussant à coups d'épaule. Ils s'étaient précipités à la caisse pour payer et avaient extrait des pièces de monnaie et des dollars fripés d'une boîte en fer de pastilles à la menthe. Une femme en robe à fleurs, tenant un loulou de Poméranie au bout d'une laisse en strass, flânait dans le rayon Animaux avec le dernier Patricia Cornwell sous le bras. Et puis, il y avait Hugo, ses bésicles au bout du nez, un roman ouvert sur les genoux. En m'approchant d'un fauteuil, je sentis la légère odeur de son tabac. Mes larmes jaillirent. À l'époque, j'avais cru qu'on maintenait le Dragonfly en vie. Je me rendais compte à présent que c'était Hugo qu'on avait maintenu en vie. Mais ça n'avait pas suffi.

On toqua à la porte. Je m'essuyai en vitesse les yeux, m'attendant à voir je ne sais qui venir récupérer un plat. Et soudain, j'aperçus Rajhit. Derrière la porte, la tête appuyée sur son bras posé sur la vitre. Il me regarda, les yeux aussi las que les miens.

Il recula de quelques pas le temps que je déverrouille la porte. Nous restâmes là plusieurs secondes à nous fixer de part et d'autre de la porte ouverte ; les piétons de Mountain View passaient dans la rue pour aller dîner, boire un verre ou faire des achats chez Apollo.

Je lui tendis la main. Il la prit. Puis ses bras se refermèrent sur moi. Ensuite vinrent les larmes. Hugo. Le Dragonfly. Nous… Je l'entraînai dans les rayons.

★

Nous nous assîmes devant le rayon Jardinage, moi sur mon tabouret, lui par terre, les jambes étendues dans l'allée. Dans le calme de la pénombre, tout ce qui nous entourait semblait oublié.

« Je ne savais pas si tu voudrais que je vienne à la cérémonie, dit Rajhit. J'ai pensé que ce serait peut-être trop dur. Surtout que ta mère était là.

— Tout est plus dur quand ma mère est là. Tu n'étais pas obligé de rester à l'écart… Tu l'aimais toi aussi. »

Il remonta ses genoux, qu'il entoura de ses bras. Ses cheveux étaient un peu plus longs. Il avait des nouvelles tongs, en toile bleu marine avec le sigle Nike sur la semelle.

« Merci d'être allé la chercher à l'aéroport… J'aurais dû te prévenir bien plus tôt.

— Tu avais déjà beaucoup à faire, dit-il en secouant la tête.

— Oui, ma mère n'est pas de tout repos !

— Ce n'est pas ce que je voulais dire.

— Je sais. »

J'appuyai ma tête contre les livres et essayai de ne pas le regarder. J'avais envie de le sentir à côté de moi – pas de le toucher, de l'embrasser ou de faire l'amour –, d'être simplement là avec lui.

« Je suis allé à l'hôpital, dit-il. Pendant que tu n'y étais pas. J'ai passé du temps avec Hugo. Je tenais à ce que tu le saches. »

C'était comme s'il était sur l'autre rive d'une rivière et que les pierres du gué allaient apparaître si je trouvais les bons mots. Mais je restai muette, les nerfs à fleur de peau.

« Je pars à Amsterdam. Le magasin de vélos que j'avais contacté m'a proposé de me prendre comme apprenti.

— Tu pars combien de temps ? »

Il haussa les épaules.

« Je n'en sais rien. Mon appartement est vendu. J'ai de quoi vivre un moment… J'ai pensé voyager un peu.

— Mange. Prie. Répare des vélos.

— Quelque chose comme ça. »

Nous retournâmes à l'avant de la librairie. À chaque pas, je changeai d'avis, ne sachant trop si je devais, oui ou non, le lui dire. En arrivant, je décidai que oui.

« Je l'ai trouvée. Catherine… Je sais qui c'est. »

Il secoua la tête et resserra légèrement ses doigts autour des miens.

« Tu es ma Catherine. »

Et il s'en alla.

★

Le lendemain matin, en klaxonnant devant chez moi, le taxi brisa le lourd silence dont ma mère et moi nous servions pour nous faire la guerre.

Elle alla à la porte, laissant ses bagages au milieu du séjour. Je pris ses valises et la suivis.

Dehors, le soleil chaud et doré annonçait un temps plus froid. L'automne approchait. Mon été au Dragonfly était terminé.

Je tendis les valises une à une au chauffeur de taxi, qui les mit dans le coffre et retourna derrière le volant, tandis que ma mère le toisait d'un regard dédaigneux, outrée qu'il ne lui ait pas ouvert la portière. Je mis ma main sur la poignée de la portière arrière sans l'ouvrir. Dans quelques secondes, ma mère serait partie. Et j'avais grand besoin d'espace. Seulement, je ne voulais pas qu'elle s'en aille comme ça.

Nous restâmes un instant immobiles à nous regarder.

« Tu n'es pas obligée de repartir tout de suite », dis-je.

Son expression demeura impassible, mais elle pencha légèrement la tête.

« Tu pourrais rester… Enfin, pas ici, bien sûr, mais quelque part. Il paraît que le Fairmont à San Jose est très bien… Ou à San Francisco. Je veux dire par là que tu n'es pas obligée de rentrer. »

Je la vis réprimer un sourire. Elle me redressa le menton de son index et pressa ses lèvres sur ma joue. Lilas, rouge à lèvres, Chanel N° 5. Puis elle me chuchota à l'oreille :

« C'est *toi*, mon plus grand amour. »

Sur ces mots, elle ouvrit elle-même la portière et se glissa sur la banquette. L'air sentait encore le lilas alors que je restais là sur le trottoir, des feuilles dorées de liquidambar tombant à mes pieds, et la regardais s'éloigner.

★

« Le camion vient quand ? demanda Jason.

— Quand on leur dira qu'on est prêts. »

Nous allions entreposer les livres dans un garde-meuble, du moins le temps de trouver un acheteur acceptable, ce qui s'avérait plus compliqué que prévu. Jason et moi étions d'accord pour ne pas les brader à un de ces vendeurs en ligne qui proposent un livre à un penny sur eBay ou Amazon et font leur beurre sur les frais d'expédition. Ils se fichaient totalement des livres. Tout comme de ceux qui en achètent.

Assise sur le tabouret, je suivais du doigt les rectangles noirs sur la moquette devant moi, là où les étagères avaient laissé des traces. À flâner pendant vingt ans au Dragonfly, les clients avaient créé des sentiers râpés, qui évoquaient les marques à la craie autour des cadavres dans les romans de Raymond Chandler. À cet instant précis, si mes parents m'avaient appris qu'une tornade avait emporté à tout jamais la maison de mon enfance, je ne me serais pas sentie aussi mal.

« J'ai besoin d'air », dis-je à Jason, qui ne m'entendit pas étant donné qu'il était déjà plongé dans un des livres de son rayon.

Je versai ce qui restait de ma bière dans une des tasses de Hugo et sortis sur le trottoir. Adossée à la vitrine du Dragonfly, je jetai un regard vers Apollo. Je n'avais pas reparlé à Avi depuis que j'avais refusé son offre. Dizzy était parti s'installer à Portland avant la cérémonie. Aucun de nous n'avait vraiment essayé de cacher que l'autre l'avait déçu.

Apollo – le royaume que j'avais abdiqué – progressait. D'immenses pancartes annonçaient dans les vitrines que le magasin allait changer d'adresse et que tout était soldé. Avant son départ à Portland avec Dizzy (qui lui avait finalement demandé de venir), Dae-Jung m'avait expliqué qu'Apollo prévoyait d'installer ses succursales dans des magasins plus petits, pour donner l'impression d'une plus grande proximité. On déménageait. Apollo déménageait. Mountain View allait se retrouver sans librairie.

Pendant que je regardais le monstre Apollo, mon œil perçut un léger mouvement dans un des arbustes en pot qui gardaient l'entrée de la cour. Quelque chose de noir et poilu assis dans la terre, le dos contre le tronc d'un arbre élagué. Non, pas assis, accroupi… et en train de chier ! Un chat noir était en train de chier dans les plantations d'Apollo. Je reconnus l'oreille avec un bout en moins : Grendel.

Sans le quitter des yeux, je tapai sur la vitre du Dragonfly. Je n'osai pas me retourner de peur de le perdre de vue. Je frappai plus fort jusqu'à ce que Jason me rejoigne devant la porte.

« Qu'est-ce qu'il y a ? »

Sans tourner la tête ni rien dire, je me contentai de tendre le doigt.

Lentement, sans échanger un mot, nous traversâmes la rue. Je m'efforçai de ne pas perdre le chat de vue, mais, le temps qu'on arrive, il avait disparu.

« Il est sûrement quelque part par là », dit Jason.

Nous avançâmes dans la cour, évitant les clients qui couraient les soldes, pour regarder sous les tables et les chaises, dans les plantes et les présentoirs. Et juste au moment où j'approchais d'une longue jardinière d'agapanthes, quelque chose accrocha mon regard. Je jetai un coup d'œil entre les feuilles et j'aperçus un nez noir se tortiller tout au fond.

Aussitôt il recula, et j'entendis bruisser le feuillage un peu plus loin. Grendel déménageait. Je retirai mon pull tout doucement et me dirigeai vers le bruit.

Ma voix, ou mon odeur, devait avoir quelque chose de familier qui l'informa qu'il n'était plus parmi des inconnus, car, à ma grande surprise, il vint vers moi. Je remarquai qu'il avançait à ras du sol en émettant un grognement guttural, et je compris qu'il ne venait pas vers moi. Il m'attaquait. Je m'écartai juste à temps pour l'éviter. Il me pourchassa sur le sol carrelé à travers un troupeau de collégiennes, puis, satisfait de m'avoir obligée à déguerpir, il fit demi-tour pour regagner son repaire. Sauf que, cette fois, j'étais prête. Je me jetai sur lui et l'emprisonnai sous mon pull. Il se débattit comme un diable, mais je résistai tant bien que mal. Quand des griffes furieuses se plantèrent dans ma peau, je continuai à tenir bon. Grendel avait sa place parmi nous, que ça lui plaise ou non.

« Tu l'as eu ! »

Jason voulut attraper son chat, lequel était toujours accroché à mon doigt, de sorte que, un bref instant, il y eut ce drôle de casse-tête chinois : Jason tirant Grendel, Grendel les griffes toujours enfoncées dans mon doigt, moi hurlant de douleur et Jason hurlant de joie, et le chat miaulant comme si c'était la fin du monde. Pour finir, Grendel lâcha prise, et je laissai Jason le prendre dans ses bras.

Putain de chat ! Parti vivre la grande vie chez Apollo pendant que Jason se faisait du mouron pour lui ! Alors que nos existences étaient toutes chamboulées, ce traître de chat déloyal avait élu domicile de l'autre côté de la rue !

Et soudain, j'eus cette vision. Comme l'autre fois au Dragonfly, celle du toit d'Apollo qui se soulevait, me permettant de voir d'en haut ce que personne d'autre ne voyait. Je vis les étagères pleines de livres, pas très bien rangées, qui semblaient avoir été projetées par une torpille à travers le magasin. Je nous vis Jason et moi à l'avant encaisser les clients et leur indiquer les rayons. Je vis Gloria avec son mari et son sac NPR. Je vis l'Antenne de la CIA dans des gros fauteuils en train de se disputer, de se remémorer des souvenirs et de me donner du fil à retordre. Je voyais tout cela aussi clairement que Grendel dans les bras de Jason. Je sus alors que j'aimerais ce chat à tout jamais.

15

Trouver ce qui était perdu

Il y a des moments où tout ça est trop à supporter.
– CATHERINE

Jason et moi faisions une partie de boggle sur Shakespeare – histoire de faire une pause avant de finir d'emballer – lorsque Avi franchit la porte. Par la suite, Jason dirait : « D'un seul coup, l'air a senti l'entreprise. » S'il n'avait pas été là, je l'aurais saluée de façon tout à fait civile et adulte. Au lieu de quoi, dès que je me levai pour dire « bonjour », Jason bondit de son fauteuil dans une attitude défensive façon Grendel. Pour une fois, le chat était étendu sur le dos dans une flaque de soleil au sommet d'une pile de cartons, et voir nos singeries d'humains de là-haut semblait l'amuser.

« Qu'est-ce que tu viens faire ici ? » demanda Jason.

Ignorant son ton agressif, Avi lui décocha son sourire haute couture. Elle portait un ensemble de fin d'été, couleur crème, avec un chemisier orange brûlée, annonçant l'automne qui n'allait pas tarder à fondre sur nous. Pour une fois, malgré mon jean troué et mon tee-shirt Dragonfly noué à la taille, je ne me sentis pas comme la cousine de la campagne mal fagotée. J'eus au contraire l'impression que c'était elle qui ne collait pas.

« Détends-toi, Jason... C'est moi qui l'ai invitée. »

Avi et moi allâmes au Starbucks du bout de la rue, où les tout-tatoués-tout-percés avaient eux aussi émigré. On commanda un grand moka avec de la crème fouettée (moi) et un thé à l'orange (elle). Tandis que je prenais les boissons et qu'elle s'installait à une table, j'aperçus Jason devant la librairie, en train de faire des signes frénétiques aux tout-tatoués-tout-percés et de crier des choses que je ne compris pas mais devinai sans mal.

Son doigt traça une ligne invisible entre le Starbucks et le Dragonfly : *Elle vient d'entrer dans notre boutique !* Ses bras firent des moulinets en désignant notre table : *Et Maggie l'a suivie comme un zombie !* Son index pointa sa poitrine et ensuite le Dragonfly : *Je dois retourner surveiller le magasin !* Puis, après avoir pointé les tout-tatoués-tout-percés, de la main il leur fit signe de ne pas bouger : *Vous les gars, vous restez là et vous gardez Maggie à l'œil !*

Je posai le thé devant Avi avant de m'asseoir. Après quoi je bus une longue gorgée de moka, m'efforçant d'avoir l'air désinvolte tout en me demandant par où commencer.

Elle reposa sa tasse sur la soucoupe et me regarda dans les yeux. Un sourire releva le coin de ses lèvres.

« Il n'est pas trop tard pour que tu fasses partie du nouveau Apollo Books, Maggie. »

Je fixai le fond de mon gobelet, que je tenais à deux mains en m'accrochant à la paille. J'aurais bien voulu savoir si une vieille gitane aurait été capable de lire l'avenir dans la mousse de café gluante comme dans les feuilles de thé. Pour l'instant, je devrais compter sur moi.

« J'apprécie que tu me le dises.

— J'ai médité là-dessus en cherchant une solution créative. De mon point de vue, si tu ne nous rejoins pas, c'est parce qu'il manque quelque chose dans notre offre. Quelque chose que tu veux et qu'on ne te donne pas. »

Le brouhaha des voix alentour sembla s'accentuer, puis diminua progressivement, laissant un vide exempt de tout bruit, un moment de silence, comme lorsque l'océan reprend une vague qui vient de se briser. Avant que j'aie pu passer quelques secondes de plus à y réfléchir, je lâchai :

« Combien tu veux pour l'immeuble de Mountain View ? »

Avi ne prit pas la peine de dissimuler sa surprise.

« Pourquoi veux-tu le savoir ?

— Jason et moi voudrions l'acheter pour le Dragonfly. »

Elle me donna un chiffre très au-delà de ce qui correspondait pour moi à une réalité. Pour Jason comme pour moi, l'argent était une chose qu'on tenait dans la main ou qu'on tendait aux clients après l'avoir sortie de la caisse. Il passait d'une personne à une autre – comme une vieille guimbarde d'occasion – et émettait un léger cliquetis quand on en laissait tomber dans le pot des pourboires. Les chiffres dont nous parlions maintenant grimpaient trop vite pour faire du bruit. Ils étaient semblables à des années-lumière que traversaient des fusées.

Je pris sur moi pour lui rappeler que le marché de l'immobilier commercial continuait de chuter et qu'accorder un bon prix au Dragonfly serait une publicité formidable pour Apollo. Avi répondit qu'elle devrait en discuter avec ses associés et aurait besoin d'une estimation foncière, mais ses paroles n'émirent qu'un bruit blanc tandis que mes pensées s'embrouillaient. Il n'existait pas de travail parfait, du moins, pas pour moi. Pas plus qu'il n'existait d'amour parfait, ni même de livre parfait. Mais la vie que je menais au Dragonfly me plaisait et j'y étais attachée. Je voulais endurer les sales moments et savourer les bons.

« Tu vas laisser la ville sans une seule librairie, fis-je valoir, avançant mon dernier argument comme si je m'y étais préparée.

— Tu proposes quoi ? »

Je lui donnai un chiffre de quinze pour cent inférieur à ce que nous serions en mesure de payer une fois réunis l'argent que rapporterait le duplex de Hugo et le petit emprunt que Robert nous avait aidés à obtenir.

« Je suis sûre que je peux vendre cette idée à mes associés », déclara-t-elle.

Nous échangeâmes une poignée de main sur le trottoir.

« Tu aurais pu être super, me dit Avi.

— Toi aussi. »

★

Une part du chagrin est inattendue. Après avoir passé des jours à croire qu'on ne sortira plus jamais de son lit et à se trimballer avec l'impression d'avoir les entrailles creuses et la peau en papier, on commence à se rappeler. On se souvient non pas de la mort ou d'avoir vu la personne qu'on aimait dans un lit d'hôpital avec des tubes branchés partout, mais de ce qu'elle était avant, lorsqu'elle allait bien et qu'on était entier. C'est ce souvenir qui vous sauve, parce qu'on sait alors que la personne qu'on a perdue n'est en réalité pas perdue, mais est devenue une part de soi-même. Du coup, on se sent mieux.

« Et tu te rappelles la fois où il a piqué une colère parce qu'il ne trouvait pas de lard bio ? » demanda Jason.

Nous éclatâmes de rire, assis autour de la couverture, l'odeur du bois des nouvelles étagères se faufilant sous les arômes de notre pique-nique en intérieur – samosas, poulet vindaloo, naan et un arc-en-ciel de plats au curry. Jason, presque tous les habitués des nuits de jeux, l'Antenne de la CIA et moi sentions encore la sueur et la sciure de bois.

« C'était pour te préparer un plat du Sud, non ? reprit Jason.

— Oui, des hush puppies[1], répondis-je. Il a appelé les bureaux de *Southern Living* pour avoir la recette parce qu'il ne voulait pas chercher sur Internet. Mais il n'a jamais pu se résoudre à les faire parce qu'il ne pouvait pas avoir la certitude que le cochon avait vécu dans un environnement biologique avant de donner sa vie pour de la friture. »

Ils étaient tous venus au nouveau Dragonfly nous aider à fabriquer les étagères qui seraient nécessaires à notre important stock. Jason et moi avions écumé les successions, les entrepôts abandonnés et tous les lieux que nous avions pu pour alimenter un magasin cinq fois plus grand que le précédent Dragonfly. L'endroit était trop vaste. Je repensai à cette conversation avec Avi sur le fait qu'aucune librairie n'avait besoin de mille mètres carrés. Si bien que, au lieu de la remplir avec le stock, nous avions construit des murs de manière à créer des salles d'étude et de réunion que les gens pourraient louer et, bien entendu, un café, que nous avions sous-loué à quelques-uns des tout-tatoués-tout-percés. Nous avions engagé du personnel, notamment Sasha et

1. Sorte de beignets de semoule de maïs.

sa petite amie à la coupe pixie, qui, espérait-on, rempliraient la librairie le soir en faisant venir leurs copines. Le nouveau Dragonfly se lançait dans l'avenir.

Robert nous avait fait cadeau de deux photos encadrées. Sur l'une on voyait Hugo devant l'ancien Dragonfly, sans doute juste après qu'il avait acheté la boutique dans les années 1980. Il avait l'air très jeune. Il commençait à peine à perdre ses cheveux, sa barbe était presque noire. L'autre était une photo de nous trois, Jason et Hugo dans les deux fauteuils, moi par terre, adossée aux jambes de Hugo, tous les trois le nez dans un livre. Hugo aurait adoré voir le nouveau Dragonfly. Je suis sûre qu'il aurait éprouvé un sentiment de triomphe à l'idée d'avoir chassé Apollo Books & Music de la ville, et nous ne cherchions jamais à le détromper. Il aurait adoré les nouvelles étagères et le nouveau bureau, adoré voir notre famille rassemblée… Il aurait tout adoré.

Je crois que j'ai toujours eu peur de l'amour parce que j'avais peur de l'emprise qu'il exercerait sur moi, et de ce que je devrais abandonner en échange. Mais, à la vérité, pour un grand amour, les sacrifices n'en sont pas. Ils sont nécessaires. Le crime consiste à les accepter pour de mauvaises raisons.

Pendant que les autres faisaient disparaître les derniers vestiges du pique-nique, j'allai chercher des papiers pour Robert dans le bureau. Notre premier mail à la nouvelle adresse était arrivé. Au milieu des factures et des catalogues, un paquet de la taille d'un livre était adressé à mon intention. Je l'ouvris et en sortis *L'Amant de Lady Chatterley* de Henry et Catherine. À l'intérieur était glissé un mot.

Il est temps d'avancer.
Miko Callahn.

Ce soir-là, je m'installai dans mon fauteuil en rotin, devant la fenêtre du petit appartement situé au-dessus du nouveau Dragonfly, où j'avais emménagé après avoir vendu le duplex. Il faisait presque trop froid pour laisser la fenêtre ouverte, mais j'aimais bien entendre les derniers passants de Castro Street rentrer chez eux et sentir les odeurs qui s'échappaient du restaurant thaï d'en face. Après avoir été la voisine de Hugo durant des années, le silence et l'absence d'odeurs alléchantes m'auraient donné l'impression d'être seule.

J'ouvris *L'Amant de Lady Chatterley* et relus toutes les notes, comme je l'avais fait le premier soir où je les avais découvertes. Ensuite, je m'installai à la table de la cuisine avec une feuille de papier et un stylo. Le papier tenu bien à plat, je fis pénétrer l'encre dessus en formant des lettres, des mots, mes pensées.

Je ne savais pas du tout à quoi ressemblait la vie de Rajhit à Amsterdam. Ni s'il avait trouvé un nouvel amour ou s'il pensait encore à moi et à notre fausse histoire. Il existait dans un coin du monde où je n'étais jamais allée. Néanmoins, j'écrivis à son cœur inconnu. Parce que, en fin de compte, il avait raison. J'étais sa Catherine.

Dès que j'eus terminé, je pliai ma lettre et l'adressai au magasin de vélos d'Amsterdam dont il m'avait parlé. Puis, dans la lumière de la nuit, j'allai jusqu'à la boîte aux lettres en face du Dragonfly, soulevai le rabat et lâchai l'enveloppe avant de risquer de changer d'avis. Après avoir travaillé dix ans dans l'informatique, je comprenais les circuits qu'empruntaient les mails, les posts sur Facebook, les tweets ou les textos, mais… lâcher dans une boîte un bout de papier qui réapparaîtrait quelques jours plus tard à l'autre bout du monde ? C'était de la pure magie.

16

Seules les possibilités durent toujours

Je dois enfin faire face à toutes mes questions.
– MAGGIE

À mon réveil, j'aperçois Maya qui m'observe au bout de mon lit. Elle a pris cette habitude depuis quelque temps et prend la clé de chez moi qu'on laisse en bas dans le bureau du Dragonfly. Très excitée à l'idée d'entrer dans quinze jours au jardin d'enfants, elle est aussi plus collante, comme si on risquait de se volatiliser pendant qu'elle ira apprendre l'alphabet ! Aslay, sa mère, se contente d'en rire et dit que c'est à cause de tous ces livres pour enfants sur des orphelins que lui lit Jason. « Elle apprendra, dit-elle. On ne bouge pas. »

Tandis que je me lève, elle m'apporte mon téléphone qui sonne. Je m'assois sur le lit et bavarde avec Dizzy, qui sera aujourd'hui en ville et m'emmène déjeuner. On se donne rendez-vous au restaurant néo-indien qui a remplacé le Finnegans Wake. Il tente de me convaincre de venir travailler dans sa nouvelle start-up – qui a quelque chose à voir avec les téléphones mobiles que je ne comprends pas très bien. Chez Apollo Books & Music, il n'a pas tenu un an. Reconstruire ce qu'il avait fait auparavant n'était pas aussi enthousiasmant que se tourner vers le Tout-Nouveau-Tout-Beau. Quoi que fasse sa nouvelle boîte, Dizzy en est le SFP – le stratège des futurs projets. C'est le titre le plus bidon que j'aie jamais entendu, mais comme il en est très fier, je fais semblant de l'être moi aussi. Parfois, voir que les gens qui font partie de votre vie sont heureux suffit.

Le temps que je raccroche, Maya m'entraîne vers l'escalier. Je lui dis d'aller s'habiller. Une grosse journée nous attend. Après avoir ouvert à l'équipe du matin et réglé deux ou trois choses, on doit aller, elle et moi, acheter une nouvelle tenue et de nouvelles chaussures pour son premier jour à l'école. Sa mère et Jason pensent que des vieilles fringues et des baskets trouées conviennent très bien pour le grand jour. Nom d'une pipe en bois !

Nous descendons au rez-de-chaussée, où Jason est derrière le bureau, en train de vérifier le chiffre des ventes du mois précédent. Les longues journées de l'été ont été bonnes, mais nous espérons que la période de Noël se révélera encore meilleure. Aslay est là également. Très matinale, elle a apporté des scones tout chauds et du jus d'orange tout frais. Elle travaille dans une boulangerie bio et milite un peu trop en faveur de la farine de riz. Mais je l'aime bien. Jason l'a rencontrée à Thanksgiving l'an dernier, deux mois environ après la réouverture du Dragonfly, un jour où elle venait chercher des livres pour Maya. Ils ont emménagé ensemble dans un nouvel appartement il y a deux mois. Âgée de trente-six ans, Aslay a quelques années de plus que Jason, ce qui, d'une certaine façon, le fait paraître plus vieux. Ils ont prévu de se marier au Dragonfly à Noël. J'ai envie de leur dire qu'ils sont très jeunes, qu'ils ne se connaissent pas depuis assez longtemps. Je m'inquiète un peu pour eux. Mais bon, qui est jamais vraiment prêt ?

Maya s'agenouille dans le fauteuil près de Jason. Elle lui parle de la tortue dont elle a rêvé la nuit dernière. Il lui parle d'un ourson qui vit dans un parapluie suspendu à l'envers à un croissant de lune. Aslay le supplie une nouvelle fois d'écrire ces histoires qui lui trottent dans la tête, et il gribouille quelques lignes sur un cahier à spirale qu'on laisse sur le bureau près du téléphone. Les scones sont beurrés, mon thé est prêt... À la seconde où je m'assois, je sais que ça va être une belle journée.

Au moment où Maya et moi entrons dans la salle principale, Sasha a déjà accueilli l'équipe du matin et ouvert le bar, si bien que toute la librairie embaume divinement le café. Au Cuppa Joe du Dragonfly, pas de grains brûlés. Je peux même boire mon café noir, mais, quand nous arrivons, Sasha a déjà préparé un moka pour moi et un jus de fruits pour Maya. La petite lui prend la main pour aller l'« aider » à sortir les pâtisseries.

« Pas de donuts, dis-je. Elle a déjà pris son petit déjeuner. »

Toutes les deux font la moue, puis, croyant que je ne les regarde pas, Sasha tourne la tête d'un geste exagéré pendant que Maya enfourne un donut entier dans sa bouche.

« Maya…

— C'est pas un donut, c'est juste un trou », dit-elle.

Je lui lance un regard qui veut dire : « Tu parles si je vais te croire ! » Avec un peu de chance, on en restera là, car je me prépare à une réunion dans la salle de conférences avec l'équipe du matin, à propos du nouveau système de suivi des ventes que Dizzy a mis au point à notre intention. Nous sommes ses cobayes. Si tout va bien, il compte le vendre à l'App Store. Tant mieux pour lui. Quant à moi, je suis ravie des nouveaux ordinateurs qui ont accompagné ce deal.

Je campe sur mes positions quant au fait qu'un espace de mille mètres carrés est beaucoup trop grand pour une librairie de quartier. Nous louons donc les salles de conférences et les bureaux à l'étage aux optimistes de la Silicon Valley qui pensent avoir le prochain Facebook dans leur disque dur. Ils adorent la compagnie des livres, et encore plus celle du café et des pâtisseries. Nous leur demandons juste assez pour que la vente des livres n'ait à couvrir que la moitié de notre emprunt. Les ventes peuvent fluctuer, mais, dans la Silicon Valley, il n'y a jamais pénurie de rêves à propos du Prochain Grand Truc.

Maya me rejoint derrière le comptoir tandis que je trie le courrier – essentiellement des factures. J'ai presque terminé quand elle tire sur mon chemisier et me tend une carte postale.

« J'aime bien ce vélo », dit-elle.

Je prends la carte. Un vélo dans un champ de tulipes jaunes. Avant même de la retourner, je sais qui l'a envoyée.

Il a fallu deux longs mois durant lesquels j'ai agonisé avant que je reçoive des nouvelles, après lui avoir écrit ma première lettre. Mais lorsque j'ai aperçu mon nom sur cette enveloppe, au-dessous de timbres hollandais, je l'ai gardée dans ma main en caressant l'encre et le papier qu'il avait touchés. C'était la première des nombreuses lettres que nous avons échangées au cours des dix mois suivants. Pas de promesse, pas de déclaration d'amour. De simples lettres. Pour nous raconter nos journées et apprendre à nous connaître. Des lettres rien que pour nous.

Je regarde au dos de la carte postale, m'attendant à voir des timbres hollandais colorés, mais il n'y a rien d'autre en haut à droite que le petit rectangle qui sert à coller le timbre. Dessous, il y a seulement mon nom : « Maggie » La carte n'est pas arrivée par la poste. À gauche, ces quelques notes : « Retrouve-moi à Pioneer Park, sous ton arbre favori, demain à midi. » Rajhit est revenu. Et je dois enfin faire face à toutes mes questions.

« Qu'est-ce que c'est ? demande Maya en me reprenant la carte.

— Un ami est de passage en ville.

— Dizzy ?

— Non, un autre ami. »

Je glisse la carte dans mon sac entre un carnet et *My Lord Wicked.* Avant de le voir, il me reste une journée et deux heures à remplir. Je regarde vers la porte ouverte alors que le Dragonfly reprend vie. J'aurais tout le travail qu'il faut pour m'occuper.

Les librairies sont des créatures romantiques. Leurs marchandises vous séduisent et leurs problèmes vous brisent le cœur. Tous les grands lecteurs rêvent d'en avoir une. Ils pensent que passer la journée au milieu de tous ces livres sera le grand accomplissement de leur passion. Ils ne savent pas encore qu'il faut trier ce qui rentre, suivre ce qui sort, ils ignorent qu'on attrape des maux de tête à force de faire de la manutention et de ranger dans les rayons, et tout cela pour très peu d'argent. Ces lecteurs ne pensent qu'au mariage sans accorder beaucoup d'attention à la vie conjugale. Les livres sont une lourde charge, et il n'y a pas d'échappatoire.

Je me préoccupe de mon avenir comme on m'assure que je devrais le faire. Retraite, Sécurité sociale, mutuelle... En tant que propriétaires du Dragonfly, Jason et moi nous battons. Quand les ventes sont bonnes, nous festoyons. Dans les moments creux, nous économisons le beurre de cacahuètes et la confiture pour payer une douzaine d'employés. Pas un seul jour ne passe sans que je me demande si je n'aurais pas dû accepter la proposition d'Avi et si, dans ce cas, j'aurais été à cet instant en train de boire des piña coladas dans un fauteuil massant et de décider quels livres placer à l'avant ou au centre des allées d'Apollo. Et lorsque j'imagine ces livres tout neufs, virginaux, je sais que la décision que j'ai prise était la bonne. Les livres d'Apollo sont comme des gens sans passé, sans histoires à raconter. Les livres du Dragonfly ont circulé entre d'innombrables mains et passeront dans d'autres. Ils ont l'odeur du contact humain et de tous ses possibles.

Alors que le jour avance et que la lumière persiste, le Dragonfly est envahi par ceux qui flânent délibérement à la recherche de ce dont, sans le savoir encore, ils ont besoin. Ceux et celles qui viennent au Dragonfly ne possèdent pas seulement les livres ; ils en ont besoin et en meurent d'envie, il leur est impossible de respirer sans eux. Ils viennent parce qu'ils sont amoureux de la librairie elle-même, avec toutes ses marchandises passées par d'autres mains et leurs histoires indicibles. Ils viennent parce qu'ils aiment s'interroger sur les personnes qui ont possédé tous ces livres avant eux. Ils viennent parce que ceux dont ils croisent le chemin sont comme les livres qu'ils trouvent, un peu abîmés sur les bords, attendant que la bonne personne les ouvre et les emporte.

REMERCIEMENTS

Je remercie mon agent, Stéphanie Abou, et mon éditrice chez Grand Central Publishing, Emily Griffin, qui a jugé mon travail prometteur et m'a donné le courage de faire de ce roman tout ce que je voulais qu'il soit. Merci à Ellen Sussman et à Tom Parker, aux ateliers d'écriture dans lesquels j'ai appris les mécanismes de la narration, mais où j'ai également rencontré d'autres écrivains qui m'ont tout du long soutenue et encouragée. Parmi eux figurent Tracy Guzeman et Christine Chua, qui ont gentiment lu de nombreux brouillons de ce roman, m'ont poussée à l'améliorer et m'ont retenu la main lorsqu'est venu le moment de le lâcher. Merci à tous les membres incroyables de mon groupe d'écriture – Gordon Jack, Eileen Brody, Rich Register, Cheyenne Richards, Mary Taugher, Beth Sears, Katy Motiey, John Foley, Lolly Winston et Julie Knight – avec lesquels j'ai survécu à maint(e)s séances de critiques et repas chinois douteux. Je remercie sincèrement Robert Wendin de m'avoir envoyé des mails moqueurs jusqu'à ce que je termine ce roman. Merci à Will Schuur de m'avoir rappelé ce que c'était d'avoir vingt ans dans la Silicon Valley et d'avoir cuisiné tous ces délicieux dîners. Merci à Matthew Williams et à Rebecca Laincz pour les gaufres, très tard le soir, et les histoires sur le pays sauvage des librairies d'occasion. Merci à mes parents dévoués et aimants, Virginia et Harold Gilbertson – qui ne ressemblent en rien aux parents de ce roman –, ainsi qu'à mon frère John et à sa femme Ethel pour tout leur amour, leur soutien et leur belle maison sur le lac qu'ils m'ont permis d'utiliser – c'est le meilleur refuge sur terre pour écrire. Merci enfin à mon mari, John, qui m'a aidée à trouver la paix dans mon cœur pour devenir l'écrivain que je désirais être.

VOUS AVEZ AIMÉ CE LIVRE ?

Découvrez ou redécouvrez au **Livre de Poche**

LE ROMAN QUI A CHANGÉ LA VIE DE MAGGIE

L'AMANT DE LADY CHATTERLEY

D. H. LAWRENCE

N° 5830

« Époque essentiellement tragique que la nôtre », écrit Lawrence. À la vieille Angleterre déjà meurtrie par l'industrialisation, la Première Guerre mondiale a infligé de profondes blessures. Les protagonistes de ce récit en sont marqués dans leur esprit, dans leur chair, et la déchirure se prolonge dans leur aventure intime. L'Amant de Lady Chatterley *est ainsi, pour le romancier, l'occasion de réaffirmer sa conception de l'amour physique comme moyen de retrouver le contact avec les forces de la vie. Censuré pendant trente ans en Angleterre et aux États-Unis en raison de ses audaces de forme, le récit connut longtemps un succès de scandale. Le lyrisme poétique de l'écrivain y trouve pourtant son ultime expression, un lyrisme provocant, parfois désespéré, à l'avant-garde de la croisade moderne contre l'intellectualisme.*

UNE AUTRE CORRESPONDANCE NÉE DANS UNE LIBRAIRIE

84, CHARING CROSS ROAD

HELENE HANFF

N° 15575

Par un beau jour d'octobre 1949, Helene Hanff s'adresse depuis New York à la librairie Marks & Co., sise 84, Charing Cross Road à Londres. Passionnée, maniaque, un peu fauchée, extravagante, Miss Hanff réclame à Frank Doel les livres introuvables qui assouviront son insatiable soif de découvertes.

Vingt ans plus tard, ils s'écrivent toujours et la familiarité a laissé place à l'intime, presque à l'amour. Drôle et pleine de charme, cette correspondance est un petit joyau qui rappelle avec une délicatesse infinie toute la place que prennent, dans notre vie, les livres et les librairies. Texte inattendu, 84, Charing Cross Road *fait l'objet, depuis les années 1970, d'un véritable culte des deux côtés de l'Atlantique.*

ET POUR REVENIR AUX SOURCES DU MARIVAUDAGE

LE JEU DE L'AMOUR ET DU HASARD

MARIVAUX

N° 31393

Pour mieux observer sa future épouse, un jeune homme imagine de se présenter à elle sous la livrée de son valet qui lui-même s'habillera en maître ; or la jeune fille, de son côté, a eu la même idée, et se fait passer pour sa femme de chambre, qui elle-même jouera son rôle. Le hasard a ouvert le jeu à l'amour, et le jeu de l'amour est d'aller aussi bien où on ne l'attendait pas.

Depuis sa création en 1730, la pièce s'est imposée comme le chef-d'œuvre de Marivaux. Un charmant badinage ? Sans doute. Mais qui ne va pas sans questions : l'amour est-il naturel ? Ignore-t-il les barrières sociales ? Chacun vaut-il par ce qu'il est ou par ce qu'il paraît ? Le Jeu de l'amour et du hasard *nous conduit au-delà du marivaudage : « C'est une bagatelle qui vaut bien la peine qu'on y pense. »*

PAPIER À BASE DE
FIBRES CERTIFIÉES

Le Livre de Poche s'engage pour
l'environnement en réduisant
l'empreinte carbone de ses livres.
Celle de cet exemplaire est de :
850 g éq. CO_2
Rendez-vous sur
www.livredepoche-durable.fr

Composition réalisée par Belle Page

Achevé d'imprimer en avril 2015 en Italie par Grafica Veneta
Dépôt légal 1re publication : mai 2015
LIBRAIRIE GÉNÉRALE FRANÇAISE
31, rue de Fleurus – 75278 Paris Cedex 06

73/1116/5